温州大学中文学科建设丛书

"边缘的崛起"：
逃离与重返及其限度

"文学桂军"批评

肖庆国　著

ZHEJIANG UNIVERSITY PRESS
浙江大学出版社
·杭州·

图书在版编目（CIP）数据

"边缘的崛起"：逃离与重返及其限度："文学桂军"批评 / 肖庆国著. -- 杭州：浙江大学出版社,2022.11
ISBN 978-7-308-23205-0

Ⅰ．①边… Ⅱ．①肖… Ⅲ．①中国文学－当代文学－文学研究 Ⅳ．①I206.7

中国版本图书馆CIP数据核字（2022）第198656号

"边缘的崛起"：逃离与重返及其限度——"文学桂军"批评

肖庆国　著

责任编辑	牟琳琳	
责任校对	吕倩岚	
封面设计	周　灵	
出版发行	浙江大学出版社	
	（杭州市天目山路148号　　邮政编码　310007）	
	（网址：http://www.zjupress.com）	
排　　版	杭州林智广告有限公司	
印　　刷	浙江临安曙光印务有限公司	
开　　本	710mm×1000mm　1/16	
印　　张	15.25	
字　　数	234千	
版 印 次	2022年11月第1版　2022年11月第1次印刷	
书　　号	ISBN 978-7-308-23205-0	
定　　价	78.00元	

温州大学中文学科建设丛书
总序

孙良好

温州大学中国语言文学学科的历史文脉可以追溯到晚清学术大师、教育家孙诒让先生于1906年创建的温州师范学堂。在百年的历史积淀中，一代词宗夏承焘、戏曲宗匠王季思、经史学家周予同、古文字学家戴家祥、著名作家王西彦、敦煌学专家蒋礼鸿、戏曲学家徐朔方、九叶诗人唐湜等先贤曾在此求学或执教，为本学科铸就了深厚的人文底蕴。

斯文不坠，薪火相传。

进入21世纪以来，本学科广纳天下英才，发展态势喜人。2003年，文艺学、汉语言文字学两个二级学科及相关的民俗学获批硕士学位授权点。2010年，获批一级学科硕士学位授权点。2016年，成为浙江省"十三五"一流学科A类。2017年，学科下属"浙江传统戏曲研究与传承中心"成为浙江省哲学社会科学重点研究A类基地。2019年，与本学科紧密关联的汉语言文学专业成为首批国家级一流本科专业建设点。

目前，本学科已形成中国古代文学、中国古典文献学、文艺学、中国现当代文学、汉语言文字学等5个优势学科方向，戏曲研究、域外汉文献研究、文艺美学研究、汉藏语言比较研究、鲁迅研究、温州文学与文化研究等在海内外学界颇具影响力。其中，以南戏研究为龙头的传统戏曲研究，有力地支持了浙南区域文化建设；域外汉文献和东亚俗文学的对接研究以及汉藏语言比较研究，可以为"一带一路"的文化交流提供重要支撑；以文艺学为基础的审美文化研究，注重理论与实践的结合，拓展出语言诗学、神话美学、地域文学、媒介传播等特色方向。

回首来时路，瞻望未来梦。我们编纂本丛书，旨在集中推出一批高水平的学术成果，或继往开来，或引领潮流，或特色鲜明，打造温州大学中文学科品牌，续写新的历史篇章。

序一
"民间"的探索与启发

陈思和

　　我一时记不清与肖庆国见面在哪一年，应该是有次我在华东师范大学做学术讲座的时候，那天讲的是与上海文学有关的内容。讲座后肖庆国向我提问，他自我介绍说，他是李丹梦教授指导的博士，正在研究当代的广西文学。我答应他以后写了论文可以寄给我看看——他说，他对广西作家的创作持批判态度居多，怕是会得罪一些作家。我说，批评工作本来就是有好说好，有坏说坏，只要批评得有道理，作家也是会欢迎的。后来，他陆续通过电邮传来几篇文章，我也看不出有多大的杀伤力，因而提不出什么具体修改意见。譬如吧，他说林白早期的创作有意顺从批评家关于西方女性主义理论的读解，小说文本里有许多理论概念的痕迹等等，我想，林白早期创作受女性主义理论影响，作家本人也是承认的，不会被视为冒犯或者伤害，但问题是，作家创作的真正源泉永远是个人经历与环境，外来理论影响仅仅是一种触发点，被用来解释生活，而不是创作的全部。去年肖庆国应聘到温州大学任教，他来信告诉我，他的学术专著准备出版，希望我为之写一篇序。

　　我对当代广西的地域习俗与历史文化没有太多了解。有些粗浅的印象，最初是来自一位作家和一本刊物，还有一大批出版物。作家就是林白，她的早期创作风格虽然被理论家们誉为女性主义，但更多的是形成于她家乡北流的地域习俗和审美追求，构成了具有鲜明个性的艺术特色；我以前写过一篇《林白论》，专门讨论过这个问题。如果林白是个女性主义的作家，那么，也是经过她个人的生活实践过滤以后的女性主义，是具有中国当代生活特色的女性主义。其次是一本刊物《南方文坛》。20 世纪 90 年代起，《南方文坛》在张燕玲女士的主编下，着力培养和推荐全国范围内的青年新锐批评，二十多年来，差不多 60 后、70 后、80 后甚至是 90 后的批评家中，很多人都受过《南方文坛》的栽培。厥功至伟，有目共睹。其三是出版物。20 世纪广西地区的出版物风行全国，首屈一指：漓江出版社陆续推出的外国文艺作品和诺贝尔文学奖获奖作家选集，那个时候，每出版一本，我几乎都是第一时间购买，接着就欣喜阅读，这种热切学习的心情，至今回忆还怦然心动。漓江出版社的译者和策划者，都是京城中国社会科学院外文所的专家学者，如果那个时候就有"学术明星"这个概念，那么，非这一批翻译家莫属。我们这一代的大学生是靠了阅读外国文学作品的滋养成长起来的，在比较中感性地觉悟到，什么是先进文明的文化，什么是落后愚昧的文化，我们这一代人的精神世界是与世界精神相通的，我们是精神上最没有阿 Q 相并对这种民族的劣根性深恶痛绝的一代人。而这个文化传播与接受的重要中转站，是在广西。后来漓江出版社式微，广西师范大学出版社继而崛起，力推海内外高端的学术著作，当时无论京沪作者还是海外学者，都愿意在广西师范大学出版社出版自己的著作。我常常想：人们当时在购书或者出书、发文章的时候，为什么丝毫没有嫌弃广西是个经济相对落后的地区？事实上，经济发达或者欠发达，与精神文化没有直接关系，甚至是以不平衡的发展势态出现的。从这一点来说，我始终没有觉得广西是一个需要"逃离"的文化"欠发达"地区，更没有觉得能不能获得全国性的文学大奖与这个地区的文学是否繁荣有直接的关系，或者干脆地说：没有关系。

　　我正是基于这样的认识来阅读肖庆国的论著。我与庆国不相熟，甚至还没有了解他是不是广西籍人氏，但我想应该是的，否则他不会对这块土地怀有这样深的感情和投入这样大的热情。他在论著里详细描述了 20 世纪 80 年代以来广西文坛的几次论争，以及全国文学理论界对广西籍作家构成的影响，描述了广西籍作家们 20 世纪 80 年代以来几次"逃离"与"重返"的过程，他从"文学桂军"的代表性作家林白、东西、鬼子、李冯、凡一平、光盘、李约热、朱山坡、黄咏梅和陶丽群等人的创作踪迹中找寻广西文学的发展线索，这都是很有意义的探索。肖庆国在论著里阐述的理论表述是否准确，我不敢断定，但肯定是具有启发的。譬如他用了"逃离"这个概念来描写当时广西作家急于摆脱地域民间文化的束缚，急于走向全国文化主流前沿的焦虑心态，我觉得很能说明问题。记得在1985年"寻根文学"热潮中，很多地区都产生了代表性的作家，这也包括自治区，代表者有本地作家，也有外来的知青作家，像宁夏出现了张承志笔下的六盘山和西海固，西藏出现了扎西达娃和西藏魔幻小说，新疆出现西部文学热潮，东北、内蒙古等地也出现了相应的代表性作家，连海南岛也有《大林莽》等优秀作品。（那时海南还没有建省，属于边陲之地。）但是我回忆起来，好像当时广西确实没有引起全国关注的寻根文学作家。我读了肖庆国的论著就明白了：就在全国新锐作家自觉朝着民族文化之根回归的时候，广西的青年作家却急于摆脱传统的束缚，他们大声疾呼："别了，刘三姐！"这种呼喊是悲壮的，也是激情的，所以才会出现林白这样的作家，义无反顾地跃入女性主义的先锋激流。林白错了吗？没有错。要知道1985年的寻根作家几乎没有一个不是先锋文学的实验者，他们通过"文化寻根"来完成"先锋"的转型，成功地融入了在那个时候还被视为禁区的现代主义文学思潮。他们同样在"逃离"强大的意识形态，在民族文化寻根中获得了民间的立场和先锋的前沿。然而广西作家呼喊"告别刘三姐"的时候，他们是携带了南方民族文化的基因融入先锋文学思潮的。全国文坛一盘棋，一面是在表层的退却中迂回前进，另一面是在大胆突围中重塑民统文化基因，殊途而同归。广西没有在文学发展大趋势中缺席，而是在地域、民族、世界的轨迹上达成了新的动态的同一性，否则林白就不会成为广西文学的一面风旗。至于作家生活在北京、武汉，还是广西北流，这并不重要。文学所描写的，本来就是想象的世界。

　　肖庆国的论著里还有一个关键词就是"重返"。"逃离"是走出去，"重返"是指文学重新回到地域文化中去。当然这也不是指作家行踪，而是指创作方向。关于这一部分（论著第四章）作者确是下了很大功夫，梳理出21世纪以来广西作家创作的整体性转向线路：凡一平的都安上岭村系列、李约热的桂西北野马镇系列、陶丽群笔下的中越边境小镇、光盘笔下的漓江湘江边界、黄咏梅创作中的梧州基因、朱山坡的新南方写作等等，虽然作者只是点到辄止，没有对作家的创作文本作进一步细读，但是梳理清晰，归类明确，作者所钩沉的每一单元都值得深入开掘。唯有把局部的个体的创作现象作综合性整合，才能完整呈现广西当代文学的大趋势。作者擅长宏观的勾勒线索，强调理论对创作的引导，依据的是作家访谈、创作谈以及评论家的批评等一手材料，从方法论上，保证了他顺利地完成这个研究项目。然而，地域文化只是民间世界的一个组成部分，它包括诸如语言、风俗、民间的现实生活场景等元素，但还有比这些元素更重要的，那就是民间的精神。民间精神是鲜活见血，充满生命力的，它深深隐藏在启蒙话语遮蔽下的民族的生命源泉之中。中国现代文学是从启蒙开始发轫的，民间作为启蒙文化的陪衬而呈现，常常被描绘成了无生趣，等待着被拯救、被怜悯的颓败世界。所以在五四新文学的主流创作里，民间世界是被忽视的，甚至是被歪曲地呈现出来的。这其实也是世界性的普遍现象，不过我不想在这里做过多阐释，我要指出的是："民间"在理论上的被发现，有可能从根本上改变人们对于民间生活的悲情认知习惯，其与传统现实主义艺术、启蒙主义艺术的重要区别，就在于它能够呈现民间底层生活的生命力，一种活泼向上的、不可遏制的生命力。这种生命形态是被层层压制在传统伦理的、体制权力的、生活偏见的综合力量之下，是被打入到地底下，犹如孙猴子被打入五行山下一样。所以，民间生命活力的爆发，一定会呈现出藏污纳垢的形态，这是一种特殊的美学形态。广西作家们的创作趋向，与其被解释为"重返地域"，还不如说是"重返民间"。只有对民间精神自觉开掘，才可能使各种民间元素鲜活起来，孕育出焕然一新的艺术作品。而关于这一点，我们必须从文学文本的美学倾向中才能给予准确把握——林白最近出版的长篇小说《北流》中，我们就可以强烈地感受到民间精神的所在。这也是肖庆国继续努力开掘的新的研究空间。

　　以上是我阅读肖庆国的论著时产生的一些想法，都是即兴的，随意的，零碎的，不一定正确，只是供庆国在以后的研究中参考。

2022 年 2 月 26 日于鱼焦了斋

序二
"批评"的危险

傅光明

这里的"批评"，指的不是夸赞、捧颂那一套，尤其不是运筹之下的极力虚饰。于是，便有了危险。

当下最容易摆弄的批评技巧，似乎是摇起各式理论旌旗，运用堂而皇之的学术话语，把"批评"变得溜光水滑、八面讨好，字面上透出驾轻就熟，且溢满才情。这何尝不是"批评"的危险！因为，这样的文字会把"批评"标尺大幅拉低。诚然，也时有"批评"仿若逞口舌之快的悍妇骂街，但又刚巧"骂"在七寸上，不免让那挨了骂的咬疼后槽牙，却非得装出不屑一顾的大气。

先声明，我不懂"批评"。因此，这更有了危险。不懂"批评"的批评真是要不得的！

暂把危险搁一旁，言归庆国小友即将付梓的新书《"边缘的崛起"：逃离与重返及其限度——"文学桂军"批评》(以下简称《边缘》)。

想不起跟庆国相识靠了什么缘分，反正一年一岁就成了忘年的熟朋友。我知道他勤奋用功，知道他为遍查所需的初刊杂志下了不少功夫，更对他说过的这句自信的话——"我追求实质性问题意识之下的文本细读与实证批评，以期避免当下流行的理论话语包装之下的读后感。"——留下深刻印象。这让我觉得他有朝气，更有勇气。大概正是这股"实证批评"的执着，与我性格里的倔劲儿合了拍，让我愿为之写个序。

不过，遗憾的是，以我之力顶多把这个序写成一篇读后感。

《边缘》的题目即显出问题意识，"边缘""崛起""逃离""重返""限度""文学桂军""批评"之间，充满交互的张力。它以20世纪90年代至今活跃于文坛的广西籍土生土长的小说家，主要以林白、东西、鬼子、李冯、凡一平、光盘、李约热、朱山坡、黄咏梅、陶丽群十作家代表的"文学桂军"为"批评"对象。

作为学术专著，《边缘》写来中规中矩，标配布局，文分五章：整体考察"文学桂军"的历史生成；简述早期"文学桂军"在广西文学场域内自在状态下的创作形态；探索20世纪90年代"文学桂军"在文学行为上采取的策略性变迁；审视21世纪初至今"文学桂军"的文学行为变迁；纵论地域困境造成的"边缘—中心"权力结构中的多重悖论。

简言之，如文中所述，20世纪80年代，广西文学界意识到自身文学长期滞后，相继展开"百越境界""广西文坛三思录"和"振兴广西文艺大讨论"等一系列寻找未来出路的论争，力图以此实现"边缘的崛起"。在边缘性焦虑和崛起呼求驱动下，广西文学界有意识地组建了一支"文学桂军"，并通过制定相应文学制度来保障其以战阵形式向全国突围。20世纪90年代直到21世纪初，"文学桂军"在创作上再度进行策略性调整，以"逃离地域"的文学行为转向主流文化书写，力求从"边缘"走向"中心"。而从21世纪初至今，"文学桂军"又整体上呈现"重返地域"的指向，并与前者"逃离"行为之惯性欲断不断地发生作用。由此，形成一个结语：文学行为上的逃离与重返，暗含着"文学桂军"始终受限于"边缘—中心"的权力结构。最终，限度问题落在权力上面。

事实上，整部专著的核心在于点明"多重悖论"。这貌似广西文学的问题，何尝不是中国文学的问题。长久以来，不时会有中国作家胸怀文学报国志，欲以"边缘"（这个"边缘"实难界定，何况十分危险）之写作"崛起"于世界文学中心。如同"文学桂军"把京、沪视为"中心"一样，也有中国作家仅把英、美认定成中心，并不时在"逃离"与"重返"之间自我角逐。

说实话，文中包括"文学桂军"在内的一连串提法，诸如"广西三剑客""形成冲击波""强有力的战斗集体""冲击中国文坛""发展的三个战略""实施的五大战役""逃离广西""广西后三剑客"等等，不知为何，总让我想起中世纪欧洲那些有钱、有权、有地、有势，不时卷入王权之争的豪强领主。无疑，"文学桂军"盼望着，盼望着，盼望着以地域性文学群体冲击中国文坛之际，便是"边缘的崛起"之时。然而，"扶""帮""促"能否切实"振兴"一方文学？毕竟在写作中，以普通话替代"方言土语"，并不等同于步入"中心"。

回到危险，"实证批评"的危险。比如，庆国在文中论及对作家林白的批评，他认为，林白早期有浓厚的男权中心意识，后始于1993年，在批评家陈晓明的评论引导下开始写起女权主义。换言之，庆国推断林白随批评的引导而写作。不仅如此，他认为，林白既不懂什么女权理论，内心也非一名女权主义者，只在作品中四处贴标签。随后，作品发表、出版，陈晓明再来评论。一写二评，评完再写，三番五次，作为女性主义代表作家的林白浮出水面。显然，说这么不受听的话很危险，理由很简单：林白是知名作家，陈晓明是知名批评家，庆国是后浪学者。

事实上，庆国在以"实证批评"的方式行使批评的权利。当然，"实证"并非绝对，或亦有臆断之嫌。不过，作为小说家，既不应被批评家所左右，更不该迎合批评的权力，像文学作品可能被误读一样，出于批评的误判也无可厚非。这就是限度问题。谁若说非得以哪家批评为标准，那便是在施行批评的权力。

让文学归于文学，批评归于批评，学术归于学术，何如？

这是我要说的一点点意思，对与不对都没关系。

2021 年 12 月 30 日

目 录

第一章　"边缘的守望"："文学桂军"的历史生成

第五章　地域困境："边缘—中心"权力结构中的多重悖论

引　言

　　20世纪80年代，针对广西文学的历史、现状的落后局面和未来出路，广西文艺界曾发生过三场颇具规模的文学论争，分别是1985年梅帅元和杨克发起的"百越境界"论争，1989年常弼宇和黄佩华等掀起的"广西文坛三思录"论争以及由此触发的"围绕对广西文艺创作历史、现状的估价和出路这个大议题"①的规模空前的"振兴广西文艺大讨论"②。此后，"文学桂军"持续以"集体冲锋"③的姿态试图谋求"边缘的崛起"，"我们可以经常看到广西青年作家联袂而动，以集团形式在一些全国著名的报刊上出现"。④这一方面表现出"文学桂军"作为地域文学的整体性和群体性，另一方面凸显了"文学桂军"在转折时代对文学行为的反思、探索与策略性选择。

　　"文学桂军"自新时期以来的文学行为的选择及其复杂性，以及由此产生的价值和限度，迄今为止仍然是一个没有得到深入研究而却是十分具有学术意义的重要问题。

　　"文学桂军"是自20世纪80年代逐渐形成、建设和被认识到的地域文学群体，有其特殊的历史内涵和地域文学特征，是一个变动不居的概念。比如，20世纪八九十年代"文学桂军"有凡一平、林白、鬼子、东西、光盘、李冯、李约热等，而21世纪初"文学桂军"又增加了新人黄咏梅、朱山坡、陶丽群等。20世纪90年代广西文学界还提出过"文学新桂军"，曾一度存在与"文学桂军"

---

① 参阅梅帅元、杨克：《百越境界——花山文化与我们的创作》，《广西文学》1985年第3期。常弼宇、黄佩华：《广西文坛三思录》，《广西文学》1989年第1期。彭洋：《躁动不安的广西文坛——"振兴广西文艺大讨论"记述之一》，《广西文学》1989年第5期。

② 关于"振兴广西文艺大讨论"的空前规模的记述，参阅下雨：《"振兴广西文艺大讨论"座谈会在邕举行》，《南方文坛》1989年第1期。

③ 参阅黄宾堂：《广西文坛的三次集体冲锋》，《南方文坛》1998年第3期。

④ 黄伟林：《论新桂军的形成、特征和创作实绩》，《三月三》1994年第7、8期合刊。

相交叉和纠缠甚至混用的局面。究竟何谓"文学桂军"？"文学桂军"为什么会具有地域性和群体性，以至于可以被作为一个整体来研究？我们应该选择哪些作家成员作为"文学桂军"的主体，以考察广西文学自新时期以来的文学行为选择及其价值和限度？

一、"文学桂军"概念的发生与厘定

广西本土杂志《三月三》在 1994 年第 4 期开设了"新桂军作品展示专号"，目的是向文坛推出"文学新桂军"。编者在这期杂志的"编者絮语"栏追溯了"文学新桂军"的由来，这是最早记述"文学新桂军"的形成始末的文字："文学'新桂军'这个称号最初只是《文艺报》一位记者的试用语，用来称呼广西文学界近几年来形成的一个青年作家群体，竟渐渐地在广西文学界的许多活动场合被普遍地使用起来，以至有了本刊这一期'新桂军'作品展示专号。"[①] 广西的本土学者和一系列文学事件的在场者、参与者黄伟林认为，"文学新桂军"概念被广西文坛迅速认同和沿用的标志除了《三月三》推出的"新桂军作品展示专号"外，还有"广西广播电视报社 1994 年 5 月主办的'文坛新桂军发展研讨会'"。[②]

李建平与黄伟林同为广西的本土学者和一系列文学事件的在场者、参与者，他们在合著的《文学桂军论：经济欠发达地区一个重要作家群的崛起及意义》中对"文学桂军"和"文学新桂军"概念的发生和流变也有过记述："所谓文学桂军，主要指 20 世纪 90 年代后活跃于文坛的一批广西作家。最初指 1949 年以后出生、90 年代活跃于文坛的青年作家，始称'文学新桂军'，以后的研究和述评常常将 90 年代活跃在文坛的 1949 年以前出生的中年作家一并纳入，逐渐通称为'文学桂军'。"[③] 他们将"文学桂军"界定为："特指 20 世纪 90 年代后活跃于文坛的广西中青年作家和评论家，不包括 90 年代以前活跃于文坛的前辈作家，如陆地、韦其麟、秦似、林焕平等，也不包括非中国大陆文学的桂籍作家，如白先勇。"[④]

---

① 编者：《编者絮语》，《三月三》1994 年第 4 期。
② 黄伟林：《论新桂军的形成、特征和创作实绩》，《三月三》1994 年第 7—8 期。
③ 李建平、黄伟林等：《文学桂军论：经济欠发达地区一个重要作家群的崛起及意义》，北京：中国社会科学出版社 2007 年版，第 3 页。
④ 李建平、黄伟林等：《文学桂军论：经济欠发达地区一个重要作家群的崛起及意义》，北京：中国社会科学出版社 2007 年版，第 3 页。

需指出的是，从《三月三》1994年第4期的"新桂军作品展示专号"来看，虽然编者在"编者絮语"栏将"文学新桂军"理解为一个青年作家群体，但是"新桂军作品展示专号"不仅包括小说、散文和诗歌，甚至还包括学者的文论。同年，《三月三》第9、10、11、12期的"新桂军作品"栏目却只刊登小说。① 《文学桂军论：经济欠发达地区一个重要作家群的崛起及意义》在论述"文学桂军"的队伍构成时，又显然是将小说、散文、诗歌甚至影视等众多门类都纳入在内。

从"文学新桂军"和"文学桂军"称谓的发生和流变来看，这两个概念都并未能有十分明确的起点、路径、指向和界限，它们的意涵之间既有交叉又有相异之处。诚如容本镇对"文学桂军"概念的认识："最初提出文学桂军这个概念时，实际上并没有一个很清晰的界定，随着时间的推移和时代的发展，这个概念所指涉的范围是有变化的。"② 综合以上诸多因素，考虑到"文学桂军"的地域文学特性，小说在广西文学界举足轻重的地位和被集体策划的性质，以及21世纪以来广西作家群成员的变动，根据本书的研究内容，笔者将"文学桂军"的内涵厘定为20世纪90年代至今活跃于文坛的广西籍土生土长的小说家。

二、"文学桂军"的地域性和群体性

正如谢有顺在2018年7月7日复旦大学召开的"广西作家与当代文学"学术研讨会上所指出的："并不是每个地方的作家都可以当作一个整体来研究的，比如我所在的广东，作家们来自五湖四海，写作风格差异极大，就很难概括他们的共性，但广西作家的地方风格是存在的，而且比较清晰，这不完全是因为广西作家群中的大多数人来自广西本土，更重要的是，这些作家有一种朝向本土的写作自觉。"③ 这表明"文学桂军"因地域而造成的在作家群体成员构成上的稳定性，凸显出"文学桂军"的地域性和群体性，也就自然促成了"文学桂军"能够被当作一个地域文学整体来研究。

实际上，新时期以来"文学桂军"之所以能被作为一个整体来研究，或者

---

① 《三月三》1994年第9、10、11、12期"新桂军作品"栏目分别刊登了黄爽的小说《沉闷季节》、吕斌的短篇小说《河东河西》、姚茂勤的小说《潇洒不起》、东西的中篇小说《白荷战事》。

② 容本镇：《为文学桂军建档立传》，《南方文坛》2019年第5期。

③ 曾攀、吴天舟：《"广西作家与当代文学"学术研讨会纪要》，《南方文坛》2018年第5期。

说"文学桂军"的地域性和群体性的展现，还体现在另外两个重要层面：一是"文学桂军"存在共同的比较近似的文学追求，并且有意识地结成"同盟关系"尝试着向中国文坛"集体冲锋"；二是广西文学界和批评界一直致力于建设、策划和推出"文学桂军"这一地域作家群体。

1985 年，梅帅元和杨克在反思广西文学落后面貌的基础上，探索性地提出"百越境界"，他们的主张是"用现代人的美学观念继承和发扬百越文化传统"①。"百越境界"在广西学术界和创作界掀起了一场空前的反思和探索广西文学的论争。"百越境界"构想的提出不仅反映在文学理论的争鸣上，同时还转换为创作实践，催生出一系列文学创作实绩，如杨克的《走向花山》、梅帅元的《黑水河》、林白薇的《山之阿 水之湄》、韦玮的《岩葬》和李逊的《沼泽地里的蛇》等。② "百越境界"的构想在转化为具体的创作实践过程中，不久便召集和生成了一个文学追求近似的创作群体："从中人们似乎可以预感，在广西的青年作者中，正可能出现一个具有自觉意识的'百越境界'创作群体。"③"百越境界"构想的提出、争鸣和创作实践，一方面使有较为接近的文学观念的"文学桂军"队伍初露端倪，另一方面实现了"文学桂军"向中国文坛的第一次集体冲锋："在《广西日报》上响亮地提出了'百越境界'的口号。这既是一种文学主张，更是一种共同的追求……这也可视为广西文坛进军全国的第一次集体冲锋。"④

1989 年，常弼宇、杨长勋、黄佩华、黄神彪和韦家武共同掀起"广西文坛三思录"论争⑤，并引发了"振兴广西文艺大讨论"。《广西文坛三思录》由五篇批评和反思文章构成：常弼宇的《别了，刘三姐》、杨常勋的《文学的断流》、黄佩华的《醒来吧，丘陵地》、黄神彪的《功利的诱惑》和韦家武的《我们的烙印很

---

① 梅帅元、杨克：《百越境界——花山文化与我们的创作》，《广西文学》1985 年第 3 期。

② 关于"百越境界"构想的创作实绩，参阅辛力：《"百越境界"介绍》，《作品与争鸣》1985 年第 12 期。

③ 辛力：《"百越境界"介绍》，《作品与争鸣》1985 年第 12 期。

④ 黄宾堂：《广西文坛的三次集体冲锋》，《南方文坛》1998 年第 3 期。

⑤ 黄佩华、杨长勋、黄神彪、韦家武、常弼宇的系列文章先以《广西文坛'88 新反思》为名在广西人民广播电台播发，后又以《广西文坛三思录》为题刊于《广西文学》1989 年第 1 期。参阅李建平等：《广西文学 50 年》，桂林：漓江出版社 2005 年版，第 155 页。考虑到"广西文坛'88 新反思"的播放录音资料已不可考，笔者还是以具体可考的原始史料文献《广西文坛三思录》命名这场论争。

古老》。它们从不同的角度对广西文学的历史和现状进行批评，例如广西民间文学传统批评、广西民间文化批评和文学功利主义批评等。值得指出的是，其中相对较一致的观点是，广西作家亟须形成群体向中国文坛冲锋："广西作家必须早日结成代际的同盟，文学的红水河才能汇入世界文学的江海。"①"没有形成高层次的作家群体"②"像'湘军'、'川军'、'晋军'那样在全国举世瞩目的作家代表群，我们只能摇头苦笑，甚至哀叹我们这片土地不是地灵人杰。"③"我们认为，现代作家的第一素质是群体意识，可我们广西作家却先天地失落了这一素质。我们广西作家的群体意识极其脆弱，既出现了代际的断裂，又形成了人际的隔阂。群体的涣散，使我们的作家难以借助群体的精神力量，来对自己土地上的文化进行同一基线上的感悟和反思，也就难以出现反映同一文化层面、具有同一水准的作品群体……始终没有像兄弟省区的文坛那样凝成过强大的群体冲击力来撼动全国的文坛和读者！"④从新时期以来广西文学界的心路历程来看，"广西文坛三思录"和"振兴广西文艺大讨论"之后广西文学界初步形成"文学桂军"群体，它们尝试着向中国文坛集体冲锋。

1994年，广西文学界就已有意识地将"文学追求比较近似"⑤"群体意识相当明显"⑥的"文学桂军"建设起来并推向中国文坛。1997年，广西文学界向中国文坛推出"广西三剑客"地域文学群体。潘琦在研讨会上就表明了广西文学界努力有意识地建设和推出"文学桂军"这一群体："文学桂军的逐渐建立""广西的作家队伍，目前已经达到空前的团结，不再是个体性的、分散的，而是群体性的，形成了冲击波，组成了强有力的战斗集体。"⑦与"广西三剑客"的建设和推广相

---

① 杨长勋：《文学的断流》，常弼宇、黄佩华等：《广西文坛三思录》，《广西文学》1989年第1期。

② 黄佩华：《醒来吧，丘陵地》，常弼宇、黄佩华等：《广西文坛三思录》，《广西文学》1989年第1期。

③ 黄神彪：《功利的诱惑》，常弼宇、黄佩华等：《广西文坛三思录》，《广西文学》1989年第1期。

④ 韦家武：《我们的烙印很古老》，常弼宇、黄佩华等：《广西文坛三思录》，《广西文学》1989年第1期。

⑤ 编者：《编者絮语》，《三月三》1994年第4期。

⑥ 黄伟林：《论新桂军的形成、特征和创作实绩》，《三月三》1994年第7—8期。

⑦ 张军华：《东西、李冯、鬼子作品讨论会纪要》，《南方文坛》1998年第1期。

一致的是，2015 年 10 月 9 日，"广西后三剑客作品研讨会"在北京召开。①

从"文学桂军"的形成和发展过程来看，其地域性和群体性十分明显，所以它可以被作为一个整体性的地域文学群体进行研究。

三、"文学桂军"的主体成员选择

从创作实绩与文学史地位来看，"文学桂军"中的林白和"广西三剑客"（东西、鬼子和李冯）表现得最为突出。以具有代表性的四部中国当代文学史为例，即陈思和的《中国当代文学史教程》、洪子诚的《中国当代文学史》、陈晓明的《中国当代文学主潮》和朱栋霖的《中国当代文学史》，"文学桂军"能在中国当代文学史上占有一席之地的作家有林白和"广西三剑客"。林白被认为是中国当代文学史上十分具有代表性的女性主义作家："《一个人的战争》（1994年）应该是林白最出色的小说，也是 90 年代初中国女性写作最有代表性的作品。"② 她也是"文学桂军"中最早走出广西面向中国文坛的作家，为其他的广西作家提供了冲击中国文坛的榜样。如鬼子所说："在我的心中，真正成为中国作家的广西作者，林白是第一人。随后是李冯和东西，我的成名比他们要晚得多。林白在中国文坛的出人头地，使我们这些后来的广西作家，尤其是我，看到了冲击中国文坛的方向和方法。"③ 此外，广西作家在"花山文化与我们的创作"座谈会上曾论及林白对"百越境界"的参与："为这个发言，在杨克的书房，林白薇（林白原名——引者注）的斗室、梅帅元的陋居，他们几个讨论了许多个夜晚"，"林白薇点点头，'百越境界'实际上是借助于古代百越民族感知世界的方式来达到一种美学高度。"林白说："至于这个感觉方式如何知晓，我觉得可以通过研究神话、传说、民俗等等，从中得到暗示。"④ 她又以组诗《山之

---

① 需指出的是，虽然田耳是"广西后三剑客"之一，但笔者无法将其纳入"文学桂军"讨论。对此，本书将在"'文学桂军'的主体成员选择"中详论。此处论及"广西后三剑客"的建设和推广，笔者只意在说明广西作家队伍具有显明的群体意识。

② 陈晓明：《中国当代文学主潮》，北京：北京大学出版社 2009 年版，第 415 页。

③ 鬼子：《我喜欢在现实里寻找疼痛——鬼子答记者问》，银建军、钟纪新主编：《文字深处的图腾——走进仫佬族作家》，南宁：广西人民出版社 2009 年版，第 104 页。

④ 谭素：《四月，他们走向花山——"花山文化与我们的创作"座谈会侧记》，《广西文学》1985 年第 6 期。

阿　水之湄》实践"百越境界",参与"广西文坛进军全国的第一次集体冲锋"。①
东西获得第一届鲁迅文学奖,曾以中篇小说《白荷战事》参与《三月三》组织的
广西作家集体冲锋性质的"新文学桂军"栏目。②鬼子获得第二届鲁迅文学奖,
以短篇小说《面条》参与《三月三》组织的广西作家集体冲锋性质的"广西青年
30人作品专号"。③李冯表达过对"振兴广西文学"口号的看法:"我偶尔会听到
'振兴广西文学'的口号,我觉得这是种种荒谬文学口号中同样荒谬的一种……
我乐于听到这样的口号:'振兴中国文学'。"④这说明"振兴广西文艺大讨论"在
李冯的创作上发生过某种作用,他又是"广西三剑客"之一,所以理应将其纳
入"文学桂军"作为考察对象。无疑,林白、东西、鬼子和李冯都是"文学桂
军"的核心成员。

由于"广西后三剑客"(田耳、朱山坡和光盘)与"广西三剑客"都是广西
文学界和学术界有意识地建设、策划和推向全国的代表性作家,所以他们与林
白和"广西三剑客"理应一道被视为"文学桂军"的主体成员。但从学理性上来
说,田耳原是湖南籍作家,曾为"湘军五少将"之一,迟至2014年才被引进广
西,2015年就成为"广西后三剑客"之一。实际上,其人其文都与广西甚少关
联。⑤所以,"广西后三剑客"之一的田耳并不能被纳入"文学桂军"进行考察。
此外,考虑到凡一平曾以短篇小说《圩日》参与《三月三》组织的广西作家集体
冲锋性质的"广西青年30人作品专号",黄咏梅获得第七届鲁迅文学奖,以及
"文学桂军"中其他成员近些年来在中国文坛的影响力和活跃度,笔者将凡一
平、黄咏梅、李约热和陶丽群也作为考察对象。

所以,笔者选择"文学桂军"主体成员林白、东西、鬼子、李冯、凡一平、
光盘、李约热、朱山坡、黄咏梅、陶丽群这十位小说家作为本书的研究对象。

---

① 黄宾堂:《广西文坛的三次集体冲锋》,《南方文坛》1998年第3期。

② 参阅东西《白荷战事》,《三月三》1994年第12期。

③ 参阅廖润柏:《面条》,《三月三》1990年第3期。

④ 李冯:《针对性》,《广西文学》1996年第1期,第80页。

⑤ 参阅李敬泽、阎晶明等:《"广西后三剑客":田耳、朱山坡、光盘作品探讨会纪要》,《南方文坛》
　2016年第4期。田永:《田耳文学作品研讨会纪要》,《南方文坛》2019年第2期。田耳、马笑泉、
　于怀岸、谢宗玉、沈念:《"文学湘军五少将"创作谈》,《理论与创作》2008年第5期。

请扬起你握笔的手，说一声："别了，刘三姐！"

别了，"刘三姐"！别了，"百鸟衣"！

——常弼宇《别了，刘三姐》

广西已有八年没有获得全国六项文学大奖。八年了！这是一个多么严峻、冷酷的现实。这一现实已经引起不少广西作家和广大关注广西文坛状况的广西人民的焦灼与不安……广西文坛要打破八年的沉默，很重要的一个方面，就是作家们要克服麻木和被动心态，唤醒和强化忧患意识。

——黄佩华《醒来吧，丘陵地》

我们广西作家的群体意识极其脆弱，既出现了代际的断裂，又形成了人际的隔阂。群体的涣散，使我们的作家难以借助群体的精神力量，来对自己土地上的文化进行同一基线上的感悟和反思……

——韦家武《我们的烙印很古老》

第一章

"边缘的守望"：
"文学桂军"的历史生成

20世纪80年代，广西文艺界意识到其文学的历史和现状都远远落后于其他省份，于是在深重的"边缘性焦虑"的作用下，广西文艺界先后经历了规模空前的"百越境界""广西文坛三思录"与"振兴广西文艺大讨论"等论争，目的是使广西文学实现"边缘的崛起"，走向中国文坛。这些论争对未来广西文学的影响十分深远。经历一系列的论争之后，广西文艺界有意识、有组织并策略性地建设了一支文学队伍："文学桂军"。广西文艺界建设了许多卓有成效的文学制度，通过制定文学政策和举办文学会议为"文学桂军"提供组织化的保障，以及利用文学批评和学术刊物为"文学桂军"发挥宣传功能。此后，"文学桂军"便置身于艰难的文学跋涉中，试图实现从"边缘"走向"中心"的欲求。

"百越境界""广西文坛三思录"与"振兴广西文艺大讨论"的史料纷繁复杂，它们究竟围绕着哪些核心问题在论争？又为"文学桂军"提供了哪些建设性意见？文学政策、文学会议与文学批评以及学术刊物在"文学桂军"的制度性建设上做了哪些努力和贡献？以上问题互相之间密切勾连，又共同统摄于"文学桂军"的历史生成。它们是本章试图深入探讨的一些问题。

第一节 边缘性焦虑：欲求崛起的广西地域文学论争

"百越境界"和"广西文坛三思录"以及由"广西文坛三思录"触发的"振兴广西文艺大讨论"是新时期广西文艺界的重要事件，反映出广西文学深重的边缘性焦虑，蕴含着广西文学主体的既有历史与"新时期"之间丰富而复杂的紧张关系，对于广西地域文学的"中心"转向有着深远的影响和意义。1985年，梅帅元和杨克提出"百越境界"，主张弘扬百越民族文化传统，在"百越之地"的原始文化土壤之上融合西方的现代主义，以探索形成一种自成风格的地域性的文学现象。相较于"百越境界"，1988年由黄佩华、杨长勋、黄神彪、韦家武和常弼宇发起的"广西文坛三思录"更为激进，在对广西的文学传统和地域文化进行彻底的批判之后，提出广西文学界应以地域作家群的形式冲击中国文坛。"广西文坛三思录"触发了席卷整个广西文艺界的"振兴广西文艺大讨论"，作家和学者在"振兴广西文艺大讨论"中提出的对广西文学的历史、现状和未来出路的见解和认识错综复杂又深具多重悖论性。

20世纪80年代中后期，广西文艺界有感于广西文学的历史和现状的落后面貌，以及焦灼于广西文学的未来出路问题，先后发生过三场颇具规模的论争："百越境界"和"广西文坛三思录"，并且"广西文坛三思录"引发了波及整个广西文艺界的规模空前、影响深远的"振兴广西文艺大讨论"。作为广西地域文学史上的重要事件，它们偶有被广西的本土学者在作家论性质的评论文章中简略地提起，尽管也被言明其在广西文学的"边缘的崛起"的历史轨迹上的标志性作用，但是往往被以模糊不清的面貌呈现出来。由于论争距今时间甚久，原始史料的零散化和不易搜集，以及论争中众多学者所作批评的丰富复杂，论争的真实面相近乎被历史尘封。

考虑到"百越境界""广西文坛三思录"和"振兴广西文艺大讨论"是广西文学由"边缘"走向"中心"过程中的重要衔接点，我们可以从历次论争中体会到文学主体在这一激进的论争过程中的反叛和挣扎，以及众声喧哗之后广西文学在阵痛之中的变革。比如，此后基于新观念的写作策略，广西文学在叙事形式、叙事内容和叙事姿态等方面，形成了不同于传统广西文学的形态和特质。[①]所以，笔者在细读原始史料的基础之上，试图考察"百越境界""广西文坛三思录"和"振兴广西文艺大讨论"的论争过程，并深入论争的内部细节，考辨作家和学者所提出的对广西文学的历史和现状的认识以及未来出路的策略谋划。

"百越境界""广西文坛三思录"与"振兴广西文艺大讨论"等论争的发端、过程和余波是什么？作家和学者在论争中所持的代表性观点有哪些？这三场论争之间究竟是什么关系？以上是本节试图探讨的一些问题。

（一）"百越境界"：文化保守与现代叙事

"百越境界"是先有创作实践，后才被以理论的方式向广西文坛提出。1984年春，杨克、梅帅元、张仁胜和李逊受拉美爆炸文学影响，同游宁明花山，追

---

① 关于"百越境界""广西文坛三思录"和"振兴广西文艺大讨论"在广西文学"边缘的崛起"过程中所起的关键性效用，以往学者对此已略有提及。参阅李建平等：《广西文学50年》，桂林：漓江出版社2005年版，第152—156页。李建平、黄伟林等：《文学桂军论：经济欠发达地区一个重要作家群的崛起及意义》，北京：中国社会科学出版社2007年版，第9页。

踪尚没有汉字记载的狞野神话。①《广西文学》1985 年第 1 期，杨克发表组诗《走向花山》。《广西文学》1985 年第 3 期，梅帅元和杨克的《百越境界——花山文化与我们的创作》提出"百越境界"，成为探索和思考广西文学的历史、现状和未来出路问题的发端之作。该文认为花山标志着广西这一百越民族的地域环境和文化历史背景，花山文化及其所代表的师公文化、道公文化与文明程度较高的中原文化之间存在较显明的差异，所以反对广西文学一直以来亦步亦趋地附和中原文化，提出应该在汲取西方现代主义的基础之上"用现代人的美学观念继承和发扬百越文化传统"②。"百越境界"不仅仅是一种新的地域文学观念，同时是针对广西文学的历史和现状所提出的写作策略，具体到实际创作中，它主张将直观世界和感觉世界、现实与幻想以及传说与现实相互交叉、相互融合，以至于"将我们民族的昨天、今天与明天融为一个浑然的整体"。③ 不过，从梅帅元和杨克对"百越境界"这一文学观念和写作策略的阐释来看，"百越境界"的意义存在诸多模糊之处。《广西文学》1985 年第 4 期，彭洋的《百越境界 深沉的礼赞——组诗〈走向花山〉评析》盛赞杨克的组诗《走向花山》对古骆越人和百越文化的艺术表现。《广西文学》1985 年第 7 期，钟纪新的《也谈组诗〈走向花山〉——与彭洋同志商榷》指出《走向花山》并不晦涩，且该诗所采用的整齐的句式和严格的押韵是符合古百越人内心的温柔和爱的。"百越境界"作为一种文学观念和写作策略，立刻在广西文学界和学术界引发了创作实践和理论争鸣。

张兴劲的《"百越境界"与魔幻现实主义——也来思考〈花山文化与我们的创作〉》④ 将"百越境界"理解为魔幻现实主义，认为广西应形成和崛起独树一帜的百越文学，从而与新疆地域的"新边塞诗派"、青藏高原的"雪野诗"、西北地域的"西部文学"等流派争雄。丘行的《探索的探索》却对"百越境界"提出批评：一是批评"百越境界"虽然在艺术层面使人感受到"新"，但会使文学缺

---

① 参阅彭洋:《百越境界 深沉的礼赞——组诗〈走向花山〉评析》,《广西文学》1985 年第 4 期。杨克:《那一年,我们走向花山》,《左江日报》2016 年 4 月 2 日。

② 杨克、梅帅元:《百越境界——花山文化与我们的创作》,《广西文学》1985 年第 3 期。

③ 杨克、梅帅元:《百越境界——花山文化与我们的创作》,《广西文学》1985 年第 3 期。

④ 张兴劲:《"百越境界"与魔幻现实主义——也来思考〈花山文化与我们的创作〉》,《广西文学》1985 年第 5 期。

乏深度，故而主张"要使新的色彩和新的深度结合，只着眼于'境界'、'氛围'的创造还不够，还要注意研究民族的性格、心理素质和传统的形成等"。[①] 二是批评"百越境界"过于侧重境界、情调、氛围、风格，应该也意识到"反映当代人们的生活。人们关心的是当前的社会问题"。[②] 随着探索和思考的深入，对"百越境界"的批评也越来越多。谢福铭的《由"百越境界"引起的思考》从四个方面对"百越境界"予以指正：一是关于"百越境界"的概念问题，认为"百越"含义不明，"境界"过于抽象，"百越"和"境界"相结合则不伦不类；二是关于民族文化问题，"特别是对待我区宗教迷信思想非常浓厚的师公和道公文化，我们应采取首先是批判而不是继承的慎重态度"；[③] 三是关于创作方法和内容，批评"百越境界"实践下的小说晦涩难读，人物形象多是神鬼魔法扭曲了的男女老幼；四是批评"百越境界"缺乏时代精神。

　　1985 年，《广西日报》刊出一组关于"百越境界"的评论[④]，具有代表性的是杨克和梅帅元的《再谈"百越境界"》和雷猛发的《"百越境界"说的可取和不足》。杨克和梅帅元在附记里表明《再谈"百越境界"》的用意，即将此文作为《百越境界》的补充，因为《百越境界》对"百越境界"的读解让读者不甚了了。《再谈"百越境界"》对"百越境界"的阐释是："借助百越文化传统、审美形态和把握世界的方式来创造一种境界，即所谓'百越境界'。"[⑤] 它又对这一阐释做了一个补充："在现代观念中注入百越文化传统、审美形态和感知方式来完成表现现实的使命。这其实是同一命题的两个互补方面，是文化感与时代感双重要求决定的。"[⑥] 从中我们不难体会到杨克和梅帅元在再解读"百越境界"时与学者批评之间潜在的对话。此外，杨克和梅帅元强调"百越境界"是一种文学实践概念，意在使广西形成一种独特的文学现象。它不是一种单一的创作方法，而是一种可以借助各种创作方法达到的共同的审美趋向。雷猛发认为"百越境界"

---

① 丘行：《探索的探索》，《广西文学》1985 年第 7 期。

② 丘行：《探索的探索》，《广西文学》1985 年第 7 期。

③ 谢福铭：《由"百越境界"引起的思考》，《广西日报》1985 年 10 月 22 日。

④ "《广西日报》文艺副刊'花山'为此还组织了专题讨论（讨论文章载该报 1985 年 10 月 22 日、11 月 12 日和 1986 年 1 月 16 日的'花山'栏目。）参阅王先明：《对"百越境界"的回顾与思考》，《广西师院报》1987 年第 3 期。

⑤ 杨克、梅帅元：《再谈"百越境界"》，《广西日报》1985 年 11 月 12 日。

⑥ 杨克、梅帅元：《再谈"百越境界"》，《广西日报》1985 年 11 月 12 日。

构想有两点可取之处：一是它打破了广西文坛多年来的沉寂和焦虑困境，二是理论探讨和创作实践能齐头并进。他对理论和创作上都表现得过于急躁的"百越境界"说提出两点批评：从创建广西特色的文学流派视角来看，一是"只是一头扎进历史的怀抱，找不到回返现实的出路"[①]；二是没有从广西文学创作的传统出发并提出问题，从而与广西文学创作实际相脱离。

"百越境界"提出之后，广西文坛随即涌现出一批按照"百越境界"构想创作的小说、诗歌和评论。它们大多被登载在1985年和1986年的《广西文学》上，诸如梅帅元的《黑水河》、孙步康的《纤魂》、海涛的《在有白鹤的地方》、李逊的《沼泽地里的蛇》、韦玮的《岩葬》、林白薇的《山之阿 水之湄》、张宗栻的《塔摩》。[②]蒋述卓的《"百越境界"与现代意识——也来思考"花山文化"与我们的创作》首先肯定《百越境界》对开创广西文学创作崭新局面的开拓之功，然后批评"百越境界"构想的创作实践在"氛围"和"境界"营造之外缺乏现代意识。这里所说的现代意识，并不是指现代的文学创作手法，"而是指具有现代气息的社会意识，它包括现代社会的政治观、伦理道德观、自然观、人生价值观等等"。[③]与蒋述卓的观点相类同的是，陈实的《黑水河》也认为："作者在追求'境界'的时候，忽略了作品的现实感。"[④]但陈实的《走向花山，走向远方——评诗丛〈含羞草〉》还是从广西古百越民族的文化传统、历史的透视、文化的整体意识、观念和形式的更新等角度认同"百越境界"创作实践的努力。[⑤]当"百越境界"构想的创作实践被批评缺乏现代意识、现代感、现实感或社会意识时，李昌沪的《"百越境界"作品与时代精神》[⑥]却认为"百越境界"的创作是写意文学，只是淡化了当下的时代背景，强化了远古民族的氛围。比如，《黑水河》和《塔摩》表现了古民族的主人公在现代文明前的内心挣扎。

---

① 雷猛发：《"百越境界"说的可取和不足》，《广西日报》1985年11月12日。

② 梅帅元的《黑水河》、孙步康的《纤魂》和海涛的《在有白鹤的地方》刊于《广西文学》1985年第7期。李逊的《沼泽地里的蛇》、韦玮的《岩葬》和林白薇的《山之阿 水之湄》刊于《广西文学》1985年第8期。张宗栻的《塔摩》刊于《广西文学》1985年第9期。

③ 蒋述卓：《"百越境界"与现代意识——也来思考"花山文化"与我们的创作》，《广西文学》1985年第12期。

④ 陈实：《黑水河的启示》，《广西文学》1985年第12期。

⑤ 参阅陈实：《走向花山，走向远方——评诗丛〈含羞草〉》，《广西文学》1986年第6期。

⑥ 李昌沪：《"百越境界"作品与时代精神》，《广西文学》1986年第2期。

值得注意的是，辛力整理的《"百越境界"介绍》①和谭素的《四月，他们走向花山——"花山文化与我们的创作"座谈会侧记》②虽然只是对论争过程的简要记述，没有实质性地参与论争，但是它们在史料方面同样有着珍贵的价值。

（二）"广西文坛三思录"：激进反叛传统

如今看来，无论是"百越境界"构想的提出和论争，还是"百越境界"的创作实践，都表现得十分仓促和匆忙，以至于"百越境界"概念及其文学实践在广西文学史上都昙花一现。某种程度上讲，无论是作为理论概念，还是写作策略，"百越境界"这一广西地域文学事件的确以失败而告终。究其原因，正如覃富鑫的《"百越境界"五年祭》所说："'百越境界'在国内的寻根队伍中，拉起得很迟，消失得最早。原因是：一、拿不出在国内有影响的力作；二、很难接受非传统的冲激的略呈封闭型的广西文坛的微妙影响。"③但是，作为广西文艺界的重要事件，"百越境界"构想、论争及其创作实践无论在广西文学史上，还是在广西学术史上无疑都有着极其重要的功能意义。它标示出广西文学在新时期这一转折时代中强烈的边缘性焦虑，躁动不安的广西文坛始终在挣扎着试图进行"边缘的崛起"。如果仅仅从1985年前后文学活动的表象上看，"百越境界"可能稍纵即逝，但若着眼于广西新时期以来漫长的文学历史长河，那么"百越境界"对广西文坛的影响自然是潜在而深远的。

在广西文学的边缘性焦虑的作用下，距离"百越境界"的提出仅仅三年时间，在"百越境界"昙花一现之后，1989年广西文艺界又出现了"广西文坛三思录"。与"百越境界"相一致的是，"广西文坛三思录"同样是作家和学者对广西文学的历史、现状和未来出路感到困惑、焦灼甚至愤愤不平所掀起的论争。不过，与"百越境界"论争相比较，"广西文坛三思录"明显在以下三个方面表现得更加突出：一是对广西的地域文学、地域文化、文坛生态和批评生态的批判特别激进；二是参与者众多，波及整个广西文艺界，几乎包括所有作家、学者和刊物；三是讨论的问题广泛、丰富复杂而尖锐，诸如如何对待广西的文学传统、如何对待广西的民间文化与广西地域作家群建设等问题。1988年，广西人

---

① 辛力：《"百越境界"介绍》，《作品与争鸣》1985年第12期。
② 谭素：《四月，他们走向花山——"花山文化与我们的创作"座谈会侧记》，《广西文学》1985年第6期。
③ 覃富鑫：《"百越境界"五年祭》，《南方文坛》1990年第6期。

民广播电台广播了广西文艺界五位青年学者及作家的系列文章，后又以《广西文坛三思录》为名将其刊载于《广西文学》1989 年第 1 期。编者在《广西文坛三思录》的序中对此有过说明："感谢广西人民广播电台文艺部的喜宏、刘洁宏和他们的同事们组织的这批稿件。他们广播。我们发表。会有涟漪吗？"[①] 该文由五篇篇幅不大的批评文章组成，分别是常弼宇的《别了，刘三姐》、杨长勋的《文学的断流》、黄佩华的《醒来吧，丘陵地》、黄神彪的《功利的诱惑》和韦家武的《我们的烙印很古老》。它们从不同的视角展开对广西文坛的彻底批评，共同构成"广西文坛三思录"。

常弼宇的《别了，刘三姐》首先批评广西文坛的标杆性民间文学作品《刘三姐》，并直接言明广西文坛应与之告别。该文认为，首先，《刘三姐》的主题是经过精心提炼的，融合特定历史年代里的斗争主题，有着深刻的阶级性烙印。尽管全国将"刘三姐"作为广西民族文化的代表，但"刘三姐"实际上被贴上阶级标签后"提炼而变成为对文化的全盘否定。改造后的'刘三姐'故事情节中，有着对封闭的小农经济环境乐陶陶的欣赏"。[②] 其次，常弼宇意识到《刘三姐》的创作思维为广西文坛提供了一种写作模式，即刘三姐模式。刘三姐模式的显明特点是文学的功利目的："它体现的是一种创作上的攀比心理，用对'政治任务'和'时代中心'的攀比来证明本民族的'不落后'。"[③] 这种创作上的攀比心理，使刘三姐模式背离广西民族文化，而不是面向本民族文化。第三，常弼宇认为《百鸟衣》（1955）和《寻找太阳的母亲》（1985）这两部作品，体现作家三十年内一贯的心态和平稳无变化的创作轨迹，他由此批评广西文学沉溺于原始的民间文化，缺乏现代思考："三十年画了一个封口的圆圈：百鸟衣圆圈。这个圆圈最明显的特点，就是作家始终沉溺于民间文化的原始形态和氛围之中，把本民族必须进行的现代思考，关在圆圈之外。"[④] 刘三姐文化和"百鸟衣圆圈"的创作模式和创作思维，造成广西作家精神上的迟钝，以及广西文学落后于全国的尴尬局面："不去开拓文学主题和文化反思的新领域，待全国一方兴起之后

---

① 常弼宇、黄佩华：《广西文坛三思录》，《广西文学》1989 年第 1 期。

② 常弼宇：《别了，刘三姐》，《广西文学》1989 年第 1 期。

③ 常弼宇：《别了，刘三姐》，《广西文学》1989 年第 1 期。

④ 常弼宇：《别了，刘三姐》，《广西文学》1989 年第 1 期。

我们再去'追'。"①

　　杨长勋的《文学的断流》主要从两个方面对广西文学的历史、现状和未来出路问题展开批评、反思和探索：一方面是广西作家间的代际衔接与广西文学传统的承继问题，另一方面是对广西地域文化的反思。杨长勋认为，20世纪广西文学一直落后的重要原因之一是广西文学界忽视作家间的代际衔接，这使广西的历代作家得不到扶植，所以广西作家比其他省份的作家起步更晚、更艰辛。广西文坛的代际脱节和文学断裂自五四时期便显现出来。广西文学历经20世纪三四十年代、五六十年代、新时期等各重要历史阶段，在全国文学思潮中缺席，以至于错过伤痕文学、改革文学等文学主潮。杨长勋从广西作家的代际衔接问题延伸到广西文学传统的承继问题，认为文学传统有时会葬送在青年作家手里。由此，杨长勋进一步批评广西文坛近年来青年文学创作中急躁的反前辈、反传统和反文化行为："近年的青年文学创作，有一种反文化的倾向。需提请注意的是，反前辈，反传统，反文化，不必采用新文化反对旧文化的残酷方式，应该是批判与回归相融合的冷静剖析。"② 值得注意的是，杨长勋对西方有着不无敏锐的警惕："如果我们只是拿西方一些皮毛的东西，来建立自己的思维体系，来完全地否定传统文化，那么西方的皮毛，传统的消失，恰恰从两个方面毁掉我们自己这一代人。"③ 文末，杨长勋呼吁广西文坛早日联合成代际的同盟，从而汇入世界文学中。

　　黄佩华的《醒来吧，丘陵地》在对广西文坛八年里未能在全国六项文学大奖中获奖的现状悲愤之余，主要从三个层面批评广西文坛：一是广西文学不能直面生活现实；二是广西作家大多沉溺和固守民间文学意识，对当代文艺理论陌生；三是缺乏独立思考和创新意识，热衷于赶浪头和赶时髦。黄佩华批评广西文学多是吟咏与社会现实和人无多大关系的花鸟虫鱼，以至于"我们的文学作品实在太少历史感、凝重感和责任感"。④ 与《别了，刘三姐》《文学的断流》相一致的是，《醒来吧，丘陵地》同样批评广西作家根深蒂固的民间文化意识，注意到广西大部分作家出身于农村，他们受民间文学的滋养较深，所以"往往

---

① 常弼宇：《别了，刘三姐》，《广西文学》1989年第1期。

② 杨长勋：《文学的断流》，《广西文学》1989年第1期。

③ 杨长勋：《文学的断流》，《广西文学》1989年第1期。

④ 黄佩华：《醒来吧，丘陵地》，《广西文学》1989年第1期。

固守在民间文学的圈子里，怕过多接触和吸收外来文化会造成断代"。^①广西作家的被动心态强，仅仅会机械地接受和追逐来自异地的观念，这导致作品不伦不类："人家风行现代派、意识流，搞魔幻现实主义，他们也照葫芦画瓢，大肆模仿。洋人们探索了百几十年，我们仅用几年时间就玩遍了。作品显得不伦不类，不土不洋。对待国内作品也一样。"^②

黄神彪的《功利的诱惑》着重批评广西创作界和理论界的功利意识。该文认为，广西创作界过于看重名利，官本位思想重，并且为了赚钱而追捧通俗文学热。广西的理论界同创作界一样，患的是功利意识的通病，对广西文坛存在的问题和现象沉默不语。

韦家武的《我们的烙印很古老》首先批评广西的地域文化及在文学上显现出来的与之相关的弊病："然而人们似乎忽略了对广西当代作家的文学创作更为深层影响的地域文化……滋生并漫衍了一个近两千年来一直紧箍着这块土地上各民族后裔的恶劣的地域文化——土司文化。"^③该文还认为土司文化作为劣性文化，影响了广西当代作家的社会行为模式，比如缺乏群体性、呆板、单调和闭关保守。这表现在广西作家的创作模式上，则是中年作家在创作意识上过度地眷恋民间文学，其创作"始终摆脱不了民间文学的创作模式，缺乏现代文学创作意识"。^④叙事形式上则是："往往是把一个现实或虚构的故事用文字简单地排列出来，过于单一而呆滞；作品表现的社会内容也是极单薄狭小的。不敢自觉地采用现代文学的创作手法。"^⑤

（三）"振兴广西文艺大讨论"：多重悖论

"广西文坛三思录"引发了波及整个广西文艺界的"振兴广西文艺大讨论"：一方面，广西文艺界举办了声势浩大的"振兴广西文艺大讨论"座谈会。1989年3月14日，由广西人民广播电台文艺部、《广西文学》编辑部、《南方文坛》杂志编辑部、《广西日报》文艺部、《南宁晚报》副刊部、政文部、广西电视台

---

① 黄佩华：《醒来吧，丘陵地》，《广西文学》1989 年第 1 期。

② 黄佩华：《醒来吧，丘陵地》，《广西文学》1989 年第 1 期。

③ 韦家武：《我们的烙印很古老》，《广西文学》1989 年第 1 期。

④ 韦家武：《我们的烙印很古老》，《广西文学》1989 年第 1 期。

⑤ 韦家武：《我们的烙印很古老》，《广西文学》1989 年第 1 期。

文艺部七单位联合举办了"振兴广西文艺大讨论"座谈会。[①] 另一方面，广西学术界和创作界围绕着"振兴广西文艺大讨论"议题在地方刊物上展开争鸣。据笔者对原始史料的考证，关于"振兴广西文艺大讨论"的争鸣文章大体上集中刊载于《南方文坛》1989 年第 1 至 4 期的"振兴广西文艺大讨论"栏目，并散见于 1989 年和 1990 年的《广西文学》、《广西作家》（内刊）、《社会科学探索》[②] 和《学术论坛》。由于论争中的文章数量多且观点复杂，笔者选择其中具有典型性的批评文章进行归纳和论析。

实际上，相关争鸣文章主要聚焦于广西文学的四个层面：一是广西的地域文化与广西文学之间的关系；二是广西的民间文学传统；三是广西文学所采用的叙事形式；四是广西文学的制度，包括广西作家的群体性建设和广西文学批评队伍的建设。

"振兴广西文艺大讨论"大体上聚焦于广西地域文化与广西文学之间的紧张复杂关系。它们对广西的地域文化多有反思和批评，认为其属于落后文化，并不能适应现代文明，是广西文学落后的根源。周兆晴和曾强的《两广文坛的困惑与出路》将两广的地域文化和地域文学现状结合起来进行对比，认为如今以壮文化为主导的广西文化是落后文化："较之粤文化而言，壮文化毕竟是较落后的文化。"[③] 并从文化视角为广西文学指出出路："广西文学的出路何在？我们认为，要摆脱文化上对北方的认同倾向以及壮文化情结，在多元化的探索中寻找希望。"[④] 少数民族作家潘荣才在《跳出怪圈　为民族文学打出新招式》中表达了自己的困惑：广西很多写本民族的风俗民情和民族意识的作品，都已陷入模式化的怪圈里。所以，他主张跳出这一怪圈："包括摒弃自己的丑陋以及未必丑陋

[①] 关于"振兴广西文艺大讨论"座谈会的介绍，参阅下雨：《"振兴广西文艺大讨论"座谈会在邕举行》，《南方文坛》1989 年第 1 期。本刊记者：《反思自审 真我相见——"振兴广西文艺大讨论"座谈会纪要》，《南方文坛》1989 年第 2 期。彭洋：《躁动不安的广西文坛——"振兴广西文艺大讨论"记述之一》，《广西文学》1989 年第 5 期。蒙飞：《批判的困惑——振兴广西文艺大讨论综述》，《学术研究动态》1989 年第 4 期。

[②] 《社会科学探索》于 1992 年更名为《广西社会科学》。参阅本刊编辑部：《本刊改名为〈广西社会科学〉致读者》，《社会科学探索》1991 年第 6 期。

[③] 周兆晴、曾强：《两广文坛的困惑与出路》，《南方文坛》1989 年第 1 期。

[④] 周兆晴、曾强：《两广文坛的困惑与出路》，《南方文坛》1989 年第 1 期。

而又变成作茧自缚的旧我。"① 覃富鑫的《明明如月，何时可掇？》反对文艺界将广西文学比较落后的局面仅仅归咎于中青年作家，看到了广西文学落后的地域文化根源："如果我们考虑了广西文化落后的历史，八年来文学也有了毋庸置疑的成绩，如此，我们是不应去对中青年作家滥施挞伐的。"② 吕嘉健的《彷徨的主体一无所有——广西文学与文化反思之我见》认为广西文学落后的根源是封闭的广西地域孕育出的落后的、原始的、土著味浓重的土司文化："封闭、保守、甘于几十年几百年一贯制，固执，硬气，津津乐道于民间文化的原始韵味，土著味道那么浓郁，还是封建主义自然经济，还是乡土社会，还是土司文化，还是生活在'广西盆地'之中。"③ "广西文学落后，其背后是一种文化主体意识的'一无所有'状态，是文化精神的原始倾向。"④ 同时，他为广西文学指出出路，从土司文化的原始模式走出去，甚至"要去掉少数民族情结"⑤，做到开放和兼容。梁昭的《对现代文化的深情呼唤》在追溯广西文学和文化的历史的基础上，提出对于落后的广西地域文化的困惑："广西文化（这里指壮文化）呈现出一种原始的、封闭的、保守的特质，它的精灵只能在自己那些贫瘠狭小的山地上跳舞。"⑥ 梁昭同时一针见血地指出广西普遍存在强烈的地域自卑感，尤其是落后文化造成的地域自卑感："广西文化要上去必须首先逾越一道巨大的心理障碍：强烈的自卑感和由此产生的同样强烈的自尊心。"⑦ "身为广西人，而以'广西人'为耻。"⑧ "自卑在广西几乎是无处不在，无人不有。"⑨

其实，围绕"振兴广西文艺大讨论"的争鸣也不尽是对广西的地域文化进行措辞强烈的激进的批评。蒙飞和梁洪的《文化的沦丧和文学的衰落——广西文学透视》并没有将广西文学的落后归咎于地域文化，反而认为："文化决定文

---

① 潘荣才：《跳出怪圈 为民族文学打出新招式》，《南方文坛》1989 年第 1 期。
② 覃富鑫：《明明如月，何时可掇？》，《南方文坛》1989 年第 2 期。
③ 吕嘉健：《彷徨的主体一无所有——广西文学与文化反思之我见》，《南方文坛》1989 年第 3 期。
④ 吕嘉健：《彷徨的主体一无所有——广西文学与文化反思之我见》，《南方文坛》1989 年第 3 期。
⑤ 吕嘉健：《彷徨的主体一无所有——广西文学与文化反思之我见》，《南方文坛》1989 年第 3 期。
⑥ 梁昭：《对现代文化的深情呼唤》，《南方文坛》1989 年第 3 期。
⑦ 周伟励：《广西文化悖论》，《南方文坛》1989 年第 4 期。
⑧ 周伟励：《广西文化悖论》，《南方文坛》1989 年第 4 期。
⑨ 周伟励：《广西文化悖论》，《南方文坛》1989 年第 4 期。

学。广西文学振兴的先决前提是文化的振兴。"① 不过，他们对广西的民族文化传统进行了不同于"百越境界"论的再认识和再估价，认为"百越境界"的文化寻根所寻的只是广西民族文化的伪根："壮瑶等少数民族传承至今的不是本民族真正的文化，而是与儒家文化杂交的失去本色的伪民族传统文化。"② 但是，该文并没有清晰地言明广西真正的民族文化传统究竟是什么。廖振斌的《"边缘文学"论》通过分析近十年来的中国文学活动，认为中国文学已处于"边缘文学"状态。"边缘文学"概念体现的是廖振斌在文化层面对中国文学的思考："所谓'边缘文学'即是文化范畴上的边沿文学、边远文学。"③ "边缘文学"的特征是，作家十分鄙薄自己的文化传统，怀着强烈的文化自卑，将创作放置于人类文化的边缘处，去寻找、理解和想象"中心"。这造成他们的创作只能步履匆匆地紧跟着别人："去仰承中心的辐射，追求认同于别人，以能紧跟或赶上中心为目的、为光荣。"④ 而这种亦步亦趋式的邯郸学步并不能得到"中心"的接纳和认可："'中心'却异常坚决地并不接受他们、承认他们。"⑤《"边缘文学"论》的意图是，通过对近十年来中国文学活动的批评，为未来广西文学的发展提出警示：作家应确立自信的文化心态，不必紧跟不舍于自我想象的"中心"并引以为荣。

由于《广西文坛三思录》主张广西作家应跳出民间文学传统，诸如代表性观点"别了，刘三姐"和"百鸟衣圆圈"，所以我们就不难理解为何大讨论中很多评论文章都着眼于广西文学的民间文学传统问题。它们都意识到广西作家之前多是整理和发掘民间文学，后才转入人文文学创作，所以文学素质并不高。它们对广西文学的民间文学传统的态度几乎都是严厉的批评。张西宁的《接受主体的迷误——由〈刘三姐〉引发的对广西文艺的反思》认识到广西文艺严重倾向民间传说和历史题材，而民间文学的艺术水平低下，广西作家"没有认识到民间文学从来不能成为文学发展的主潮和方向，否则只能导致文学发展的倒退

---

① 蒙飞、梁洪：《文化的沦丧和文学的衰落——广西文学透视》，《南方文坛》1989 年第 2 期。

② 蒙飞、梁洪：《文化的沦丧和文学的衰落——广西文学透视》，《南方文坛》1989 年第 2 期。

③ 廖振斌：《"边缘文学"论》，《南方文坛》1989 年第 4 期。

④ 廖振斌：《"边缘文学"论》，《南方文坛》1989 年第 4 期。

⑤ 廖振斌：《"边缘文学"论》，《南方文坛》1989 年第 4 期。

而不是进步"。① 吕嘉健的《彷徨的主体—无所有——广西文学与文化反思之我见》从文学的角度去观照广西的文化精神，觉察到广西没有自己的地域文学传统而仅仅有民间文学，由此呼吁广西的当代青年作家从民间文学传统中脱离："广西文学再不能长久地没有自己的文学传统而只是有民间文学了，这一历史的重任义不容辞地落在当代年轻的作家肩上。"② 周伟励的《广西文化悖论》③ 和施鸣钢的《岭南，文学的宽容时代》④ 所持观点也大体与以上评论相类同。

"振兴广西文艺大讨论"还关涉到广西文学的叙事形式和文学制度问题。潘荣才的《跳出怪圈 为民族文学打出新招式》、施鸣钢的《岭南，文学的宽容时代》和梁昭的《对现代文化的深情呼唤》都几乎一致地主张广西文学应学习和采用现代的叙事技巧、艺术形式和表现方法，但是他们都没有就此展开具体而深入的讨论。此外，秦立德的《呼唤评论家的独立人格——广西文学界感性理性批判》和唐正柱的《批评的贫困》还批评了广西的学术刊物留给广西当代文学批评的版面十分少，以及广西批评界存在的缺陷，诸如广西文学评论家主体品格的"兔神崇拜"所表现出的疲软和趋避的特征。⑤ 总的来说，刊物版面和批评所触及的是广西文学的制度，正如王本朝所说："文学政策、文学会议、文学批评都是当代文学制度的运行方式。"⑥

值得指出的是，尽管"振兴广西文艺大讨论"总体上是对广西文学的历史和现状进行尖锐的、激进的甚至不无偏执的批判，但是其中仍然有稀少的评论肯定广西的地域文学和地域文化，反对广西文学一味突进式地向所谓的"中心"迈进和跟随主流。这方面代表性的评论是覃富鑫的《明明如月，何时可掇？》和廖振斌的《"边缘文学"论》。

从"百越境界"说的提出、创作实践和凋零，到"广西文坛三思录"的出现，再到规模空前的、轰轰烈烈的"振兴广西文艺大讨论"的开展，我们可以

---

① 张西宁：《接受主体的迷误——由〈刘三姐〉引发的对广西文艺的反思》，《南方文坛》1989 年第 2 期。

② 吕嘉健：《彷徨的主体—无所有——广西文学与文化反思之我见》，《南方文坛》1989 年第 3 期。

③ 周伟励：《广西文化悖论》，《南方文坛》1989 年第 4 期。

④ 施鸣钢：《岭南，文学的宽容时代》，《南方文坛》1989 年第 2 期。

⑤ 参阅秦立德：《呼唤评论家的独立人格——广西文学评论界感性理性批判》，《南方文坛》1989 年第 2 期。

⑥ 王本朝：《文学制度与中国当代文学发展》，《浙江社会科学》2020 年第 1 期。

清晰地看出，广西文学深刻的边缘性焦虑促使广西文艺界对广西的地域文化和民间文学传统等文学生成的土壤和环境进行激进的反思、批判和探索，而广西文学在 20 世纪 90 年代的发展方向自然与这些论争关系密切。所以，对广西新时期以来"百越境界""广西文坛三思录"和"振兴广西文艺大讨论"的史实考辨，在广西文学研究方面具有一定的学术价值。

其实，从以上一系列的论争可以看出，广西文艺界在将本土的文学现状与其他省份相比较的过程中，就已经有意识地把广西文学从广西文学场域放置于范围更广阔的中国文学场域，于是产生了深重的边缘性焦虑。广西文艺界强烈地意识到在中国文学场域中，广西文学在场域结构中一直以来处于边缘位置："一个场域的结构可以被看作一个不同位置之间的客观关系的空间，这些位置是根据他们在竞夺各种权力或资本的分配中所处的地位决定的。"① 在这些影响深远的论争之后，为了改变广西文学在中国文学场域中的边缘性状态，广西文艺界做出许多策略性调整，"根据场域所引发的游戏，不断作出相应的调整"②，目的是实现"边缘的崛起"：一方面是，有意识地建设一支广西地域文学群体，即"文学桂军"，以集体的姿态向中国文坛冲锋；另一方面是，建立许多文学制度，比如通过出台文学政策和举办文学会议为"文学桂军"提供组织化保障，通过文学批评和学术刊物为"文学桂军"宣传；还有一方面是，通过文学的批评实践试图让尚处于边缘位置的"文学桂军"与"中心"进行对话和沟通。实际上，"百越境界""广西文坛三思录"和"振兴广西文艺大讨论"等论争中作家和学者为广西文学所提出的批评和建议，就已经预含以上这些富有建设性的策略性调整。

第二节　从焦虑走向自觉："文学桂军"的制度性建设

在深重的边缘性焦虑的作用下，经历了"百越境界""广西文坛三思录"和"振兴广西文艺大讨论"，广西文艺界逐渐意识到应该进行文学的制度性建设，

---

① ［法］布迪厄、［美］华康德：《实践与反思：反思社会学导引》，李猛、李康译，北京：中央编译出版社 1998 年版，第 155 页。

② ［法］布迪厄、［美］华康德：《实践与反思：反思社会学导引》，李猛、李康译，北京：中央编译出版社 1998 年版，第 161 页。

目的是自觉地保障和协助"文学桂军"实现"边缘的崛起"。其实，在"振兴广西文艺大讨论"中就已经有很多评论文章或直接或间接地提出，若要振兴落后的广西文学，广西文艺界亟需建设文艺体制。正如《"振兴广西文艺大讨论"座谈会在邕举行》对座谈会盛况的介绍，座谈会"围绕着对广西文艺创作的估价及其出路这一大议题，从理论、观念、作家作品、文艺队伍素质、文艺创作题材、文艺体制、个人创作得失等方面各抒己见，提出了许多深刻而富有创造性的见解和富有建设性的建议"。① 由于"振兴广西文艺大讨论"实际上就是探讨与广西文学相关的种种问题，所以这里的"文艺体制"实际上指的就是文学制度。

　　文学制度是中国当代文学研究领域里一个重要的概念，其意义范畴牵涉到许多方面，如王本朝所说"文学政策、文学会议、文学批评都是当代文学制度的运行方式"。② 另外，还包括出版审查和作家协会等。不过，就"文学桂军"的制度性建设而言，它主要表现在两个方面：一是文学政策，二是文学批评。文学政策往往是通过举办文学会议或者下达文件的方式实行，而文学批评一般是通过文学刊物开设批评专栏和组织批评文章，以及文艺界有意识地培养和扶持文学批评家等形式进行。

（一）文学政策和文学会议：组织化保障

　　文学政策是文艺界管理和领导文学的重要方式，反映了文艺界对文学和文学创作活动的基本要求。本质上讲，文学政策是文学制度的重要构成要素之一："文学政策是中国当代文学发展过程中的重要规定，是文学的制度形式。"③文艺界一般是通过举办文学会议和发布文件的形式传达和读解文学政策。20 世纪 80 年代以来，伴随着"文学桂军"的形成和兴起，广西文艺界就相继出台一系列文学政策，以促进"文学桂军"实现"边缘的崛起"。考虑到广西文学的制度性建设十分丰富复杂，而且并不是所有的文学制度对作家创作都具有直接有效的促进或约束效用。文学制度与作家创作之间既相互成就，又偶有疏离，甚至是彼此对抗。所以，笔者选择与"文学桂军"及其创作关系密切且具有典型

① 下雨：《"振兴广西文艺大讨论"座谈会在邕举行》，《南方文坛》1989 年第 1 期。

② 王本朝：《文学制度与中国当代文学发展》，《浙江社会科学》2020 年第 1 期。

③ 王本朝：《文学政策与当代文学的制度阐释》，《福建论坛（人文社会科学版）》2007 年第 4 期。

性的广西文学制度展开论析。

1996 年 3 月，广西召开文艺界老中青作家艺术家座谈会，座谈会上提出跨世纪人才培养的"213 工程"。"213 工程"指的是，在 21 世纪到来之前，广西要培养和扶持 20 位具有全国影响力的作家和艺术家，100 位在广西自治区区内一级有影响力的作家和艺术家，3000 位在各地、市、县有影响力的文学新人和艺术新人。①

1996 年 7 月 5 日至 7 月 7 日，广西自治区党委宣传部在宁明县花山民族山寨召开"广西青年文艺家花山文艺座谈会"②，区内近 30 名代表性青年文艺家与会，目的是"探讨传统文化与现代文化的结合点，探求当代文艺的建设思路，探寻广西文艺发展的路子，振兴广西文艺创作"③。座谈会由广西自治区党委宣传部副部长李俊康主持，时任区党委常委、宣传部部长潘琦与会并发表讲话《理清思路 强化措施 振兴广西文艺事业——在广西青年文艺工作者花山文艺座谈会上的讲话》（以下简称《讲话》）。④《讲话》为广西文艺发展提出很多重要的制度性建设，比如重提"213 工程"，以及主张实施"塑星工程"和"戏剧强省工程"，它主要有三个方面的功能性意义：一是设立对文艺家的奖励政策并形成制度规范："自治区对成绩突出的文艺家和有重要价值的作品给予表彰奖励并形成制度。"⑤它要求宣传部建立"花山文学奖"，对五个门类的文学进行奖励，涉及长篇小说、散文、诗歌、报告文学、文艺评论等；二是建立健全作品的评论和评选制度。《讲话》主张通过对作家作品的及时评论和探讨，帮助文艺家成长

① 潘琦：《序》，蓝怀昌：《世纪的跨越：广西文学艺术十三年现象研究（上卷）》，南宁：广西人民出版社 2007 年版，第 2 页。

② 关于"广西青年文艺家花山文艺座谈会"概况介绍，可参阅本刊编辑部：《广西召开青年文艺家花山文艺座谈会》，《民族艺术》1996 年第 3 期。林冯：《重振广西雄风 再创文艺辉煌——区党委宣传部召开"广西青年文艺家花山文艺座谈会"》，《南方文坛》1996 年第 3 期。潘琦：《理清思路 强化措施 振兴广西文艺事业——在广西青年文艺工作者花山文艺座谈会上的讲话》，《南方文坛》1996 年第 4 期。

③ 林冯：《重振广西雄风 再创文艺辉煌——区党委宣传部召开"广西青年文艺家花山文艺座谈会"》，《南方文坛》1996 年第 3 期。

④ 潘琦：《理清思路 强化措施 振兴广西文艺事业——在广西青年文艺工作者花山文艺座谈会上的讲话》，《南方文坛》1996 年第 4 期。

⑤ 潘琦：《理清思路 强化措施 振兴广西文艺事业——在广西青年文艺工作者花山文艺座谈会上的讲话》，《南方文坛》1996 年第 4 期。

和提高知名度；三是设立文艺作品创作基金，对经过论证的创作给予物质上的支持。

1997 年 4 月，"广西首届百名青年作者创作会"在南宁举行，有 100 多名青年文艺工作者与会。[①]同年五月，为了纪念《在延安文艺座谈会上的讲话》发表 55 周年，广西自治区党委宣传部和广西文联在桂林举行"广西招聘青年作家签约仪式"活动，党委常委、宣传部部长潘琦、副部长李俊康、文艺处处长李启瑞、副处长唐正柱参加了活动。广西招聘青年作家签约活动为作家创作提供了物质保障和宽松的创作环境，如潘琦所说："每月除了保留他们原单位的待遇不变之外，我部另发每人 1300 元的创作补贴，写什么、怎么写，我们不去横加干涉……我们主要在导向和质量上进行跟踪管理。"[②]首次签约的 8 位青年作家是东西、鬼子、李冯、凡一平、黄佩华、沈东子、陈爱萍、海力洪，为期两年。[③]其中就有后来被誉为"广西三剑客"的东西、鬼子、李冯等"文学桂军"主将，并且广西招聘青年作家签约形成制度后沿用多年，可见其在"文学桂军"的文学制度性建设层面的重要意义。

2003 年，潘琦提出"文学桂军"发展的"三大战略"[④]：一是以人为本的人才培养战略，并为此回顾了广西文学发展历史上的"213 工程"和作家签约制度。二是以精品为中心的精品战略。为了促进青年作家创造文学精品，潘琦提出以往实施的举措，即邀请全国著名评论家、作家、编辑为"文学桂军"做批评，以及办好评论刊物《南方文坛》[⑤]。三是以开发文化资源为基础的文艺可持续发展战略。对广西的地域文化进行系统的调研，使之成为"文学桂军"的创作资源和生长土壤。

作家协会作为文学机构，同样是文学制度的构成要素之一。2019 年 3 月，广西作家协会出台《广西当代文学艺术创作工程三年规划 文学桂军"出名作

---

① 参阅李启瑞：《敲响世纪的钟——广西部分青年作家如是说》，《南方文坛》1997 年第 3 期。

② 潘琦：《风格就是人品》，《潘琦文集》，北京：中国大百科全书出版社 2003 年版，第 132 页。

③ 参阅李启瑞：《敲响世纪的钟——广西部分青年作家如是说》，《南方文坛》1997 年第 3 期。本刊编辑部：《纪念〈讲话〉振兴文艺》，《南方文坛》1997 年第 3 期。

④ 潘琦：《风格就是人品》，《潘琦文集》，北京：中国大百科全书出版社 2003 年版，第 131-133 页。

⑤ 潘琦：《风格就是人品》，《潘琦文集》，北京：中国大百科全书出版社 2003 年版，第 133 页。

攀高峰"创作项目选拔主创成员的通知》①，试图从制度性层面对作家的创作进行扶持。2019 年 4 月 29 日，广西文联又出台《广西优秀原创文学作品扶持办法（暂行）》，同样尝试从制度性层面保障作家的创作。

　　通过对广西文艺界 20 世纪 90 年代以来的一系列重要文学政策的细读，我们可以觉察到，丰富复杂的文学政策出台的目的就是配合、扶持和保障"文学桂军"以地域文学群体的面貌冲击中国文坛，以实现"边缘的崛起"。林冯的《重振广西雄风　再创文艺辉煌——区党委宣传部召开"广西青年文艺家花山文艺座谈会"》在开篇介绍"广西青年文艺家花山文艺座谈会"时就表明了座谈会的目的"振兴广西文艺创作"②。潘琦的讲话《理清思路　强化措施　振兴广西文艺事业——在广西青年文艺工作者花山文艺座谈会上的讲话》也强调了座谈会的主题"振兴广西文艺事业"③。在"广西青年文艺家花山文艺座谈会"之后，广西又立即实施"五大战役"，而"五大战役"之一便是"培养作家艺术家队伍"。潘琦关注这些文学政策对"文学桂军"所起的效用，它们使"文学桂军"以地域文学群体的面貌冲击中国文坛，实现"边缘的崛起"："花山会议结束之后……从此，一扫广西文坛当年沉闷的局面，人才辈出，精品迭出，喜讯频传，形成了前所未有的集体抢滩全国文坛的态势……新文艺桂军异军突起。"④"广西招聘青年作家签约仪式"的报道，也以醒目的标题"振兴文艺"注明了签约制度的重要目的。⑤ 与以上相类同的是，《广西当代文学艺术创作工程三年规划　文学桂军"出名作　攀高峰"创作项目选拔主创成员的通知》也表达了"形成集体冲锋效应"⑥ 的目的。此外，2019 年 4 月的《广西优秀原创文学作品扶持办法（暂行）》同样突出该文学制度的目的："进一步打造'文学桂军'品牌……建立和完善长

①　谭晓霞：《广西当代文学艺术创作工程三年规划 文学桂军"出名作 攀高峰"创作项目选拔主创成员的通知》，http://www.gxwenlian.com/zatzgg/21309.html?z=4，《广西文联网》2019 年 3 月 1 日。

②　林冯：《重振广西雄风 再创文艺辉煌——区党委宣传部召开"广西青年文艺家花山文艺座谈会"》，《南方文坛》1996 年第 3 期。

③　潘琦：《理清思路 强化措施 振兴广西文艺事业——在广西青年文艺工作者花山文艺座谈会上的讲话》，《南方文坛》1996 年第 4 期。

④　潘琦：《序》，蓝怀昌主编：《世纪的跨越：广西文学艺术十三年现象研究（上卷）》，南宁：广西人民出版社 2007 年版，第 3 页。

⑤　本刊编辑部：《纪念〈讲话〉振兴文艺》，《南方文坛》1997 年第 3 期。

⑥　谭晓霞：《广西当代文学艺术创作工程三年规划 文学桂军"出名作 攀高峰"创作项目选拔主创成员的通知》，http://www.gxwenlian.com/zatzgg/21309.html?z=4，《广西文联网》2019 年 3 月 1 日。

效扶持机制。"

从 20 世纪 90 年代以来广西文学政策中的"振兴广西文艺创作""振兴广西文艺事业""集体抢滩全国文坛""新文艺桂军异军突起""振兴文艺""形成集体冲锋效应""打造'文学桂军'品牌""建立和完善长效扶持机制"等关键词，我们可以体会到，广西文学政策在协助"文学桂军"实现"边缘的崛起"的过程中所起的作用，以及文学政策这一文学制度性建设与"百越境界""广西文坛三思录"和"振兴广西文艺大讨论"等边缘性焦虑之间潜在的血脉联系。

（二）文学批评和刊物：宣传的功能取向

文学批评作为广西文学制度的一种设计或安排，隶属于文学政策，同样参与了"文学桂军"发展的全部过程："文学政策的至上性、中心性，决定了文学机构、文学刊物、文学出版、文学批评和文学创作的从属地位，它们既是文学政策的贯彻者和实践者，也是文学政策的产物。"[1] 而文学批评和批评刊物之间往往有着紧密的关系，所以我们看到广西文艺界一直有意识地利用文学批评和批评刊物为"文学桂军"宣传，目的是协助其完成"边缘的崛起"。

广西文艺界领导、一系列文艺政策制定的参与者潘琦就曾以"广西三剑客"（东西、鬼子、李冯）的命名过程为例，对文学批评在"文学桂军"以地域文学群体的面貌进行"边缘的崛起"过程中所起的作用做过说明："我们要宣传有成绩的青年作家，让他们在全国有更大的影响；要通过三位作家的创作，带动其他人；经常请全国的'名医'来为广西的文学发展诊断、治病，以期发现广西文学今后发展的突破口和潜在的力量源泉。"[2] "广西的作家队伍，目前已经达到空前的团结，不再是个体性的、分散的，而是群体性的，形成了冲击波，组成了强有力的战斗集体。"[3] 广西著名的地方文学批评刊物自然是《南方文坛》，潘琦在说明文学批评之于"文学桂军"的重要性时，同样强调批评刊物《南方文坛》对于"文学桂军"乃至整个广西文学的突出意义："努力办好文艺评论刊物《南方文坛》，使之成为广西作家与全国文坛对话的窗口、走向全国的桥头堡。"[4]

从"广西三剑客""广西后三剑客""桂西北作家群"和"天门关作家群"的

---

① 王本朝：《文学政策与当代文学的制度阐释》，《福建论坛（人文社会科学版）》2007 年第 4 期。

② 潘琦：《风格就是人品》，《潘琦文集》，北京：中国大百科全书出版社 2003 年版，第 454 页。

③ 潘琦：《风格就是人品》，《潘琦文集》，北京：中国大百科全书出版社 2003 年版，第 454 页。

④ 潘琦：《风格就是人品》，《潘琦文集》，北京：中国大百科全书出版社 2003 年版，第 133 页。

命名过程，我们可以窥见文学批评和批评刊物在宣传"文学桂军"时所发挥的作用。"广西三剑客"这一名称由《南方文坛》杂志联合广西作协、广西文艺理论家协会、广西师范大学中文系、《花城》杂志社、中国作协创研部以及全国众多著名学者、作家共同酝酿和策划，并于 1997 年向全国推出。"广西后三剑客"这一名称则由《南方文坛》联合全国数十位著名学者和作家以及广西作协、《文艺报》、中国作协创研部共同命名，并于 2015 年向全国推广。2000 年，"桂西北作家群"的提出，同样有《南方文坛》的影子，该杂志主编张燕玲参加了"桂西北作家群"研讨会并发表讲话。2005 年，"天门关作家群"研讨会是由《南方文坛》杂志社连同广西作家协会、中共玉林市委宣传部、玉林市文联共同主办，同样邀请了全国众多著名作家、批评家和刊物。① 以上广西地域作家群研讨会纪要也多发表在《南方文坛》，诸如张军华的《东西、李冯、鬼子作品讨论会纪要》刊载于《南方文坛》1998 年第 1 期，李敬泽和阎晶明等的《"广西后三剑客"：田耳、朱山坡、光盘作品研讨会纪要》刊载于《南方文坛》2016 年第 1 期，作者为《南方文坛》编辑部的《"天门关作家群"研讨会纪要》刊载于《南方文坛》2005 年第 6 期。2018 年 7 月 7 日在复旦大学举办的"广西作家与当代文学"学术研讨会由《南方文坛》杂志和复旦大学中国当代文学创作与研究中心共同主办，研讨会约请了数十位全国著名作家和学者，广西十余位活跃于文坛的作家远赴上海参会。此外，《南方文坛》专门辟有"南方百家"栏目，数十年来一直专注于推介"文学桂军"，正如映川在"广西作家与当代文学"学术研讨会上的自述："在广西作协的扶持下，包括《南方文坛》，经常邀请一些评论家为我们写评论，对我们作品进行评介。"②

实际上，广西本土文学批评和批评刊物的宣传功能早在 20 世纪 80 年代后期的"振兴广西文艺大讨论"中就被批评界有意识地提出和强调。当时，批评界部分学者在反思广西文学落后的面貌时就将其归咎于广西文学批评的薄弱，

---

① 关于"广西三剑客""广西后三剑客""桂西北作家群"和"天门关作家群"的命名和推广，参阅张燕玲：《南方的果实》，《红豆》2003 年第 3 期。张军华：《东西、李冯、鬼子作品讨论会纪要》，《南方文坛》1998 年第 1 期。李敬泽、阎晶明等：《"广西后三剑客"：田耳、朱山坡、光盘作品研讨会纪要》，《南方文坛》2016 年第 1 期。银建军、廖学新等：《"桂西北作家群"研讨会综述》，《河池师专学报（社会科学版）》2001 年第 3 期。《南方文坛》编辑部：《"天门关作家群"研讨会纪要》，《南方文坛》2005 年第 6 期。

② 曾攀、吴天丹：《"广西作家与当代文学"学术研讨会纪要》，《南方文坛》2018 年第 5 期。

不能起到为广西文学鼓吹和推广的效用。况且，"振兴广西文艺大讨论"论争的主要载体就是批评刊物《南方文坛》，《南方文坛》1989 年 1 至 4 期都专门开设有"振兴广西文艺大讨论"栏目。笔者对"振兴广西文艺大讨论"中关于文学批评和批评刊物的讨论文章所提的代表性观点做出细致的考辨，以从批评本身观照广西文艺界对文学批评和批评刊物之于"文学桂军"的宣传功能的强烈欲求。秦立德的《呼唤评论家的独立人格——广西文学评论界感性理性批判》正面批评广西的刊物为广西当代作家开设的版面非常少："只要细加留意便可发现这些刊物赐予广西当代作家的版面是何其稀少。"① 陈学璞的《受挫的锋芒——"大讨论"窥视》则直言文学批评应立足于推介广西文学："评介新作品，提高作家的知名度，这是中国包括广西文学评论责无旁贷的一项任务。你别无选择……总是立足于'扶'与'帮'与'促'。"② 对文学批评的呼唤和强调，是"振兴广西文艺大讨论"的一致要求："作家需要真正的文学批评，是这次座谈会上的一致呼声。"③ 需要说明的是，"振兴广西文艺大讨论"是在作家和学者对广西文学深重的边缘性焦虑的基础上发生的，那么"作家需要真正的文学批评"实际上内含着广西文艺界有意利用文学批评和批评刊物宣传和推广"文学桂军"乃至整个广西文学的意图。

通过对广西的地域文学研究专著的读解，也可以体会到广西文学批评界对"文学桂军"所欲起到的宣传功能，其中以李建平和黄伟林等著的《文学桂军论：经济欠发达地区一个重要作家群的崛起及意义》最具代表性。仅仅从该地域文学评论专著的目录，我们就可以体会到它对"文学桂军"的宣传和推广意味：第四章的总标题是"创作实绩及其对当下文学发展的贡献（上）"，次级标题分别为"一 奉献文学创作精品：东西的小说成就""二 奉献文学创作精品：鬼子的小说成就""三 奉献文学创作精品：李冯的小说成就""四 奉献文学创作精品：凡一平的小说成就"；第五章的总标题是"创作实绩及其对当下文学发展的贡献（下）"；第六章的总标题为"文学桂军的文化魅力"。客观地说，与

① 秦立德：《呼唤评论家的独立人格——广西文学评论界感性理性批判》，《南方文坛》1989 年第 2 期。
② 陈学璞：《受挫的锋芒——"大讨论"窥视》，《广西作家》1989 年，第 5、6 期。
③ 本刊记者：《反思自审 真我相见——"振兴广西文艺大讨论"座谈会纪要》，《南方文坛》1989 年第 2 期。

以上现象相类同的是，广西本土批评界对于"文学桂军"的所有研究在整体上大多是着力于宣传。

从广西文艺界自 20 世纪 90 年代以来的文学政策、文学会议、文学批评和批评刊物的行为选择，我们不难觉察到它们之于"文学桂军"的制度性建设的意义，即组织化地促进"文学桂军"进行"边缘的崛起"。此外，从"百越境界""广西文坛三思录"和"振兴广西文艺大讨论"，到"文学桂军"的制度性建设，我们也可以体会到，"文学桂军"作为广西文艺界有意识地建设的地域文学群体和地域文学品牌正试图策略性地崛起于中国文坛。

第三节　"边缘"与"中心"的对话：文学的批评实践

正如前文所论，"百越境界""广西文坛三思录"与"振兴广西文艺大讨论"等论争及其所引发的"文学桂军"的制度性建设，都突出强调文学批评之于"文学桂军"成长的重要意义，而批评实践的主要目的是使"文学桂军"能与中国文学主潮沟通，即实现"边缘"与"中心"的对话。这一点，在杨克和梅帅元的《再谈"百越境界"》中已有明确的说明："长时间以来我们青年作者苦恼的是找不到一条独辟蹊径、与全国的文学趋势并行的既有区分又有互相沟通的创作路子。"[1]"我们更重视能与外部文学相沟通的具有普遍意义的东西。"[2]

纵观 20 世纪 80 年代以来广西文艺界之于"文学桂军"在批评实践方面所做的努力，它们的确是致力于推动深陷于边缘性焦虑中的"文学桂军"与"中心"进行沟通和对话。对"文学桂军"的重要的文学批评实践，主要可以分为两类：一是广西本土的学术界对"文学桂军"所做的文学批评；二是广西文艺界主动促成"文学桂军"接受主流评论家的批评。这两类对于"文学桂军"的文学批评在实质性意义上殊途同归，都是为了使"文学桂军"与"中心"进行对话和沟通，从而实现"边缘的崛起"。但是很明显，广西文艺界主动促成"文学桂军"接受主流评论家的批评，在对于"文学桂军"的批评实践中更为突出和具有代表性。其中，具有代表性的批评实践有关于"广西三剑客""天门关作家群"和"广西后三剑客"的研讨会的召开和地域作家群的建设，以及"广西作家与当代

---

① 杨克、梅帅元：《再谈"百越境界"》，《广西日报》1985 年 11 月 12 日。

② 杨克、梅帅元：《再谈"百越境界"》，《广西日报》1985 年 11 月 12 日。

文学"学术研讨会的召开。颇有象征意味的是，通过对以上这些重大的批评实践的考察，我们不难发觉，它们主要体现出广西与北京和上海之间的复杂微妙关系："广西三剑客"和"广西后三剑客"主要由北京的批评家陈晓明阐释，"天门关作家群"和"广西作家与当代文学"学术研讨会跟上海的批评家陈思和关系十分密切。

值得指出的是，这里的北京和上海不仅仅是自然地理上的北京和上海，它们同时是文学地理学和文化地理学意义上的中心，所以本节中的"北京"和"上海"带有指向"中心"的象征意味。正如定居北京已久的林白对北京的理解、认知和想象："北京对我来说，它不是一个血肉的北京，它是个抽象的北京，是个符号化的北京，所谓的政治中心、国际大都市。"①

通过对史料的细致分析，我们也会发现首都北京和现代化大都市上海之于偏远落后的广西，不但是自然地理上的中心，而且是文学地理和文化地理上的中心。"北京—广西"与"上海—广西"这种"中心—边缘"结构既是不同地域之间的社会结构，同时也是"文学桂军"的惯习上的心理结构："惯习是创造性的，能体现想象力，但又受制于其结构，这些结构则是产生惯习的社会结构在身体层面的积淀。"② "文学桂军"最具代表性的作家林白就曾直言不讳地表达广西的边远和蛮荒，久居北京的她所拥有的身份在本质意义上始终是边民："广西已是边远地区……跟北京相比，北流是蛮荒之地。这种边民的身份就是我生命的底色。"③ 作为"广西后三剑客"之一，朱山坡的自述则直接将创作与广西和北京联系起来："朱山坡说，无论是在广西眺望北京，还是在北京回望广西，感觉都如此遥远。广西与北京的距离，就是自己与文学的距离。如果只能通过爬山涉水，步步为营，也许需要一辈子才能抵达。"④ 东西在复旦大学参加"广西作家与当代文学"研讨会时表达了对广西的边缘意识，以及对上海的中心想象："广西地处边远地区，上个世纪 80 年代广西作家曾有过一个口号，那就是打过长江

---

① 林白、陈思和：《〈万物花开〉闲聊录》，《上海文学》2004 年第 9 期。

② ［法］布迪厄、［美］华康德：《实践与反思：反思社会学导引》，李猛、李康译，北京：中央编译出版社 1998 年版，第 19 页。

③ 林白：《生命热情何在——与我创作有关的一些词》，《当代作家评论》2005 年第 4 期。

④ 佚名：《"广西后三剑客"应运而生：全国专家研讨田耳朱山坡光盘作品》，《南宁晚报》2015 年 10 月 13 日。

去……我的想象力只能到达上海……我当时对上海充满想象。"① 凡一平也曾在创作中表达过对上海的"中心"认知："上海是中国最繁华的城市，相当于法国的巴黎。"②

事实上，笔者通读"文学桂军"所有史料的初刊本之后，发觉但凡广西作家在作品、创作谈或访谈中提及真正意义上令其向往的中心，主要就是北京和上海。广西作家对于广西的边缘意识，与对北京和上海的中心认识，可以说是不胜枚举。由此，关于"文学桂军"的批评实践与"文学桂军"的创作主体构成了内在一致性。

那么，在触发和推动"文学桂军"与"中心"实现对话和沟通的心路历程中，究竟有哪些具体的批评实践？笔者将深入这些批评实践的细处，予以史实考辨。

（一）京城："广西三剑客"和"广西后三剑客"现象

1997 年 8 月 20 日至 22 日，"中国新时期文学中日学者对话会"在北京举行，由中国当代文学研究会和清华大学中文系等多单位联合举办，《南方文坛》杂志主编张燕玲应邀参加会议③，其间张燕玲请王干为《南方文坛》的"南方百家"栏目的鬼子专辑写评论。此前，《南方文坛》已在"南方百家"栏目做过东西和李冯的评论专辑。④ 王干时为《钟山》杂志副编审，有推介作家的经验，他向张燕玲提出建议，把东西、李冯和鬼子合起来召开研讨会，将他们作为一个整体推向中国文坛。张燕玲返回南宁后，先是获得作家的欣然同意，后又与李敬泽、马相武、陈晓明、王干和朱小如等商讨如何为东西、李冯、鬼子这一作家群命名，最终在"三驾车""三套车""三个火枪手""三剑客"等名称中选定"三剑客"，原因"主要是三人艺术（剑术）风格各异"。⑤ 推介"广西三剑客"的会议得到广西文艺界领导潘琦的支持，于是 1997 年底，声势浩大的"东西、李冯、鬼子作品讨论会"在广西南宁召开。

---

① 曾攀、吴天舟：《"广西作家与当代文学"学术研讨会纪要》，《南方文坛》2018 年第 5 期。

② 凡一平：《沉香山》，《民族文学》2015 年第 1 期。

③ 参阅白烨：《中国新时期文学中日学者对话会在京举行》，《南方文坛》1997 年第 5 期。

④ 东西评论专辑见《南方文坛》1997 年第 1 期，李冯评论专辑见《南方文坛》1997 年第 2 期，鬼子评论专辑见《南方文坛》1997 年第 6 期。

⑤ 张燕玲：《南方的果实》，《红豆》2003 年第 3 期。

1997 年 10 月 14、15 日，"东西、李冯、鬼子作品讨论会"在邕城召开，由《南方文坛》杂志社联合中国作协创研部、《花城》杂志社、广西作家协会和广西文艺理论家协会等多单位主办。与会的数十位评论家、作家和名刊编辑来自全国各地，颇具规模，有陈晓明、李敬泽、马相武、王干、田瑛、钟红明、林宋瑜、朱小如、雷达等。①

从《东西、李冯、鬼子作品讨论会纪要》中与会者的发言来看，尤其是参与"广西三剑客"概念的命名的学者们，他们对于"广西三剑客"这一广西地域文学群体的概念认知和阐释，主要集中在以下三个方面：一是批评界提出"广西三剑客"，体现了文学批评对作家的宣传和包装效用，正如潘琦所说："过去我们对大家包装得很多，现在对三位小家进行包装"②，以及李启瑞直言不讳的说明："现在的作家也需要包装、推销。"③ 二是"广西三剑客"的提出和推广，体现了广西文学经过多年的求索，已拥有与全国文学对话的可能："呼唤、酝酿、准备多年的广西文坛终于能够实现与全国对话并得到文坛的认可，这是一个历史性的突破。"④ 三是"广西三剑客"概念在学理性上并无意义。东西、李冯、鬼子能并称为"广西三剑客"，只是因为广西地域，这方面李敬泽的发言具有代表性："东西、李冯、鬼子是三个很不相同的作家，他们放在一起，被称为'三剑客'，仅仅因为他们在同一个地方生活和工作。"⑤ 值得指出的是，研讨会上广西文艺界领导潘琦的发言表明其时"文学桂军"已在逐渐建立的过程中："文坛桂军的逐渐建立"⑥。并且，广西文学也在经历"边缘的崛起"，试图走向全国："广西文坛的崛起还只是振兴广西文学长征的第一步，与全国一流水平相比，还有较大的差距。"⑦

"东西、李冯、鬼子作品讨论会"召开之后，广西文艺界便立刻有意识地向全国宣传和推广"广西三剑客"这一"文学桂军"品牌。《南方文坛》在 1998 年第 1 期开辟"本期焦点"专栏来推广"广西三剑客"。朱小如的评论《"挑战"广

---

① 参阅林文：《六单位联合召开东西、李冯、鬼子作品讨论会》，《花城》1998 年第 1 期。

② 张军华：《东西、李冯、鬼子作品讨论会纪要》，《南方文坛》1998 年第 1 期。

③ 张军华：《东西、李冯、鬼子作品讨论会纪要》，《南方文坛》1998 年第 1 期。

④ 张军华：《东西、李冯、鬼子作品讨论会纪要》，《南方文坛》1998 年第 1 期。

⑤ 张军华：《东西、李冯、鬼子作品讨论会纪要》，《南方文坛》1998 年第 1 期。

⑥ 张军华：《东西、李冯、鬼子作品讨论会纪要》，《南方文坛》1998 年第 1 期。

⑦ 张军华：《东西、李冯、鬼子作品讨论会纪要》，《南方文坛》1998 年第 1 期。

西三剑客》和张军华的评论《东西、李冯、鬼子作品讨论会纪要》都刊于"本期焦点"栏目。朱小如评论文章中的观点与李敬泽在研讨会上的发言相类同，都表明"广西三剑客"成员东西、李冯和鬼子在创作上风格不一："三剑客虽然均杀出于广西，但他们的剑法并没相通之处。"① 在"东西、李冯、鬼子作品讨论会"上，陈晓明曾将"广西三剑客"的创作称为直接现实主义。《南方文坛》1998 年第 2 期刊出其《直接现实主义：广西三剑客的崛起》，系统阐述了"广西三剑客"的直接现实主义。

　　2015 年 10 月 9 日，《南方文坛》、广西作家协会、《文艺报》和中国作家协会创研部在北京联合召开"'广西后三剑客'：田耳、朱山坡、光盘作品研讨会"，与会者有李敬泽、孟繁华、贺绍俊、王干、白烨、杨庆祥、李壮、东西、黄伟林、田耳、朱山坡、光盘等。研讨会将田耳、朱山坡、光盘并称为"广西后三剑客"，向全国文坛推广。与会者多围绕具体的作家及作品发表感受。值得注意的是，黄伟林在研讨会上回忆了 1997 年"东西、李冯、鬼子作品讨论会"，认为那是广西文学经历边缘性焦虑之后的首次"边缘的崛起"："那次是广西文坛第一次受到可以说中国评论界这样一种高度的关注，此前广西文坛挺焦虑的，此后被称为广西文坛的崛起。"② 并认为"广西后三剑客"是对"广西三剑客"概念的延伸。作为"广西后三剑客"之一的田耳，直接言明自己对这次命名的忐忑心理，因为他在 2014 年从湖南调入广西作协之前还被称为"湘军五少将"，2015 年就摇身一变为"广西后三剑客"。田耳的忐忑，恰恰反映出"广西后三剑客"与"广西三剑客"相类同，都仅仅是因广西地域而包装并向中国文坛推广的作家群体，其实它们在概念的拟定上并无严谨的学理性。

　　与 1997 年"东西、李冯、鬼子作品讨论会"一样，"'广西后三剑客'：田耳、朱山坡、光盘作品研讨会"召开之后，广西文艺界又立刻通过《南方文坛》向全国宣传"广西后三剑客"。《南方文坛》2016 年第 1 期的"南方百家"栏目分别刊出黄伟林的《论"广西后三剑客"》、李壮的《"广西后三剑客"：西南大地上的蓬勃野草》和李敬泽、阎晶明等的《"广西后三剑客"：田耳、朱山坡、光盘作品研讨会纪要》。

① 朱小如：《"挑战"广西三剑客》，《南方文坛》1998 年第 1 期。

② 李敬泽、阎晶明等：《"广西后三剑客"：田耳、朱山坡、光盘作品研讨会纪要》，《南方文坛》2016 年第 1 期。

需说明的是，为"广西三剑客"和"广西后三剑客"的命名、阐释和推广做出努力的关键性批评家是陈晓明。孟繁华和王干在"'广西后三剑客'：田耳、朱山坡、光盘作品研讨会"上有过说明："'后三剑客'的命名是陈晓明说的。""陈晓明下笔很快，哗哗哗就写出来了这么一个'三剑客'。"①

通过对"广西三剑客"和"广西后三剑客"的地域作家群策划的考察，我们不难体认，正如策划该文学现象或文学事件的学者们所说，"广西三剑客"和"广西后三剑客"最直接的目的就是发挥文学批评的宣传作用，把广西作家向全国推广，从而使广西文学实现"边缘的崛起"。

（二）上海："天门关作家群"和"广西作家与当代文学"

北流县（1994年撤县建市）南三十里，有两石相对，其间阔三十步，形似关门，唐宋时民间俗称鬼门关，元朝时称魁星关，明朝时称桂门关，明清时又称天门关。在诸多称谓之中，以"鬼门关"最为闻名，它是自唐代以来贬谪岭南的官员的必经之地，于是成为南贬的标识。② 所以，天门关作家群也被广西文学界称为鬼门关作家群。

鬼门关在林白的故乡广西北流县，在作品中曾被林白反复书写，1998年陈思和在评论文章《林白论》中也论及其与林白创作之间的血脉关联："她来自西南边陲的北流县——这个地方因隘道'鬼门关'而著名……从北流到北京，几乎等于是从边地草间到达世俗权力的禁中"。③ 所以，鬼门关在"文学桂军"发展的历史长河里具有丰富的文学地理学内涵。

2005年8月29日，由《南方文坛》杂志社、广西作家协会、中共玉林市委宣传部和玉林市文联在玉林市共同主办了"天门关作家群"研讨会。广西文联副主席、作家黄德昌，广西作协副主席、作家黄佩华，广西作协主席、作家冯艺，《人民文学》副主编、批评家李敬泽，《青年文学》主编、作家邱华栋，《钟山》副主编、作家贾梦玮，《花城》编辑、批评家林宋瑜，广西作协副主席、作家东西，作家林白，广西作协副主席、作家潘大林，《南方文坛》主编、广西文艺理论家协会副主席张燕玲等出席研讨会，围绕着"天门关作家群"发言，追

---

① 李敬泽、阎晶明等：《"广西后三剑客"：田耳、朱山坡、光盘作品研讨会纪要》，《南方文坛》2016年第1期。

② 参阅周如月：《古代岭南"鬼门关"考》，《广西地方志》2009年第3期。

③ 陈思和：《林白论》，《作家》1998年第5期。

溯了"天门关"及其所代表的桂东南地域文化和玉林的人文文化蕴涵。①

2018年7月7日，复旦大学中国当代文学创作与研究中心和《南方文坛》杂志在复旦大学联合主办"广西作家与当代文学"学术研讨会，会议由王安忆、陈思和和白志繁等召集，出席会议的有广西作家林白、东西、凡一平、映川、李约热、朱山坡、光盘等，以及评论家陈晓明、谢有顺、郜元宝、张新颖、曾攀、黄伟林、金理等。

"广西作家与当代文学"学术研讨会讨论的核心问题是广西作家的方言写作。王安忆认为上海处于普通话的边区，普通话又是一种简化的语言，所以南方的方言可以强化文学语言的表现能力。比如，电影《刘三姐》中的戏曲彩调的表现力就很强。谢有顺关注到广西作家群有一种朝向广西地域的写作自觉，这种创作上的共性使其可以作为一个整体性的地域文学群体被研究。

黄伟林作为广西本土的评论家，回顾了新时期以来广西文学发展史上的重要事件：对广西文学影响深远的梅帅元和杨克的《百越境界》，主张将离奇怪诞的"百越之地"的文化传统与西方现代主义进行融合，以创造出新的广西文学；1997年"广西三剑客"和2015年"广西后三剑客"的相继出现，以及复旦大学的"广西作家与当代文学"学术研讨会的举办。

受王安忆对广西方言写作的推崇之启发，林白突然意识到方言写作的重要性。她说自己几十年来的创作都是把方言翻译为普通话，这很糟糕，以后要利用粤语的优势，因为自己生活在粤语方言区。尤其值得关注的是，林白关于方言写作的发言，触及广西方言背后的作家的地域身份认同问题："说我是广西人我很不爽。长期以来，对自我身份的认同，自我认知，自我想象，总是在摇摆之中，探究起来有很多复杂的原因。"② 以及方言所暗含的文化的权力秩序问题："我从小有普通话崇拜心理……为了表现自己有水平，尽量讲书面语言，用方言来讲书面语言，表现自己比凡俗生活高出一头。"③

从文艺理论来说，林白对于广西方言和方言背后所隐含的权力秩序问题的认知，是具有合理性的。米歇尔·福柯在其话语理论《话语的秩序》中就明确地意识到话语背后所隐藏的话语的等级问题，即话语的等级存在于所有的社会关

---

① 参阅本刊编辑部：《"天门关作家群"研讨会纪要》，《南方文坛》2005年第6期。

② 曾攀、吴天舟：《"广西作家与当代文学"学术研讨会纪要》，《南方文坛》2018年第5期。

③ 曾攀、吴天舟：《"广西作家与当代文学"学术研讨会纪要》，《南方文坛》2018年第5期。

系中："我们可以怀疑在所有的社会中，一直都有一种话语的等级。"①斯沃茨的《文化与权力：布尔迪厄的社会学》对语言的等级问题也持相同的看法："文化包括信仰、传统、价值以及语言；它还通过把个体和群体联系于机构化的等级而调节着各种各样的实践。"②朱山坡关于广西方言和普通话的看法，同样表达了对王安忆所提出的方言写作的认同。③

　　广西作家和学者集体远赴上海参加"广西作家与当代文学"学术研讨会，某种程度上是通过接受"中心"的批评，从而与"中心"发生对话和沟通，正如与会的广西文艺界领导所说："这次研讨会不仅是12位广西作家的光荣与梦想，更是广西文学的荣誉与发展机遇。特别期待广西作家们强化文学自觉，深悟批评之道。"④

　　在"广西作家与当代文学"学术研讨会上，周立民提到陈思和主编《上海文学》期间，曾委托张燕玲向广西作家约稿，组织过广西作家短篇小说专辑。陈思和在研讨会上对此也有自述，在主编《上海文学》时曾"组编过广西作家专辑"⑤。这里指的是《上海文学》杂志2004年第6期。该期《上海文学》"月月小说"栏目刊出林白的短篇小说《去往银角》和《红色见闻录》，并配有陈思和的评论《愿微光照耀她心中的黑夜——读林白的两篇小说》，"创造"栏目是广西青年作家专号，刊出的分别是张燕玲的评论《文学桂军的一种释读》、李约热的小说《李壮回家》和光盘的小说《把他送回家》等。陈思和主编《上海文学》时一直主张"民间的立场"⑥，用"民间的立场"去影响作家的创作，他在接受《长江商报》专访时对此也有过自述。⑦在陈思和的"民间的立场"批评视角之下的广西文学创作，跟"中心"进行了对话和沟通。

————————

①　[法]米歇尔·福柯：《话语的秩序》，许宝强、袁伟选编：《语言与翻译的政治》，肖涛译，北京：中央编译出版社2001年版，第8页。

②　[美]斯沃茨：《文化与权力：布尔迪厄的社会学》，陶东风译，上海：上海译文出版社2012年版，第1页。

③　关于"广西作家与当代文学"学术研讨会的发言情况，参阅曾攀、吴天舟：《"广西作家与当代文学"学术研讨会纪要》，《南方文坛》2018年第5期。

④　曾攀、吴天舟：《"广西作家与当代文学"学术研讨会纪要》，《南方文坛》2018年第5期。

⑤　曾攀、吴天舟：《"广西作家与当代文学"学术研讨会纪要》，《南方文坛》2018年第5期。

⑥　参阅《上海文学》2004年第6期，目录页的眉头上标有醒目的"民间的立场"。

⑦　参阅陈思和：《我不想做一个什么都去批评的人》，《长江商报》2014年11月28日。

广西文艺界通过文学的批评实践，尤其是"广西三剑客""广西后三剑客""天门关作家群"和"广西作家与当代文学"研讨会，旨在推动边缘性焦虑中的"文学桂军"与"中心"进行对话和沟通。在这一点上，文学的批评实践和文学的制度性建设的目的和意义理应是殊途同归的。

其实，无论是文学的制度性建设，还是文学的批评实践，最终都是为"文学桂军"的创作服务。那么"文学桂军"在创作上究竟如何认识、理解和想象中国文坛的"中心"？又如何在创作上发生文学行为的选择和变更，从而消解"边缘性焦虑"，自"边缘"走向"中心"，实现"边缘的崛起"？以上是本书试图继续深入考察的一些问题。

每个人都有自己的来路，我喜欢告诉那些问我的人，我是从鬼门关来的，我会进一步说，如果查《辞海》鬼门关这个辞条，就会看到，上面写着，鬼门关，在今广西北流县。那是古代流放犯人的必经之地，过了鬼门关，十去九不还，说的就是这个地方……跟北京相比，北流是蛮荒之地。这种边民的身份就是我生命的底色。

——林白《生命热情何在——与我创作有关的一些词》

[对歌]唱出了古上几多恩爱的夫妻；唱出了古上几多玉雕样的智慧。让了一整个山里的人，在这夜晚里，看到许多先人无字的历史；吸收了许多祖上有声的文化；享受了几多本族的文明；飘进了几多爱的梦境。

——鬼子《带锁的夕阳》

第二章

地域记忆：
作为"身份确认"的地域文化

从新时期以来"文学桂军"发展的心路历程中，可以考察出"文学桂军"的文学行为总体上经历了三个阶段：第一阶段是 20 世纪 80 年代初至 20 世纪 90 年代初"文学桂军"惯性地使用传统现实主义书写广西的地域文化。它的典型特征是最初尝试写作的"文学桂军"无意识地在创作中运用广西的方言土语，描写广西民间的文学地理景观和"百越之地"的巫鬼淫祀。这一阶段作品中纷繁复杂的广西地域文化书写，给作家和作品都打上了"广西"的烙印，它们既是广西作家先天性的生存的地域记忆，又是广西作家的"身份确认"，同时也是广西文学的"身份确认"。第二阶段是 20 世纪 90 年代初至 21 世纪初"文学桂军"的"逃离地域"：一方面是逃离广西的地域文化书写，有意识地对作为广西文学和广西作家的"身份确认"的广西地域文化做出拒斥；另一方面是逃离以往广西文学的现实主义形态，转向先锋文学。"逃离广西"的目的是走向中国文坛的"中心"，而"文学桂军"对中国文坛的"中心"的认知、理解和想象便是先锋文学形态下的中国主流文化书写，而不是传统现实主义形态下的广西地域文化书写。正如鬼子在访谈中对广西文学的地域现象的回答："我们不再是坚守在'继承广西文学传统'和'立足于广西'这样的观念上，而是选择了逃离（至少我本人是选择了逃离）广西原有的文学轨道……我觉得有些地方的作家是可以永远立足本地的，比如陕西，比如山东，还比如湖南湖北等地，因为我们所享用的古老文化，基本上就是他们的东西，他们怎么'立足'都在主流里……广西则不然。"[1] 第三阶段是 21 世纪初至今的"文学桂军"已不再是保持着相同步调和节奏的整体，它表现出多元性的文学行为指向，一些作家持续了第二阶段"逃离广西"的文学行为惯性；一些作家在陈思和"民间"概念的影响之下，对广西的地域文化表现出再认同的倾向；另一些作家自觉地践行广西的地方性叙事；还有一些作家试图在创作中沟通粤桂湘文化。[2] 需要指出的是，在"文学桂

---

[1] 鬼子：《我喜欢在现实里寻找疼痛——鬼子答记者问》，银建军、钟纪新主编：《文字深处的图腾：走进仫佬族作家》，南宁：广西人民出版社 2009 年版，第 104 页。

[2] "文学桂军"的文学行为考察十分复杂，且第二阶段和第三阶段分属于本书的第三章和第四章，而本章只聚焦于"文学桂军"的文学行为的第一阶段，所以这里笔者只对"文学桂军"的文学行为的三个阶段做简要概述，将在第三章和第四章分别对"文学桂军"的文学行为的第二阶段和第三阶段做深入的论析。

军"发展的第三阶段，"逃离广西"的文学行为也作用在几乎所有致力于地域叙事和粤桂湘文化沟通的作家的创作生命过程中，但此时"逃离广西"的行为意志相较于第二阶段已明显式微。

20世纪80年代初至20世纪90年代初，在"文学桂军"的文学行为的第一阶段中，主要有作家凡一平、林白、鬼子和东西，而本书所考察的"文学桂军"中的其他广西作家还未在文坛登场。凡一平小说处女作《岁末》发表于《金城》1983年第4期，林白小说处女作《土房子里的人们》发表于《广西文学》1983年第9期，鬼子小说处女作《妈妈和她的衣袖》发表于《青春》1984年第9期，东西小说处女作《龙滩的孩子们》发表于《广西文学》1986年第8期。也就是说，尚处于萌芽状态的"文学桂军"在最初期的创作，还未到达激进的波及整个广西文艺界的两场论争"广西文坛三思录"和"振兴广西文艺大讨论"的状态。[①] 此时还未明确意识到要面向中国文学场域的广西地域文学群体"文学桂军"的文学行为，尚处于皮埃尔·布迪厄所说的"作为一种生成性的自发性"的"惯习"状态[②]，于是，"文学桂军"自在地使用广西文学传统上的现实主义书写广西的地域文化。

需要说明的是，作家在创作上对"广西文坛三思录"和"振兴广西文艺大讨论"等论争的反应并不是即时的，主要原因是文学行为和文学论争之间的关系复杂微妙，它们之间难以亦步亦趋："人类的行为不是对直接刺激的即时反应。某个个人对他人哪怕是最细微的'反应'，也是这些人及其关系的全部历史孕育

---

① 笔者这里只论及"广西文坛三思录"和"振兴广西文艺大讨论"对"文学桂军"的文学行为选择的影响，一方面是因为"百越境界"对"文学桂军"影响微乎其微。相对平和的"百越境界"既是一场论争，也是一种创作实践的理念，发生于1985年，随即迅速败退，并未对广西文坛造成深刻的影响。如覃富鑫所说："'百越境界'在国内的寻根队伍中，拉起得最迟，消失得最早。"参阅《"百越境界"五年祭》，《南方文坛》1990年第6期。另一方面是因为凡一平、林白和鬼子都还处于创作初始阶段，东西甚至在1986年才发表处女作《龙滩的孩子们》（《广西文学》1986年第8期），他们在小说创作上并未对"百越境界"做出恒久的明显反应。而从"文学桂军"的文学行为的选择来看，对其真正造成深重影响的是观念甚为激进、波及面颇为广泛的"广西文坛三思录"和"振兴广西文艺大讨论"。

② 参阅[法]布迪厄、[美]华康德：《实践与反思：反思社会学导引》，李猛、李康译，北京：中央编译出版社1998年版，第24页。

出来的产物。"①所以，我们发现"文学桂军"的第一阶段并不是从20世纪80年代初至1989年"振兴广西文艺大讨论"时突然终止，而是一直持续到20世纪90年代初。笔者接下来将对"文学桂军"这一阶段中作为"身份确认"的广西地域文化做出考辨。

第一节　方言土语：广西地域文化的外化形态

鬼子在创作谈《艰难的行走》里对于自己1984年的处女作《妈妈和她的衣袖》中语言问题有过自述："那时，我也是真的不知道什么样的语言才是小说的语言。换句话说，是我对汉语的把握，还处于异常生疏的阶段，就是嘴里说汉话，也还常常词不达意。"②从鬼子的这段对于自己早期小说语言问题的自述中，我们可以看出当时他还处于一种文化无意识状态中，他的文学行为的心理构架和操作构架也还处在自然的原初状态。所以，早期鬼子小说的语言还未受到主流的标准普通话的严格规范，常常夹杂着广西的方言土语。实际上，"文学桂军"其他成员早期的创作也运用了许多方言土语。方言土语在初始阶段创作中的运用，是由"文学桂军"的先天性的生存经验决定的："语言遗产是作家的第一个先验的、几乎是不可避免的定义"③。方言土语既是他们的地域身份表现在文化上的相似性，"在存在生存状况的相似性的地方，我们可以发现存在于所有形式的文化与社会实践中的相应的相似性"④，同时扮演着广西作家在中国文坛上的"差异标识"的重要因素："语言毫无疑问扮演着核心'标识者'的角色。"⑤"文学桂军"在这一阶段的文学作品因方言土语而深具地域文学特征。

1988年，凡一平以笔名银平发表短篇小说《官场沉浮录》，其中有许多广

---

① ［法］布迪厄、［美］华康德：《实践与反思：反思社会学导引》，李猛、李康译，北京：中央编译出版社1998年版，第168页。

② 鬼子：《艰难的行走》，北京：昆仑出版社2002年版，第10页。

③ ［法］卡萨诺瓦：《文学世界共和国》，罗国祥、陈新丽、赵妮译，北京：北京大学出版社2015年版，第42页。

④ ［美］斯沃茨：《文化与权力：布尔迪厄的社会学》，陶东风译，上海：上海译文出版社2012年版，第186页。

⑤ ［法］卡萨诺瓦：《文学世界共和国》，罗国祥、陈新丽、赵妮译，北京：北京大学出版社2015年版，第35页。

西的方言土语，比如"娃崽头""老猴""鬼崽""耍母猪（阳安流行新词，意是蠢！）""狗卵""佢崽""耍娃崽脾气""讲讲古""五马搞六羊一塌糊涂""娃崽馆长""还须喝三缸水""么定多坚""蹩狗扶不正""卵包""太多卵余了""鬼码"。①需要说明的是，"老猴"和"鬼崽"都是指十分狡猾，"讲讲古"指的是闲聊，"五马搞六羊一塌糊涂"是民间的歇后语，"还须喝三缸水"指的是远远达不到或不可能，"么定多坚"指的是无比坚定，"蹩狗扶不正"指的是本性难移，"太多卵余了"指的是愚蠢至极，"鬼码"指的是古灵精怪和坏主意多。1989 年，凡一平发表短篇小说《女人·男人》，也使用了许多广西方言，比如"卖得了""而活路，出奇地好省""野卵"。②"卖得了"的意思是"卖成功了"，"好省"的意思是"十分节省"，"野卵"是骂人的脏话。1990 年，凡一平在《三月三》杂志第 3 期发表的短篇小说《圩日》同样用了方言。"圩日"是方言土语对地方习俗的称法，意思是集市开市的日子。

正如前文所论，鬼子曾通过创作谈《艰难的行走》自述其早期写作小说时，对汉语的把握尚处于异常生疏的阶段，就是嘴里说汉话，也还经常词不达意，而且真的不知道什么样的语言才称得上是小说的语言。所以，我们看到鬼子在这一时期的创作中运用大量的广西方言土语。1984 年，鬼子以原名廖润柏发表处女作短篇小说《妈妈和她的衣袖》，文本中广西的方言土语可以说俯拾皆是，比如"几多岁""屙了蛋""'啾噜'一声""啵""灌土狗""寡蛋""你是怕人家拿他喝茶？""'你家屋后那苦楝树上的喜鹊，是勤是懒，你都不知道吗？'""酸坛""对个象""山上的红薯任由野猪看，窖里的红薯是主人管的。""气杀杀的""一骗，骗了过去""死钉住脚""喜泪""吔""啵""寡公"。③"几多"的意思是"多少"，"屙了蛋"的意思是"下了蛋"，"寡蛋"指的是因未经公鸡受精而孵不出小鸡的鸡蛋，"你是怕人家拿他喝茶？"的意思是人家取笑他，"对个象"的意思是找对象，"气杀杀的"的意思是十分生气，"一骗，骗了过去"指的是一让就让了过去，"喜泪"指的是高兴的泪水，"寡公"的意思是丧妻的老光棍。"'啾噜'一声""啵""吔"等是广西方言土语的象声词和语气词。

1987 年，鬼子以本名廖润柏发表短篇小说《八月，干渴的荒野》，文本中

① 银平：《官场沉浮录》，《青春》1988 年第 4 期。

② 凡一平：《女人·男人》，《民族文学》1989 年第 1 期。

③ 廖润柏：《妈妈和她的衣袖》，《青春》1984 年第 9 期。

的广西方言有"阳光针毛毛的""撕喉狂笑着""猴爬着""闪鸦鸦的巴掌"。①
其中，"针毛毛的"用来形容阳光强烈得刺眼，"闪鸦鸦的"用来形容巴掌的密
集。1987年，廖润柏又发表短篇小说《山村》，《山村》中同样有广西方言，诸
如"赶山""还没得""狗母"。②"赶山"在文本中指的是山村村民上山狩猎，"还
没得"的意思是"还没能够"。方言"狗母"在文本中出现多次，它的意思是母
狗。1988年，廖润柏在《广西文学》杂志第7期发表短篇小说《血崖》，"血疼
疼""走耍""冷毛毛"③ 都是该小说中出现的广西方言，"血疼疼"的意思是像流
血一样疼，"走耍"的意思是走着玩，"冷毛毛"的意思是冷飕飕。1989年，廖
润柏发表短篇小说《血谷》，"宿屋""太阳晒打在背上""猪郎公""青皮后生
崽"④ 都是《血谷》中的方言，其中"宿屋"释义为旧屋，"猪郎公"释义为配种的
公猪，"青皮后生崽"释义为稚嫩的年轻人。

　　1990年，鬼子发表短篇小说《古羿》。"羿"字是广西壮族的方言土语，读
long(去声)，释意为："石山间的小片平地。[壮]"⑤《古羿》中的方言还有"一只
手顿出去抓""木木地""硬尸""吔""就顶了别人当兵去我的。""好耍""扯
瘾""封黑""回家你的吧""下了裤""跺了出来""天花吃过的影子""死喉地
哭"。⑥ "木木地"的意思是麻木地，"硬尸"的意思是死后身体发硬，"好耍"的
意思是好玩，"扯瘾"的意思是上瘾，"封黑"的原句是"那瓦片跟随着又封黑
了"⑦，意思是原先破开的瓦片封闭起来后屋顶又黑了，"下了裤"的意思是脱下
裤子，"跺了出来"的意思是赶了出来，"死喉地哭"的意思是死命地哭，"吔"
是方言语气词。值得指出的是，"就顶了别人当兵去我的。"和"回家你的吧"都
词不达意，这恰好印证了鬼子在创作谈《艰难的行走》中对自己早期小说语言
问题的自述："是我对汉话的把握，还处于异常生疏的阶段，就是嘴里说汉话，

---

① 廖润柏:《八月，干渴的荒野》,《民族文学》1987 年第 7 期。

② 廖润柏:《山村》,《民族文学》1987 年第 10 期。

③ 廖润柏:《血崖》,《广西文学》1988 年第 7 期。

④ 廖润柏:《血谷》,《飞天》1989 年第 12 期。

⑤ 中国社会科学院语言研究所词典编辑室编:《现代汉语词典》,北京:商务印书馆 2012 年版,第
839 页。

⑥ 鬼子:《古羿》,《收获》1990 年第 6 期。

⑦ 鬼子:《古羿》,《收获》1990 年第 6 期。

也还常常词不达意。"①

1991 年，鬼子发表中篇小说《家墓》。文本中仍然存在许多方言土语，诸如"走了一眼""长得鲜""烂底""响天""干烧""横直""走了一眼""心里一直有东西咬着似的""框留""吔""眼水""那根裤子""一小竹箪""脸色有些干水""他找我父亲问帮他点钱""挂打""望着我一丝也不肯放眼"。②"走了一眼"意思是远望了一眼，"长得鲜"意思是长得美，"烂底"意思是底子烂了，"响天"指的是声音很大，"干烧"意思是脸上发热，"眼水"意思是眼光和眼力，"挂打"意思是挂着，"吔"是方言语气词。与前文所论及的《古弄》中"就顶了别人当兵去我的。"相类同的是，"他找我父亲问帮他点钱"同样词不达意。

1991 年，鬼子发表短篇小说《有那么一个黄昏》。该小说中的方言有"今晚夜""唔""打出声音来""蛇一般咬得心中失血""电筒光依旧傻傻地晒在""今夜黑"。③"今晚夜"意思是今天晚上，"唔"是方言语气词，"打出声音来"的意思是发出声音来，"蛇一般咬得心中失血"用来形容受到过分惊吓。

1987 年，东西以原名田代琳发表短篇小说《醉山》。《醉山》的篇幅十分短，文本中有一处广西的方言土语："吃了她几多哑巴亏"④。"几多"的意思是多少。1991 年，东西又以原名田代琳发表短篇小说《秋天的瓦钵》。《秋天的瓦钵》的篇幅依然很短，也有一处方言土语："拱食"⑤。"拱食"意指像猪一样吃食，十分形象生动。1992 年，东西在《三月三》杂志第 5 期发表短篇小说《事故之后的故事》，文本中的方言土语"蛮仔"意思是小儿子。1992 年，东西发表短篇小说《天灯》。《天灯》中的方言有一处是以一个"得"字独立成段："得。"⑥"得"字在广西方言里常用，意为"可以"。另有一处天峨县方言是"牯牛"⑦。据《天峨县志》关于天峨县方言的记载，天峨的方言词汇"牯牛"释义为普通话"种公牛"。⑧1993 年，东西发表短篇小说《迈出时间的门槛》，文本中的方言土语"发

---

① 鬼子：《艰难的行走》，北京：昆仑出版社 2002 年版，第 10 页。

② 鬼子：《家墓》，《漓江》1991 年冬季号。

③ 鬼子：《有那么一个黄昏》，《作家》1991 年第 12 期。

④ 田代琳：《醉山》，《中国西部文学》1987 年第 8 期。

⑤ 田代琳：《秋天的瓦钵》，《三月三》1991 年第 3 期。

⑥ 东西：《天灯》，《延河》1992 年第 9 期。

⑦ 东西：《天灯》，《延河》1992 年第 9 期。

⑧ 天峨县志编纂委员会编：《天峨县志》，南宁：广西人民出版社 1994 年版，第 480 页。

生了什么事我们也不懂"① 的意思是"我们也不知道发生了什么事"。经笔者查证，发现广西的方言土语往往将"不知道"说成"不懂"。1994 年，东西在《作家》杂志第 5 期发表短篇小说《商品》，文本中的方言土语"大把大把"② 用来形容数量之多。

需要指出的是，林白是怀着对广西方言土语的自卑感开始创作的，如她所说："我从小就有崇拜普通话的情结……上大学后，因为我的地方口音很严重，简直没法表达，没法跟人家交流，我就很自卑"③。林白 1982 年毕业于武汉大学④，而小说处女作《土房子里的人们》发表于 1983 年。所以，林白从创作之初就表现出对广西方言土语的拒斥，在广西方言土语方面比"文学桂军"第一阶段的其他成员更早步入了第二阶段的"逃离广西"。⑤ 与之相反的是，当时凡一平、鬼子和东西都还生活在广西偏远闭塞的地方，这方面东西对于 1993 年自己生存境况的回忆比较具有代表性："写这个小说的时候，我还生活在一个比较偏僻的地区，几乎不认识任何一位作家或者评论家，周围的环境就像我的内心一样封闭。"⑥ 而林白已经有久居武汉的生活经验，他们所置身的语言场域不同。我们一方面需要考察"文学桂军"整体性的文学行为，另一方面也要顾及"文学桂军"内部成员的个体特性。不过，从整体上来说，方言土语作为广西民间文化的外化形态在此时可以说是"文学桂军"比较突出的地域文学特质。

第二节　文学地理："鬼门关""山岽"与谷里

"文学桂军"在早期的创作中使用了大量的方言土语。由于方言土语具有地

---

① 东西：《迈出时间的门槛》，《花城》1993 年第 3 期。

② 东西：《商品》，《作家》1994 年第 5 期。

③ 本刊编辑部：《新时代的地方性叙事——第十届"今日批评家"论坛纪要》，《南方文坛》2020 年第 2 期。

④ "1982 年毕业于武汉大学。"参阅《大家》1997 年第 5 期。

⑤ "逃离广西"指的是，逃离广西的方言土语，逃离广西的地域文化，逃离广西的文学传统，以及逃离广西作家的身份认同，等等。关于"逃离广西"，笔者将在第三章详论。

⑥ 东西：《叙述的走神》，上海：上海文艺出版社 2016 年版，第 127 页。引文中"这个小说"指《商品》，发表于《作家》1994 年第 5 期，但创作于 1993 年："1993 年……于是我在某个下午开始了小说《商品》的写作。"参阅东西：《叙述的走神》，上海：上海文艺出版社 2016 年版，第 126 页。

域性，所以它们不仅仅发挥着文学的语言载体的功能效用，同时也是"文学桂军"及其创作与广西地域之间关系的确认，文学地理学对此也有说明："文学作品的地理空间要素都是以语言为载体的。没有语言，一切要素都无法显现。因此语言在文学作品的地理空间建构中起着至关重要的作用。"① 其实，与方言土语相类同的是，"文学桂军"笔下的文学地理也带有广西的地域性，而文学地理主要表现为作家在艺术世界里呈现出来的一系列标志性的文学地理景观。文学地理景观是"文学文本中的空间"②，即"文学桂军"的文学世界里的叙事空间，它们既内含了文学创作与地理之间的关系，又隐含着作家与地理之间的关系，同时蕴含着文学创作主体"文学桂军"与广西地域之间的认同关系："这说明了地理经验(spatial experience)与自我认同(personal identity)之间的紧密关联。"③

从"文学桂军"早期的创作来看，作为叙事空间的文学地理景观有林白故乡北流的"鬼门关"，鬼子和凡一平故乡桂西北山区的"山弄"，东西故乡天峨县的谷里村。这些文学地理景观是"文学桂军"的成长环境，表现出他们对于广西地域的依附感，承载着他们带有地域特质的原乡记忆和文化心理。通过对作为"文学桂军"的叙事空间的文学地理景观的考察，我们可以更深入地理解"文学桂军"早期创作与广西地域的关系，以及这种关系所反映出来的"文学桂军"早期创作中的广西作家的自我身份认同。

林白在小说和创作谈中都曾反复书写故乡广西北流独特的文学地理景观"鬼门关"，并坦言深埋于心理上的"鬼门关情结"，具有代表性的是长篇小说《一个人的战争》、中篇小说《青苔与火车的叙事》和创作谈《生命热情何在——与我创作有关的一些词》。《一个人的战争》是林白的成名作和代表作，文本中有对于文学地理景观"鬼门关"的大段描写：

> B 镇是一个与鬼最接近的地方，这一点甚至可以在《辞海》里查到，查
> "鬼门关"的辞条，就有：鬼门关，在今广西北流县城东南八公里处，B 镇
> 就是在这个县里。我八岁的时候曾经跟同学去鬼门关附近看一个溶洞，溶
> 洞比鬼门关有名，晋代葛洪曾在那里炼过丹，徐霞客也去过，洞里有一条

---

① 曾大兴：《文学地理学概论》，北京：商务印书馆 2017 年版，第 172 页。
② ［英］迈克·克朗：《文化地理学》，杨淑华、宋慧敏译，南京：南京大学出版社 2005 年版，第 42 页。
③ ［英］迈克·克朗：《文化地理学》，杨淑华、宋慧敏译，南京：南京大学出版社 2005 年版，第 44 页。

阴气逼人的暗河，幽深神秘之极，没有电灯，点着松明，洞里的阴风把松明弄得一闪一闪的，让人想到鬼魂们正是从这条河里漫出来，这条暗河正是鬼门关地带山洞里的河啊！有关河流是地狱入口的秘密，就是在这个时候窥见的。B 镇的文人们将暗河流经的三个石洞分别命名为“勾漏”“桃源”“白沙”。洞外是桂林山水那样的山，水一样的绿色柔软的草，好像不是跟鬼有关，而是跟天堂有关。

这个叫鬼门关的关在去石洞的路上，一左一右两座石山向路中倾斜，像天然的巨大石拱，平展的石壁上有三个凹进去的巨大的字：鬼门关，朱红的颜色，确凿无疑地证明着。据说这字在唐代就有。①

林白在《青苔与火车的叙事》中也有对于文学地理景观“鬼门关”的描写。关于这一点，《青苔与火车的叙事》与《一个人的战争》具有相似之处：

忽然我按捺不住地告诉她，我的老家是一个有出处的地方，被《辞海》正式认为是鬼门关的所在地。②

“鬼门关”并不是仅仅存在于神话故事里，在现实世界里确有其地。它在历史上也被称作“桂门关”“魁星关”“天门关”“泗明关”，但“鬼门关”之名最广为人知。“鬼门关”位于北流和玉林市的交界处的天门山上。北流和玉林市以天门山的山脊为界，山脊之东是北流的甘村，山脊之西是玉林的陂石，天门山海拔近两百米。历史古迹“天门关”三个大字就刻在北流境内。“鬼门关”是一道由百余米高的嶂林对峙而成的地势险要的古越道关隘，为中原通往钦、雷、琼和交趾的水陆交通枢纽，同时也是中原通往岭南地区西南部的要冲，有“通三江，贯五岭，越域外”之称。③ 早在明朝时期，徐霞客就在《徐霞客游记》的《粤西游日记二》中对其有所记述：

而北流之东十里，为勾漏洞；北流之西十里，为鬼门关。二石山分支

① 林白：《一个人的战争》，《花城》1994 年第 2 期。
② 林白：《青苔与火车的叙事》，《作家》1994 年第 4 期。
③ 参阅北流市土地管理局：《北流市土地志》，南宁：广西人民出版社 1999 年版，第 42 页。

耸秀，东西对列，虽一为洞天，一为鬼窟，然而若排衙拥戟以卫县城者，
二山实相伯仲也。

　　鬼门关在北流西十里，颠崖邃谷，两峰相对，路经其中，谚所谓'鬼
门关，十人去，九不还。'言多瘴也。舆地纪胜以为桂门关之讹，宣德中改
为天门关，粤西关隘所首称者。①

　　林白在《一个人的战争》中对"鬼门关"和暗河流经的石洞"勾漏"的书写，
与徐霞客在《徐霞客游记》的《粤西游日记二》里对"鬼门关"和"勾漏洞"的记述
相吻合。"鬼门关"作为广西北流的文学地理景观，既是林白身上所持守着的独
特的地域依附感，又是她创作上的心灵原乡，有着特殊的文化内涵和文学内涵。②
　　与"鬼门关"同属林白小说中的文学地理的还有沙街，徐霞客在《徐霞客
游记》的《粤西游日记二》中对其也有记述："循城由南门入，经县前，出东门，
则街市颇盛。一街循城而北者，为街墟；一街随江而东者，为沙街。"③沙街是林
白青少年时期在北流生活过的街道，她曾在创作谈《生命热情何在——与我创
作有关的一些词》中对此有过自述："我八岁之前住在龙桥街，八岁至十三岁住
在沙街"④。虽然"鬼门关"跟沙街相比较起来更具文学地理的典型性意义，但是
在个人文学世界里反复出现的沙街对林白来说还是有着难以替代的独特性。林
白在中篇小说《同心爱者不能分手》、中篇小说《裸窗》、短篇小说《安魂沙街》、
中篇小说《沙街的花与影》、散文随笔《深水岁月的追忆》中都有对沙街的回忆。
《同心爱者不能分手》将那位神秘女人的故事安排在沙街，沙街分布着暗黄色
的木楼和土灰色的砖房。而作者的自我形象"我"则"十九岁以前一直住在沙
街"⑤，住处跟那神秘女人的房子隔大半条街，看见她的机会并不多，于是"我"
对她的回忆常常罩上臆想的面纱。《安魂沙街》中散布着林白对于沙街的记忆的

---

① 徐霞客：《徐霞客游记》，朱惠荣整理，北京：中华书局 2009 年版，第 246 页。
② "鬼门关"既是岭南的著名关隘和要冲，又因历史上遭遇贬谪的文人墨客所留下的诗文而成为文
　化景观，所以它具有文学地理性质之外，还具有文化层面的精神信仰内涵。不过，这里笔者所
　有意强调的是"鬼门关"的文学地理性质，"鬼门关"的精神信仰内涵将被放置于本章第三节展开
　讨论。
③ 徐霞客：《徐霞客游记》，朱惠荣整理，北京：中华书局 2009 年版，第 245 页。
④ 林白：《生命热情何在——与我创作有关的一些词》，《当代作家评论》2005 年第 4 期。
⑤ 林白：《同心爱者不能分手》，《上海文学》1989 年第 10 期。

碎片，灰色砖房、码头、青苔、指甲花、迅速聚集的人群，它们都是作家记忆里的陈年旧景："沙街是林小时候居住的街道，她的小说一再出现沙街。"① 甚至，林白在散文随笔《深水岁月的追忆》里承认沙街是她小说故事的来源："沙街是我成年后所有故事的发源地。"②

凡一平的故乡是河池的都安瑶族自治县，鬼子的故乡是河池的仫佬族自治县。他们所生活的村落都位于桂西北的山区，属于瑶族和仫佬族的村落形态："河池地区的瑶族则大多居住在石山或半石山地区。"③ "侗、水、仫佬、彝等族的村落一般选在依山傍水。"④ 凡一平和鬼子早期的小说往往被打上山村的烙印，最突出的是文本中作为叙事空间的文学地理多是桂西北山区的"山峎"。"山峎"取自鬼子短篇小说《古峎》和凡一平短篇小说《圩日》："飘过三十里峎场，游过五里坳。"⑤ "峎"字读 long（去声），释意为："石山间的小片平地。[壮]"⑥ 从"山峎"的释义来看，这一文学地理既表现出鬼子和凡一平作为广西少数民族作家的身份认同，又表征着鬼子小说和凡一平小说作为广西文学的身份特征。据笔者细致的考察，鬼子和凡一平早期创作的小说全是以带有桂西北山区的文学地理特质的"山峎"为叙事空间，几乎无一例外，比如鬼子的短篇小说《妈妈和她的衣袖》《八月，干渴的荒野》《山村》《血崖》《血谷》《面条》《古峎》《有那么一个黄昏》《杀人犯木头》，中篇小说《家癌》《家墓》以及凡一平的短篇小说《圩日》《妇道》。

东西也出生于广西河池的桂西北山区。东西早期的小说也以山村为叙事空间，最突出的是他在其小说世界里对故乡天峨县的山村"谷里"的描写，这方面代表性的作品是中篇小说《断崖》和短篇小说《幻想村庄》。⑦ 山村"谷里"不

① 林白：《安魂沙街》，《北京文学》1992 年第 10 期。

② 林白：《深水岁月的追忆》，《作品》1994 年第 10 期。

③ 广西壮族自治区地方志编纂委员会编：《广西通志·民俗志》，南宁：广西人民出版社 1992 年版，第 62 页。

④ 广西壮族自治区地方志编纂委员会编：《广西通志·民俗志》，南宁：广西人民出版社 1992 年版，第 62 页。

⑤ 凡一平：《圩日》，《三月三》1990 年第 3 期。

⑥ 中国社会科学院语言研究所词典编辑室编：《现代汉语词典》，北京：商务印书馆 2012 年版，第 839 页。

⑦ 田代琳：《断崖》，《漓江》1991 年春季号。东西：《幻想村庄》，《花城》1992 年第 3 期。

仅仅是东西的出生地，它同时是东西创作上的心灵原乡。通过对文学地理"谷里"的观照，我们可以体会到东西早期小说作为广西文学和东西作为广西作家的身份认同。

第三节　民间信仰："百越"民俗禁忌的巫鬼遗风

具有地域性特征的民间文化现象，我们一般称为地域文化。地域文化的特征往往是在跟这一地域之外其他的地域文化的比较之中被认识、理解和确认的，而不只是由地域文化的内部来决定，迈克·克朗的《文化地理学》对此也有说明："文化并不仅仅由它们的内在来确定，它们由区别于其他文化的构成方式来确定。"① 这也可以从拉康的镜像理论的角度来析解，地域文化类似于个体的人，同样是通过意识到"镜子反射"的他者来定义何为自己，而不是仅仅建立在地域文化的整个内部过程之上。就"文学桂军"所创造的文学世界来说，其明显区别于其他地域的独特的地域文化，突出表现为"百越之地"民俗禁忌中的巫鬼遗风。② 广西历史上被称为"百越之地"，素来有尚巫鬼的民间文化传统，《广西通志·民俗志》对广西的巫觋信仰就有明确的记载："汉魏以来，中原及一些边疆地区兴起了道教、佛教，惟广西多信巫觋，仍留古意。"③ 东西曾在访谈《世纪之交文化格局中的中国南方文学——作家与评论家的对话》中对广西作家创作中的巫气有过自我指认："关于我作品的特点，王干曾有过这种说法：'广西作家的特点是有巫气'，我的作品也不例外……其实，广西这片土地是一个

---

① ［英］迈克·克朗：《文化地理学》，杨淑华、宋慧敏译，南京：南京大学出版社 2005 年版，第 155 页。

② 从广义上来说，文学地理与精神信仰之间也偶有交叉重合之处。比如，"鬼门关"既是文学地理，又因历史上苏东坡等文化名人遭贬谪后途经此关隘并留下许多诗文而被赋予了精神信仰的文化内涵，所以"鬼门关"既有文学地理的属性，又有精神信仰的文化属性："地理景观既可看成是文化产物，也可看成历经不同时期文化的再生。"参阅（英）迈克·克朗：《文化地理学》，杨淑华、宋慧敏译，南京：南京大学出版社 2005 年版，第 16 页。不过，本章第二节显然是将文学地理取狭义解，将其理解和定义为文学作品的叙事空间，所以更多突出的是文学地理的作为叙事空间的特质，而第三节彰显的是地理景观在精神信仰层面的文化属性。

③ 广西壮族自治区地方志编纂委员会编：《广西通志·民俗志》，南宁：广西人民出版社 1992 年版，第 375 页。

神秘的土地"①。

凡一平的短篇小说《妇道》叙述冬在丧夫之后决定在山村守节的故事。《妇道》的篇幅十分简短，不过文本中巫鬼文化出现多次。冬的公公认为鸟是有灵性的，所以爱捉鸟，让它们显灵。他捉到一只稀罕的鸟，将它装在藤编的笼子里，对着祖宗的灵位吊着，鸟在笼子里凄凄地哭。公公将这只奇鸟和儿子寿儿的夭折神秘地联系起来："鸟最能显灵。他讲：'要是早几年得这只奇鸟，寿儿就不会……'"②。冬去县城开会，并在大会上表态以后永不改嫁，守着这个家。对此，公公也认为这是那只奇鸟显灵所带来的运势，于是"翌日起，冬见公对着鸟，'天神'、'菩萨'、'道仙'、'佛祖'，诚诚地呼唤"③。短篇小说《蛇事》叙述了一个关于蛇的民间禁忌："她意识到，看见蛇蜕皮，自己如果不把衣服脱掉，就要遭大灾。"④二嫂在玉米地里偶然看见蛇蜕皮，正因为这民间禁忌，才把衣服脱了赤裸地站在玉米地里，不想却被四保偷偷地窥见。又因为没火，二嫂没办法把蛇皮烧掉。四保拿着蛇皮要挟二嫂与其发生关系，最终却被二嫂搬起石头砸死。《妇道》和《蛇事》都向我们呈现了带有巫气的民间信仰。

林白的《裸窗》写到鬼节："这片水草每年农历七月十四鬼节前后都要淹死人，淹死的都是未成年的男孩。"⑤与《裸窗》相同的是，林白在短篇小说《我要你为人所知》和长篇小说《一个人的战争》中也反复对北流农历七月十四鬼节前后河里淹死孩子的现象进行书写，并表达困惑不解。⑥农历七月十四是广西的中元节。由于广西中元节是祭祖大节，故又将其称为祖宗节和公奶节；因中元节祭鬼，所以中元节也叫鬼节和阴节；因中元节时会举行施斋供僧和诵经超度等佛事，所以也称中元节为目连节和盂兰盆节。据《北流县志》记载，时逢中元节，百姓需备祭品供奉于厅堂，焚烧元宝和五色衣，祭奠祖先和已逝去的亲人。北流有的地方还有中元节"施幽"的民俗：天黑后在屋外的路边点蜡烛、泼

---

① 王杰等：《世纪之交文化格局中的中国南方文学——作家与评论家的对话》，《南方文坛》2000年第2期。

② 凡一平：《妇道》，《现代作家》1990年第9期。

③ 凡一平：《妇道》，《现代作家》1990年第9期。

④ 凡一平：《蛇事》，《作品》1992年第6期。

⑤ 林白：《裸窗》，《作家》1989年第9期。

⑥ 参阅林白：《我要你为人所知》，《雨花》1990年第5期。林白：《一个人的战争》，《花城》1994年第2期。

水饭，寓意祈福安康。北流中南部还有中元节吹籁鲁筒或竹笛至半夜的民俗，以祈求神鬼保佑。[①]据《广西通志·民俗志》记载，中元节是农历七月十五，但是广西大多数民族的中元节却是农历七月十四，这来源于广西的民间传说：宋朝末年，元军中元节前夕进攻岭南，为避战祸，广西百姓将中元节的"送祖"提前至农历七月十四日举行。于是，农历七月十四中元节的文化传统在广西得以沿袭。据广西的民间传说，农历七月十四日，阎罗王会打开"鬼门关"，任地狱中的鬼魂到阳间觅食，因此这一天百姓要通过"祭鬼""躲鬼"和"赶鬼"等方法避害。并且，"有的人家在中元节前后不让小孩出远门，尤其禁止游泳、爬树，以防不测"。[②]对此，民间有"七月半，鬼上岸"和"七月半，鬼门开"的说法。所以，《裸窗》将未成年男孩的溺亡与鬼节神秘地联系起来。

中篇小说《子弹穿过苹果》中充满巫气，尤其是主人公蓼向来放浪不羁，无拘无束，像神秘的女巫："蓼的眼睛像猫一样在黑暗中也能闪光，蓼是女巫。"[③]"蓼具有女巫的特质"[④]。短篇小说《日午》和短篇小说《英雄》都表达了对鬼魂、鬼火、闹鬼等的神秘感知。[⑤]林白在短篇小说《船外》中叙述了当地的民俗放河灯。值中秋节夜，镇上的人纷纷去放河灯。外祖母买来一只大红莲花灯，点着蜡烛，提着红通通的河灯去河边，为"我"祈福许愿和驱灾："今年放河灯我要给你许一个愿，这灯若是没到拐弯就灭了，就不说它了，若是过了拐弯还往前漂，你就能好。"[⑥]《安魂沙街》则更为神秘，主人公是一个会施法的女巫。她诡异地出现，引着"我"到护城河边，护城河边的人像河岸上的墓碑一样木然不动。女巫指引"我"为沙街上那些已故的人举办巫术仪式，让沙街的亡灵们在玫瑰的芬芳中得到安睡。女巫说曾得到一位大师的指点，精密计算出今晚这河水正是二十多年前"我"故乡那条河的水。她说二十多年前，"我"在河边洗衣服时一件玫瑰红的上衣被冲走了，而今天午夜"我"将看到这件玫瑰红上衣从上游漂来。午夜时分阳间和阴间接通了，冥府的入口处漂浮而过玫瑰

①　参阅北流县志编纂委员会编：《北流县志》，南宁：广西人民出版社 1993 年版，第 1006 页。
②　广西壮族自治区地方志编纂委员会编：《广西通志·民俗志》，南宁：广西人民出版社 1992 年版，第 319 页。关于农历七月十四日广西中元节的文化传统，参阅《广西通志·民俗志》第 318 页。
③　林白：《子弹穿过苹果》，《钟山》1990 年第 4 期。
④　林白：《子弹穿过苹果》，《钟山》1990 年第 4 期。
⑤　参阅林白：《日午》，《上海文学》1991 年第 6 期。林白：《英雄》，《青年文学》1991 年第 12 期。
⑥　林白：《船外》，《作家》1991 年第 11 期。

色的布上衣。紧接着，女巫继续引导"我"做巫术仪式：

> 在你的意念中将你此生中所见过的所有玫瑰一朵一朵地放进河水中，意念要非常清晰，要一朵一朵地放，注意不要让它们倾斜、覆没、沉到水里，要让它们浮在水面上，将玫瑰放满整条河流，直到你闻到它们飘动的芬芳，你的仪式就完成了，结尾也就随之到来，沙街的亡灵们将会在玫瑰的芬芳中得到安睡。
>
> 林按照神秘女人的指令，像做气功一样坚守这个意念。
>
> 后来，她果然闻到了一种奇异的香气，满河的玫瑰在她眼前浩荡而下。①

广西北流最著名的文化景观是"鬼门关"②，为北流八景之一。"鬼门关"是南贬的标识，历朝历代遭流贬的文人墨客途经此关隘所留下的诗文使其极具文化属性，如唐朝李德裕的《咏鬼门关》、唐朝沈佺期的《天门关》、元朝伯笃鲁丁的《过鬼门关》、明朝许天锡的《过鬼门关》等。"鬼门关"是林白青少年时期的成长环境，也是其心理结构上的原乡记忆，形塑了她早期创作中与生俱来的巫鬼遐想。林白曾在创作谈《生命热情何在——与我创作有关的一些词》中对此有过自述："每个人都有自己的来路，我喜欢告诉那些问我的人，我是从鬼门关来的"③。显然，林白对于自己来自"鬼门关"的自述，更侧重的是"鬼门关"的民间信仰内涵，而不只是其自然地理属性。她在散文随笔《深水岁月的追忆》和长篇小说《一个人的战争》中也都有过类似的表达："铺上一张草席，河上的风吹过来，鬼的故事就开始讲述。在我小的时候，许多鬼的故事以及似懂非懂的下流故事，就是在木埠上听到的。"④"出生在鬼门关的女孩，与生俱来就有许多关于鬼的奇思异想"⑤。

鬼子早期小说中关于民俗禁忌的巫鬼文化书写俯拾皆是。通过对文本的

---

① 林白：《安魂沙街》，《北京文学》1992 年第 10 期。
② "鬼门关"具有文学地理和精神信仰的双重属性，本节意在强调其精神信仰属性。
③ 林白：《生命热情何在——与我创作有关的一些词》，《当代作家评论》2005 年第 4 期。
④ 林白：《深水岁月的追忆》，《作品》1994 年第 10 期。
⑤ 林白：《一个人的战争》，《花城》1994 年第 2 期。

细读和考察，我们发现这方面作品的书写对象大致有师公、道公、鬼师、药婆（亦称谷婆）、药伯、狐狸等巫鬼文化，具有典型性的小说是《古巹》《家癌》《有那么一个黄昏》《叙述传说》。

广西历史上被称为"百越之地"，远离中原主流文明，素来有尚巫鬼的民间文化传统。《广西通志·民俗志》对广西历史上尚巫鬼的民间文化传统有记载："广西各民族历史上迷信巫术和占卜。"① 广西民间向来崇拜多种神鬼，遇事好占卜问鬼，祭祖、祭社、游神等祭祀仪式被过分重视，遭遇疾病则会施展治病巫术："广西古代俗信鬼，好淫祀，病鲜求医，专事巫觋……有病则举行跳鬼驱鬼活动。"② 有巫术就有巫师，巫师都由原始宗教的巫觋发展而来，仫佬族称其为师公或鬼师。师公的主要巫术活动是驱鬼和祈鬼，也为人占卜。仫佬族的鬼师也被称为梅山道或武教法师，其举行的巫术仪式与壮族和瑶族相似。

《古巹》中"我"的父亲生前就是鬼师，他没有正常职业，也没有一分田地，平时只知道整天在外面给人家做巫鬼仪式。"我"的父亲死后常常回来家里闹鬼。天一黑，每当"我"关门灭灯上床正准备睡，他就老是坐在"我"的被面上，重重地压着，要不就是拼命地拉扯着蚊帐。"我"不得不起床，把锅盖和脸盆敲得叮叮咚咚响，还要声嘶力竭地喊"杀呀杀呀"，他才走开。可是，"我"刚吹灭灯，闭上眼，他又回来了。"我"只好扒了他的坟，烧了他的尸骨，以防他再回来闹鬼。

鬼子在《家癌》《叙述传说》和《有那么一个黄昏》中都呈现了神秘的药婆（谷婆）和药伯形象："谷婆是我们那里专搞那种药养命的药婆。""老药伯是个山里神秘无比的老人。"③ 通过对鬼子小说中药婆和药伯形象的析解，我们发觉他们在山村里主要承担的是土大夫兼巫觋的职能，所以他们往往充满神秘感。《家癌》中"我"因看村里一家做新的木碓而眼睛胀痛，父亲认为"我"准是见了鬼，就像鬼师一样施展巫术为"我"治病。他用斧头拆散木碓，那家的瘪嘴婆佬端一只中间堆一撮白米、上插十来支香的竹簸等在那里。父亲扯起一支烧红

---

① 广西壮族自治区地方志编纂委员会编：《广西通志·民俗志》，南宁：广西人民出版社 1992 年版，第 371 页。
② 广西壮族自治区地方志编纂委员会编：《广西通志·民俗志》，南宁：广西人民出版社 1992 年版，第 359 页。
③ 鬼子：《家癌》，《收获》1991 年第 5 期。

的香火，嘴里模糊不清地念叨着什么，十分虔诚，然后猛地将香火插进小公鸡的一只眼睛里。经瘪嘴婆佬查验后，"我"的眼疾消失了。父亲和瘪嘴婆佬的形象与鬼师和谷婆的形象十分相似。《家癌》也正面描写了谷婆，她为母亲提供打胎的土药，目的是确保父亲今世只有一个子嗣。父亲今世只能有一个子嗣的说法，来源于老药伯的告诫。外婆生病卧床不起时，一只猫头鹰每天都蹲在房顶上彻夜惨笑。一日凌晨，神秘无比的老药伯提着那只猫头鹰摔在地上。接下来两天，久病的外婆再没有发出呻吟。父亲遵照老药伯的指示外出，当他满脸血迹地刚回屋，外婆立刻断气了。埋下外婆的那天晚上，老药伯突然撞门进来，指着父亲说："有一句话我得先告诉你，你这世孩子不能多要，只能要一个。"①后来，父亲久病卧床不起，老药伯说必须"我"去山里捉剧毒的红头马蜂，才能治愈父亲的病。母亲替我捉到了红头马蜂，并因此丧命，然而眼睛像鬼火一样忽闪忽闪着的老药伯说："你母亲没有死……她只是再不愿回到你们家做人而已。"②药婆和药伯都像骇人的鬼的精灵，可以未卜先知。《叙述传说》中眼睛里射出青幽幽的光的药伯老人和留着一手乌黑的长指甲的谷婆也都是未卜先知，能沟通人鬼。《有那么一个黄昏》中的谷婆则在村里开会时说看见死去的云回来了："鬼！看见了鬼！真的，我看见她回来的。"③云的眼睛发出一阵蓝光，墙角顶端的瓦片下有一个影子嗖嗖地一闪，惊走了。

鬼子曾在《艰难的行走》里自述家乡的生活环境。鬼子家屋后有一座大山，石壁上有许多像岩画一样的图案，石壁下是一个坟场。坟场的死人常常招来似人似鬼的狐狸：

> 还时常听到来自坟场里狐狸的喧嚣。那些狐狸都是冲着死人来的，没有死人的夜里，它们便漫步在街头巷尾……只是将两只前腿收立起来，慢慢地跟着你走，有时还大大方方的仿佛来自大上海的绅士，优雅地在前边给你带路，让你弄不清楚是人是鬼，它们的身上有时也会穿戴着一两件小人的衣服，或者一顶破烂的草帽……④

---

① 鬼子：《家癌》，《收获》1991 年第 5 期。

② 鬼子：《家癌》，《收获》1991 年第 5 期。

③ 鬼子：《有那么一个黄昏》，《作家》1991 年第 12 期。

④ 鬼子：《艰难的行走》，北京：昆仑出版社 2002 年版，第 18 页。

　　鬼子在早期小说中反复书写似人似鬼的狐狸，这与他家乡的生存环境密切相关。《血崖》中的狐狸兀立在山岩上、崖上，冲着村子狂叫。《古巢》中的狐狸将父亲的坟墓掏空了，破尸布在泥地上被野风肆意地扑打，像翅膀破烂的死蝴蝶。《有那么一个黄昏》里刚刨完新坟吃够了的狐狸，疯癫起来穿起小孩的衣服，戴上人帽，像人一样站着走，一路上跟着贾主任和队长。甚至，《叙述传说》中一只毛色灰黄的老狐狸幻化成药伯老人与"我"说话。

　　"百越之地"的巫鬼遗风和民俗作为广西文化信仰同样出现在东西早期小说中，这方面代表作品有短篇小说《地喘气》《天灯》《迈出时间的门槛》，其中《地喘气》以本名田代琳发表。

　　《地喘气》中的民俗十分独特。蝉妈死后，二妈告诉雀儿，按照民俗，雀儿得喝三口蝉妈的洗身水，这才算尽了儿女的孝道，对自己的未来好："喝三口水，才算尽儿女的义道，才算有孝心，将来好。"①《天灯》中有对广西的壮族旧时民俗的书写：若突遇房屋着火，女人脱下裤子，赤裸着在屋顶上跳舞，就会惹怒上天，从而导致打雷下雨。

　　　　丑婆接过竹竿，脱下裤子，赤条条攀着蓝靛染蓝的土布裤，在她的屋顶来回舞动，嘴里高叫：

　　　　风啊，风啊你快点走。雨啊雨啊，你快点降……

　　　　茅草寨的女人，都纷纷攀着裤，攀上自家屋顶，跟着丑婆舞动。女人们如一排精灵，搔首弄姿，喊声汇成浪。

　　　　雨没有降，冷风忽地停住。②

　　东西在《天灯》的末尾还为这段带有巫术气质的民俗做了注解："桂西旧时风俗。大火起时，女人脱裤起舞，惹怒上天，上天即打雷下雨。"③

　　东西与林白一样，都在小说中写到广西七月十四日的鬼节。鬼节在东西《迈出时间的门槛》里又被称为月半节。鬼节那天晚上，按民俗来说，需要用火纸折成纸包，纸包上写满死者的姓名。写上死者姓名的纸包被称作封包，焚烧

---

① 田代琳：《地喘气》，《民族文学》1992年第7期。

② 东西：《天灯》，《延河》1992年第9期。

③ 东西：《天灯》，《延河》1992年第9期。

的封包越多，死者在冥间就越富有。①

在"百越"民俗禁忌的巫鬼遗风之外，此时"文学桂军"创作中还偶有其他的广西民间文化，比如山歌和英雄传奇。广西有着悠久的山歌民俗文化传统，《刘三姐》就被认为是广西山歌民俗文化的代表。《带锁的夕阳》描写了结婚请酒酒后对歌的民俗，鬼子将这种民间的对歌民俗理解为"先人无字的历史""祖上有声的文化"和"本族的文明"。②《带锁的夕阳》中对歌民俗活动的全景如下：

> 后生们跟送嫁里的妹仔对。做了大哥叔叔的，就跟送嫁来的那些大婶嫂嫂们对。被公认为村里最老乌的歌手，就专找外家那边来的亲戚。唱情的唱情，唱爱的唱爱。唱以后要怎样生活；唱以后要怎样待人。怎样对待父母，怎样对待长辈；怎样对待兄妹，怎样对待邻里。有月亮为什么温柔；有太阳为什么热火；有春天到了，该干什么活，该下什么种；有孩子哭了，只能怎样哄，不能怎么骂。唱出了古上几多恩爱的夫妻；唱出了古上几多贤媳良母；唱出了古上几多金铸似的品德；唱出了古上几多玉雕样的智慧。③

《祖先》中的光圈为了追求冬草，在枫树河对岸向她唱山歌：

> 新打镰刀初转弯／初学连情开口难／心里咚咚如打鼓／脸上好似火烧山
> 妹命苦／老公好比黄连树／塘边洗手鱼也死／路过青山树也枯
> 高山有花山脚香／桥底有水桥面凉／龙骨拿来磨筷条／几时磨得成一双
> 见妹生得白菲菲／嫁个老公牛屎堆／十年不死十年等／我连情妹他成灰。④

---

① 参阅东西：《迈出时间的门槛》，《花城》1993 年第 3 期。关于广西七月十四日鬼节的文化传统，笔者已在前文论述林白小说中的鬼节时有过详细说明，故不再赘述。
② 参阅鬼子：《带锁的夕阳》，《三月三》1995 年第 3 期。
③ 鬼子：《带锁的夕阳》，《三月三》1995 年第 3 期。
④ 田代琳：《祖先》，《作家》1992 年第 2 期。

中篇小说《断崖》还运用了广西天峨县的英雄传奇文化资源。这里的英雄传奇文化资源与巫鬼遗风和民俗一样，同属于东西小说中具有广西地域特质的民间文化范畴。《断崖》描写的是赤卫队副队长盘四妹传奇的一生，尤其是她所经历的断崖上的一场恶战，以及她跟开福之间的过往。东西在《断崖》中强调了县志对于盘四妹和开福的记述，比如："这书是我们县志办编写的。"① 并且，文本中的叙事空间是东西的家乡谷里村："谷里村忽啦围了十几个持枪的兵。"② 笔者查阅东西家乡天峨县的《天峨县志》，发现他利用了天峨县战争年代的文化资源。文本中的主人公盘四妹的原型人物是天峨县名人班四妹，她是岜暮乡岑西屯人，自幼习武。1925 年，班四妹参加岑暮农军任侦察员和交通员。1929 年，她任岑暮赤卫队粮食委员。后来，班四妹又担任乡赤卫队队长，率领一个班。在敌人进攻岑暮时，她一面把伤员送上山藏好，一面手提马刀与敌人恶战。③ 通过《断崖》中主人公盘四妹与《天峨县志》中历史人物班四妹的人生经历的对比，以及她们名字的相像，我们不难体会到东西在《断崖》创作中对于英雄传奇这一广西民间文化资源的运用。

"文学桂军"所创造的文学世界里的民俗，可以体现出"文学桂军"及其创作与广西地域之间的密切关系，正如美国学者克利福德·格尔茨在《文化的解释》中所做的努力："把人放入他的习俗（customs）整体中去的努力"④。也就是说，"百越"民俗禁忌的巫鬼遗风以及其他的民间文化，如山歌和英雄传奇，是广西地域文学特色的表达方式，亦即地域文学身份的主要体现，成为"文学桂军"的地域身份确认和定义的载体。

---

① 田代琳:《断崖》,《漓江》1991 年春季号。
② 田代琳:《断崖》,《漓江》1991 年春季号。
③ 参阅天峨县编纂委员会编:《天峨县志》,南宁:广西人民出版社 1994 年版, 第 509-510 页。
④ ［美］格尔茨:《文化的解释》, 韩莉译, 南京:译林出版社 2014 年版, 第 48 页。

我从版图最边远的省份来到北京。我的家乡北流县，有着古代流放犯人的关口，叫鬼门关，民谣里说的"过了鬼门关，十去九不还"就是指的这个地方。我成年以前并不喜欢自己的家乡，事实上我更不满的是自己的生活，我在成长中焦虑、烦躁、惊恐不安，时刻盼望着逃离故乡，到远处去。我从北流到南宁，从南宁到武汉，最后来到北京。

——林白《内心的故乡》

　　广西作家的成功，同样是选择的成功。或者说，是改变了观念的成功，首先，我们不再是坚守在"继承广西文学传统"和"立足于广西"这样的观念上，而是选择了逃离（至少我本人是选择了逃离）广西原有的文学轨道，选择了与全国的作家同时奔跑在一条跑道上。我没有完全的反对作家是可以永远立足本地。我觉得有些地方的作家是可以永远立足本地的，比如陕西，比如山东，还比如湖南湖北等地，因为我们所享用的古老文化，基本上就是他们的东西，他们怎么"立足"都在主流里，都会被人所接受或愿意接受。广西则不然。

——鬼子《我喜欢在现实里寻找疼痛——鬼子答记者问》

第三章

逃离地域：
从"边缘"走向"中心"

　　文学行为的存在和变化具有自身的内在逻辑。在一个常态的文学场域里，文学行为的发展体现出稳定的特点。但在 20 世纪八九十年代这样一个文学的重大转型期，文学行为会因为文学思潮的嬗变和文学场域的转换而发生显著的变动。无疑，生当其时的"文学桂军"①正处在这样一个历史时段。历经了 20 世纪 80 年代第一阶段惯性地使用传统现实主义书写广西的民间文化之后，"文学桂军"得到了初步的成长，至 20 世纪 90 年代初其文学行为已从早期近乎无意识的本能状态步入镜像状态，在与中国文学主潮的比较中愈来愈深地意识到自身边缘化的存在状态，于是试图在创作上进行文学行为的选择和变换，从而达到跟中国文学主潮展开平等对话的目的。"文学桂军"在创作上与中国文学主潮对话的欲望，与 20 世纪 80 年代以来广西文艺界所开展的一系列文学论争、文学制度建设和文学批评实践有着内在的一致性：它们殊途同归，都是为了使广西文学实现"边缘的崛起"。当然，"文学桂军"的文学行为上的镜像状态的发生，与其所置身的文学场域的转换和所持有的文学观念的更迭关系密切，如鬼子所说："说我早期的作品民族特色很浓，可能是因为当时还不懂得世界有多大吧。后来懂得世界是很大的，不应该站在一个地方。站在一个地方就相当于在牢里面。这个回答是比较准确的，所以就不站在这个地方，就溜出去了。"②懂得世界有多大，表明作家所置身的文学场域发生了转换。创作上从"地方""溜出去"走向更广大的文学场域，标志着作家的文学观念发生了更迭。

　　"文学桂军"自 20 世纪 80 年代兴起，发展至 20 世纪 90 年代初，其视野已经由广西文学场域延展至中国文学场域。遭遇中国文学场域的"文学桂军"突然意识到他们在中国文学场域里长久以来处于边缘化状态，于是其固有的文学观念受到了强烈的冲击，从而毅然决然地尝试着调整文学策略："它所'经营'

---

① 由于不同历史时期的"文学桂军"的组成成员会发生更迭，所以"文学桂军"是一个动态的概念。具体到 20 世纪 90 年代，从作家处女作的发表时间来看的话，这一阶段的"文学桂军"的组成成员比前一阶段增加了文学新人光盘、李冯和李约热。光盘小说处女作《灵魂安慰者》发表于《广西文学》1991 年第 1 期。李冯小说处女作《另一种声音》发表于《北京文学》1993 年第 8 期。李约热小说处女作《希界》发表于《三月三》1995 年第 5 期。

② 王杰等：《世纪之交文化格局中的中国南方文学——作家与评论家的对话》，《南方文坛》2000 年第 2 期。

的策略是系统性的，然而又是特定的，其原因是这些策略的'促发'正源自它们与某一特定场域的遭遇。"①从皮亚杰的发生认识论和雅克·拉康的镜像理论的视角，我们也可以理解此时"文学桂军"的文学观念嬗变和文学策略调整的缘由。皮亚杰的发生认识论向我们说明人的思维的形成过程："思维也是个体的一种活动，不论它有什么样的本质特性，也是在个体成熟的基础上与外在世界不断交往互相作用中形成起来的。"②文学观念是创作主体对于文学的认识，同样属于个体的一种思维活动。我们可以认为，"文学桂军"的文学观念的嬗变是在创作主体与中国文学场域不断交往互相作用中形成的。20世纪90年代初将视野从广西文学场域延展至中国文学场域的"文学桂军"反观自身边缘化的存在状态，这种自我观照行为可以从雅克·拉康的镜像理论中镜子阶段的角度来理解。镜像中的"文学桂军"在与中国文学场域的认同过程的辩证关系中得以客观化，以至于对其在中国文学场域里所处的边缘化的艰难处境产生了自我认同，试图通过文学行为的变化实现"边缘的崛起"："我们只需将镜子阶段理解成分析所给予以完全意义的那种认同过程即可，也就是说主体在认定一个影像之后自身所起的变化。"③

需要指出的是，广西文学在中国文学场域里的边缘化的存在状态，既是广西文学长期以来所陷入的客观实在的处境，又是广西作家对于广西文学与广西作家自身以及广西的一种心理认知。我们不难觉察到，广西文学、广西作家和广西所置身的场域结构与广西作家的地域文化心理结构之间，存在着某种默契的对应关系：它们都处在"边缘—中心"结构中的"边缘"位置。帕斯卡尔·卡萨诺瓦在《文学世界共和国》中考察了文学空间，发现在文学空间里的确存在等级性的"边缘—中心"的结构关系："在相互的较量过程中，它们逐步建立了不同的等级及依附关系，这些关系随着时光不断演变，但还是形成了一个持久的结构。"④并将"中心"称为文学首都。其实，"边缘"和"中心"是一对互为关系

---

① ［法］布迪厄、（美）华康德：《实践与反思：反思社会学导引》，李猛、李康译，北京：中央编译出版社1998年版，第19页。

② ［瑞士］皮亚杰：《发生认识论》，范祖珠译，北京：商务印书馆1990年版，第4页。

③ ［法］雅克·拉康：《拉康选集》，褚孝泉译，上海：华东师范大学出版社2019年版，第84页。

④ ［法］卡萨诺瓦：《文学世界共和国》，罗国祥、陈新丽、赵妮译，北京：北京大学出版社2015年版，第92页。

的辩证的概念，它们具有结构性的关联，并彼此强化。20 世纪 90 年代初的"文学桂军"试图通过创作上的"边缘的崛起"，即从"边缘"走向"中心"，以调整"边缘—中心"这一长久以来存在的结构体系："结构就是由具有整体性的若干转换规律组成的一个有自身调整性质的图式体系。"①

　　鬼子和东西可以说是 20 世纪 90 年代初"文学桂军"的文学行为选择问题上最典型的作家案例，其文学行为选择与以上关于"文学桂军"整体动向的理论演绎相一致。它们互为镜像、彼此映照和相互阐释。鬼子和东西在创作谈中都对其 20 世纪 90 年代初所置身的文学场域的转换以及文学行为的变迁有过明确的自我言说。鬼子在《艰难的行走》《叙述阳光下的苦难——与鬼子对话》和《鬼子访谈》里都反复强调过 1995 年对于其文学行为转变的重要意义。他在 1995 年阅读了当时影响过中国文坛的几乎所有小说，试图找到中国文坛的"中心"，并通过文学行为的选择和调整来跻身中国文坛的"中心"："我们既然选择了汉语的写作，那么汉语写作的前沿阵地在哪里？我们应该奔那个前沿阵地而去。"②"我的选择就是一种走进主流的选择。"③以及确认当前自己在中国文坛所处的位置："重要的是，我清楚他们都写了些什么，然后找到自己的位置在哪里。"④"前沿阵地"和"主流"都意指中国文坛的"中心"，而"奔那个前沿阵地而去"和"走进主流"的意涵便是从"边缘"走向"中心"。东西则在创作谈中回忆了 20 世纪 90 年代初转向先锋小说的因由："那是 1991 年，先锋小说横行。我被那些文字迷惑，顿觉自己写的豆腐块不够先锋，便发誓脱胎换骨。"⑤并表达了自己对于"先锋"的理解："我认为所谓先锋，是走在时代前列的作家，他们是足球场上的前卫。"⑥通过对东西创作谈的析解，我们不难发现"先锋""时代前列"和"足球场上的前卫"，与鬼子创作谈中的"前沿阵地"和"主流"相类同，它们都意指中国文坛的"中心"。也就是说，东西在 20 世纪 90 年代初文学行为向先锋的转变，同样是为了从"边缘"走向"中心"。实际上，20 世纪 90

---

① ［瑞士］皮亚杰：《结构主义》，倪连生、王琳译，北京：商务印书馆 1984 年版，第 2 页。

② 胡群慧、鬼子：《鬼子访谈》，《小说评论》2006 年第 3 期。

③ 胡群慧、鬼子：《鬼子访谈》，《小说评论》2006 年第 3 期。

④ 鬼子：《艰难的行走》，北京：昆仑出版社 2002 年版，第 40—41 页。

⑤ 东西：《梦启》，《小说界》2017 年第 2 期。

⑥ 东西：《上帝发笑——关于创作的偏见》，《小说家》1997 年第 4 期。

年代初的"文学桂军"这一地域文学群体与东西和鬼子在文学行为逻辑上相同，都试图通过调整文学行为以从"边缘"走向"中心"。这是"文学桂军"这一地域文学群体发展到当时阶段的共识，由他们对广西文学、广西作家和广西相近的认知结构所决定："而各个人的认识所以彼此一致，乃是由于人类发展到现阶段具有它共同的认识结构。"①

那么，"文学桂军"如何理解和想象中国文坛的"边缘"和"中心"？为了在创作上从"边缘"走向"中心"，"文学桂军"究竟做了怎样的文学行为选择和变迁？以上是本章试图讨论的一些问题。

第一节　主流文化想象："地域"的自我意识与拒斥

文学在场的小说家鬼子明确地意识到了"文学桂军"的文学行为选择和变迁。当记者在访谈中向其提问如何看待"文学桂军"频频冲击中国文坛这一"地域现象"时，他突出强调了文学行为选择和变迁对于"文学桂军"的成功的重要意义，并将"文学桂军"的文学行为选择和变迁称为"逃离广西"：

> 记者：在中国文坛，广西作家目前已成为一股很重要的力量，除了新锐的光盘和谢凌洁，昔日的"三剑客"你、东西、李冯一直频频出击。你是如何看待文坛上这一"地域现象"的？
>
> 鬼子：我为广西作家现状感到自豪。广西作家的成功，同样是选择的成功。或者说，是改变了观念的成功，首先，我们不再是坚守在"继承广西文学传统"和"立足于广西"这样的观念上，而是选择了逃离（至少我本人是选择了逃离）广西原有的文学轨道，选择了与全国的作家同时奔跑在一条跑道上。②

据笔者深入的考察，"逃离广西"主要有两方面的含义：一方面是逃离作为广西文学和广西作家的"身份确认"的地域文化书写，包括逃离广西的方言土

① ［瑞士］皮亚杰：《发生认识论》，范祖珠译，北京：商务印书馆 1990 年版，第 6 页。
② 鬼子：《我喜欢在现实里寻找疼痛——鬼子答记者问》，银建军、钟纪新主编：《文字深处的图腾——走进仫佬族作家》，南宁：广西人民出版社 2009 年版，第 104 页。

语、文学地理和民间信仰等，而选择主流文化书写；另一方面是逃离以往广西文学的现实主义形态，而转向先锋文学。[1]

"逃离广西"主要有两类原因：一是"边缘"对于边缘身份的自卑感，即广西作家与生俱来的地域自卑，这种地域自卑又催生出广西地域文化自卑，包括方言自卑；二是"边缘"面对"中心"时所表现出的文化策略和文学策略，"边缘"试图通过主动逃离边缘身份，从而获得"中心"的承认并跻身"中心"，如前引文中鬼子对于"文学桂军"频频冲击中国文坛"地域现象"的回答："广西作家的成功，同样是选择的成功。或者说，是改变了观念的成功"[2]。这两类原因关系密切，作为文学行为选择和调整的内在驱动力，共同作用在广西作家的创作上，最终使其文本中的地域文化书写发生了显著变化。

20世纪90年代前的广西文学传统主要是带有浓郁的地域文化性格的民间文学，代表性作品如《刘三姐》《百鸟衣》《寻找太阳的母亲》，所以我们不难看出，20世纪90年代初"文学桂军"在文学行为选择上的"逃离广西"，与广西文学传统之间无疑有着尖锐的冲突，甚至是针锋相对的关系。显然，"逃离广西"跟广西文学传统的"针锋相对"，与"广西文坛三思录"和"振兴广西文艺大讨论"有着深刻的亲缘关系，因为这两场波及整个广西文学界并影响深远的论争对广西的文学传统、广西文学的现实主义、广西的地域文化、广西方言土语等都做了激进的批评，如"广西文坛三思录"论争中常弼宇开宗明义的批评文章《别了，刘三姐》。

（一）边缘身份与权力秩序重构

帕斯卡尔·卡萨诺瓦的《文学世界共和国》考察了不平等的文学权力结构，认为来自文学世界共和国边缘之地的作家，因边缘性处境的同源性往往都试图毅然决然地背叛自己的出身，如比利时归属感对于年轻的亨利·米修来说"就像一个诅咒，甚至让他感到低人一等"。[3]西奥朗被流放至某种文学潮流中、被同

---

[1]　关于"文学桂军"逃离以往广西文学的现实主义形态，笔者将在本章第二节详论，本节只讨论"文学桂军"逃离广西的地域文化。

[2]　鬼子：《我喜欢在现实里寻找疼痛——鬼子答记者问》，银建军、钟纪新主编：《文字深处的图腾——走进仫佬族作家》，南宁：广西人民出版社2009年版，第104页。

[3]　[法]卡萨诺瓦：《文学世界共和国》，罗国祥、陈新丽、赵妮译，北京：北京大学出版社2015年版，第247页。

化，借此成功地忘掉自己的出身，并"合乎逻辑地讨厌回忆自己成长的各个阶段"①。借鉴帕斯卡尔·卡萨诺瓦的理论发现，我们可以更深刻地理解广西作家在中国文学结构中的身份化问题。"文学桂军"对于广西地域身份的反感和拒斥，与帕斯卡尔·卡萨诺瓦的《文学世界共和国》中的理论发现十分契合。1989 年，在"振兴广西文艺大讨论"中，广西本土学者周伟励就曾直言不讳地指出广西作家内心充斥着强烈的地域自卑心理："一道巨大的心理障碍：强烈的自卑感和由此产生的同样强烈的自尊心……自卑在广西几乎是无处不在，无人不有。广西人外出……绝不提'广西'二字……身为广西人，而以'广西人'为耻……"②而据笔者细致的考察，20 世纪 90 年代的"文学桂军"几乎一致地在创作谈和文本中反复表达过对于广西地域身份的自卑和拒斥。对广西地域身份的拒斥与地域自卑之间有着紧密的内在关联，它们互为镜像，共同印证了"文学桂军"在创作上"逃离广西"的本质原因。从学理性上来说，"文学桂军"对于广西地域身份的拒斥和反叛，类同于《文学世界共和国》中所论及的亨利·米修和西奥朗，主要目的是试图逃离边缘身份，重构"边缘—中心"权力秩序，以跻身"中心"。

2003 年，凡一平在创作谈《我作为广西作家的幸运》中自述了其作为广西作家的地域身份问题。他首先直言不讳地承认广西的蛮荒形象："广西地属西部，而西部总给人落后、贫穷、荒芜的印象和感觉"③。然后列举许多广西作家，如黄佩华、常弼宇、胡红一等，说身为广西作家十分幸运。但《我作为广西作家的幸运》里有一句话十分值得体味："这些人从来就不因为自己是广西作家而感到自卑过"④。凡一平的言外之意是，身为广西作家本来就应该感觉到身份自卑，因为我们无法想象北京作家说从来就不因自己是北京作家而感到自卑过，或者上海作家说从来就不因自己是上海作家而感到自卑过。凡一平潜意识里对于广西的地域自卑可以说不言而喻。与地域自卑感的流露相一致的是，凡一平在长篇小说《天等山》中描写了广西人在福建平溪受到的令人难堪的地域歧视：

---

① ［法］卡萨诺瓦：《文学世界共和国》，罗国祥、陈新丽、赵妮译，北京：北京大学出版社 2015 年版，第 247 页。

② 周伟励：《广西文化悖论》，《南方文坛》1989 年第 4 期。

③ 凡一平：《我作为广西作家的幸运》，《广西文学》2003 年第 2 期。

④ 凡一平：《我作为广西作家的幸运》，《广西文学》2003 年第 2 期。

"前台服务员其实也是店老板扫描了身份证后，也扫了两位广西人各一眼，那轻视、怜惜的眼神，就像干部对待工人或工人看待农民，靖林人看待入境的越南人也有这么看的。"① 韦军红是文本中凡一平的自我文学形象，他居然毫不掩饰地跟同行的广西人说："这福建佬，看不起我们广西人，以为我们广西人穷呀？"② 广西人韦军红在受到地域歧视的刺激之后，通过睚眦必报来维护广西形象，如文本中所说："韦军红说我这是捍卫广西形象。"③《天等山》对于广西人极度的地域自卑和地域自尊的描写，与"振兴广西文艺大讨论"中周伟励的《广西文化悖论》所指出的如出一辙："广西贫穷、落后、闭塞，产生自卑心理尤可理解，而那种极度自尊的心理才真正地令人莫名其妙，这真正是一种畸形的、变态的心理，是长期的自卑产生了逆反而筑起的一道心理的盾牌。"④

2018 年 7 月 7 日，复旦大学中国当代文学创作与研究中心和《南方文坛》杂志在复旦大学联合举办了"广西作家与当代文学"学术研讨会。这场会议聚焦于广西作家的创作与广西地域之间的关系，尤其是向广西作家提出了地方性叙事的接受期待。林白在论及自己的创作与广西地域之间的关系时坦言："说我是福建人我会比较窃喜，说我是广西人我很不爽，长期以来，自我认知，自我想象，总是在摇摆之中，探究起来有很多复杂的原因……广西，除了外貌的特点，像马来人种，还有其他的行为特质，有点憨，有点二，有点神经质，有一点小自卑"⑤。从林白的这段发言，我们可以窥见她和她的创作与广西地域之间存在着复杂紧张的关系，她对自己的广西人身份认同始终感到犹疑和拒斥。与以上发言相一致的是，林白在短篇小说《去年冬季在街上》中对自我文学形象、来自边缘省份的小端和来自中心城市上海女孩儿世纪的描写："世纪是上海女孩，又白又嫩，小端是南蛮之女，马来人种，像越南人"⑥。南蛮之女与上海女孩之间的比较，恰恰反观出林白对于广西地域身份尴尬的自我认知。林白对于南蛮之地的自卑和拒斥心理，还表现于她在文本中对于 G 省和 B 镇所使用的修

---

① 凡一平：《天等山》，《小说月报》2016 年第 8 期。

② 凡一平：《天等山》，《小说月报》2016 年第 8 期。

③ 凡一平：《天等山》，《小说月报》2016 年第 8 期。

④ 周伟励：《广西文化悖论》，《南方文坛》1989 年第 4 期。

⑤ 曾攀、吴天舟：《"广西作家与当代文学"学术研讨会纪要》，《南方文坛》2018 年第 5 期。

⑥ 林白：《去年冬季在街上》，《钟山》1988 年第 1 期。

饰语上。林白小说但凡叙述到 G 省（广西省）和 B 镇（北流镇），它们前面都会被她加上相对一致的修饰语，比如"边远省份"①"南方的一个偏僻小镇"②"边陲省会"③"边远的外省"④"偏远的外省"⑤"僻远的小镇"⑥"地处边远"⑦"最最边远的 G 省的遥远的 B 镇农村"⑧"边远的小镇上"⑨"偏远的 G 省"⑩"南方边陲小镇"⑪。对广西身份认同的犹疑和拒斥，还表现在林白对广东的亲缘关系的"攀亲"上，正如她在创作谈《北流三篇》里所说："一个名叫冯显钦的人自广东迁来北流，定居在都陇里山围村……沾上了冯族的十六分之一血统，我深感脸上有光。"⑫

早在 1989 年的"振兴广西文艺大讨论"中，周伟励的《广西文化悖论》就批评过广西人深重的地域自卑、对广西身份的拒斥和对邻省广东的"攀亲"心理："如果桂东南一带人士，操一口桂腔粤语，北方佬分不清粤桂，必问：广东人？而此君必大大方方答曰：然也！于是身份骤增，举手投足俨然一广东客。"⑬广西作家深重的地域自卑、对广西身份的拒斥和对于邻省的"攀亲"心理，并不为林白所独有，这种地域心理和地域性格几乎涵盖整个"文学桂军"。据《世纪之交文化格局中的中国南方文学——作家与评论家的对话》记载，当评论家问及创作与民族和地域的关系时，鬼子的回答对广西地域身份和少数民族身份同时做出了拒斥，并"攀亲"北方："就我的创作而言，民族和地域应该说没有明显的联系。我是仫佬族，但仫佬族是从北方战争流亡过来的，它不是那种纯

① "边远省份"一词在不同文本中高频出现，参见林白：《瓶中之水》，《钟山》1993 年第 4 期。林白：《去年冬季在街上》，《钟山》1988 年第 1 期。林白：《黑裙》，《上海文学》1988 年第 12 期。

② 林白：《英雄》，《青年文学》1991 年第 12 期。

③ 林白：《晚安，舅舅》，《钟山》1991 年第 5 期。

④ 林白：《玫瑰过道》，《漓江》1992 年第 3 期。

⑤ 林白：《安魂沙街》，《北京文学》1992 年第 10 期。

⑥ 林白：《瓶中之水》，《钟山》1993 年第 4 期。

⑦ 林白：《青苔与火车的叙事》，《作家》1994 年第 4 期。

⑧ 林白：《一个人的战争》，《花城》1994 年第 2 期。

⑨ 林白：《一个人的战争》，《花城》1994 年第 2 期。

⑩ 林白：《一个人的战争》，《花城》1994 年第 2 期。

⑪ 林白：《一个人的战争》，《花城》1994 年第 2 期。

⑫ 林白：《北流三篇》，《作家》2014 年第 10 期。

⑬ 周伟励：《广西文化悖论》，《南方文坛》1989 年第 4 期。

粹山民族人。"[1] 因广西是少数民族地区，偏远落后的广西和边地的少数民族又都具有边缘性，所以广西地域和少数民族关系密切，作家对广西地域身份和少数民族身份的拒斥也就往往相伴而行。东西的回答同样既拒斥了广西少数民族身份："我其实不是壮族，是汉族，但是在几个地方出现过，我没有机会去更正。"[2] 又拒斥了广西地域身份："但是我生活在汉族地区，我觉得阅读对我的影响比较大。"[3] 根据对话的语境分析，东西的言外之意是阅读比地域对他创作的影响更大。据笔者的考察，尽管东西声称之前没有机会去更正壮族身份这种误写，但是他曾在《民族文学》1992 年第 7 期以原名田代琳、壮族身份发表小说《地喘气》。即使壮族身份为编辑误写，但是《民族文学》杂志属少数民族文学类刊物，这里面内含的意味颇为深远。从 1992 年田代琳以壮族身份在少数民族文学类刊物发表作品，到 2000 年东西以汉族身份声称要更正早期的壮族身份，我们大致可以看到从广西文学场域进入中国文学场域之后的东西对于早期少数民族身份的拒斥心理。

东西在创作谈《走出南方》中正面表达过对于广西的地域自卑心理，他无奈地将广西称为不得不接受的生存环境和南蛮之地："她仅仅是一个我不得不接受的生存环境，我甚至还为这块我生存的地方曾经被叫做南蛮之地而感到害羞。"[4] 与生俱来的地域自卑，导致了他对于家乡的逃离心态。他在创作谈《虚构的故乡（外一篇）》里也曾列数文坛巨匠沈从文和鲁迅逃离故乡远赴京城，莫言逃离故乡去当兵，加西亚·马尔克斯去国离乡，并引用威廉·福克纳的话表达对故乡的复杂情感："我爱南方，也憎恨它。"[5] 通过对东西创作谈的考察，我们不仅发现他的内心与广西地域之间有着尖锐的冲突，还发觉他同鬼子和林白一样，都在亲缘关系上"攀亲"邻省。东西曾在创作谈《从此地到彼地》的开篇就追溯自己的祖先，将田氏的亲缘关系追溯至邻省湖南："似乎没有任何理由，我

---

[1] 王杰等：《世纪之交文化格局中的中国南方文学——作家与评论家的对话》，《南方文坛》2000 年第 2 期。

[2] 王杰等：《世纪之交文化格局中的中国南方文学——作家与评论家的对话》，《南方文坛》2000 年第 2 期。

[3] 王杰等：《世纪之交文化格局中的中国南方文学——作家与评论家的对话》，《南方文坛》2000 年第 2 期。

[4] 东西：《走出南方》，《文史春秋》2005 年第 7 期。

[5] 东西：《虚构的故乡（外一篇）》，《长江文艺》2016 年第 10 期。

的祖先便从湘西迁入桂西北挖山劈地谋食……几乎所有的碑文，都写着一句神圣的话语：原籍湖南省麻阳县小地名紫竹林。"① 甚至，东西将祖先来自湖南的说法表现在了短篇小说《商品》中。东西的自我文学形象"我"，为了完成母亲的嘱托，乘客车远去祖籍地湖南麻阳为父亲烧一刀纸："麻阳是我的祖籍地"②。如前文所论，由于广西是少数民族聚居地，边远的广西和边地的少数民族都具有边缘色彩，所以广西作家对于广西身份和少数民族身份的拒斥心理往往难解难分。东西在创作谈《壮族，我的第一个异质文化》中有意识地疏离了自己与广西和少数民族的关系："我们老田家的人是从外省迁徙到广西的汉族，已经过来好几代人了。"③

李冯的创作谈和访谈并不多，但是他在为数不多的创作谈和访谈里都会反反复复地强调自己对于地域性的反感和拒斥。1996 年，他在创作谈《针对性》中表达了自己对于南方漫长溽热的季节的厌倦，以及对于地域的迟钝："我对于地域的迟钝"④。2000 年，李冯在与张生的访谈《与李冯对话：这种选择意味着什么？》中再次强调自己对于地域性的排斥："由于不喜欢地域性，所以就不喜欢地域性强的城市"⑤。李冯曾在南京就读本科和硕士，毕业后回到广西大学任职，1996 年辞去广西大学教职远赴北京定居⑥，所以他在访谈中常常被问起关于地域性的选择问题。2002 年，当李冯在访谈《第 22 条军规 洛丽塔／猎鹿人／辛德勒的名单——李冯访谈录》中被问起为何选择北京落脚而不去南京发展的时候，他的回答是："第一个原因就是我这人天生没有地方色彩"⑦。2004 年，李冯在访谈《写作才是心头爱》中又被问及北京为何能吸引他时，他做出的回应依然表达了对于地域性的拒斥："我的理由是，这里和其它城市比，地域特色算是

---

① 东西：《从此地到彼地》，《广西文学》1992 年第 11 期。

② 东西：《商品》，《作家》1994 年第 5 期。

③ 东西：《壮族，我的第一个异质文化》，《叙述的走神》，上海：上海文艺出版社 2016 年版，第 7 页。笔者并未怀疑东西自述的真实性，只是由其耿耿于怀祖籍湖南来反观其与广西之间的紧张关系。

④ 李冯：《针对性》，《广西文学》1996 年第 1 期。

⑤ 张生：《与李冯对话：这种选择意味着什么？》，《作家》2000 年第 1 期。

⑥ 关于李冯的求学、大学任教和辞职赴京等经历，可参阅蒋晔：《李冯：有尊严地实现理想》，《中国青年》2006 年第 22 期。吴妍、李冯：《写作才是心头爱》，《中国图书商报》2004 年 6 月 25 日。

⑦ 小凤：《第 22 条军规 洛丽塔／猎鹿人／辛德勒的名单——李冯访谈录》，《当代小说》2002 年第 3 期。

最少的了。我不喜欢地域特色太重的地方，喜欢北京这种庞大、说不清明确特色的城市。"①值得注意的是，1996年辞去广西大学教职后远赴北京定居的李冯，于1997年创作了中篇小说《回故乡之路》。②李冯试图借文本中的自我文学形象、客居北方的马于和李二马真切地表达了对于故乡的憎恶和逃离。"我"始终逃避回到南方，对回到故乡有一种剧烈的抵触、厌恶、反感、恐惧："对回故乡，我们都怀有某种厌恶与反感，抑或是恐惧"③。"在我身上，隐藏着一种对现实故乡的憎恶。"④《回故乡之路》初刊于《青年文学》杂志1998年第2期之后，《南方文坛》1998年第3期刊出黄宾堂的《广西文坛的三次集体冲锋》。黄文迅速捕捉到《回故乡之路》所流露出的客居北京的李冯对于故乡的真实憎恶："他们都隐藏着对现实故乡共同的憎恶……这篇小说是否也为理解客居的李冯提供某些背景呢？"⑤

同林白、鬼子、东西、李冯一样，李约热也将自己的身份向广西以外的地域进行溯源。他在散文《面对故乡，低下头颅》中表达了对于故乡拉烈的这种复杂情感。他在开篇就追溯祖上的广东人身份，其祖父是从家乡广东嘉应州流寓至广西拉烈。拉烈是壮话，意为"下面是沙子"。李约热说故乡的地名拉烈不大好听，这里的沙地只适合种植花生，不适合种植玉米。但花生不能充当主食，所以长在拉烈的玉米就长错了地方。他进一步将种植在拉烈的玉米隐喻到哥哥与拉烈的关系上："那些玉米……在沙地上成长，就像拉烈对于我哥……这是捉弄，也是隐喻。"⑥哥哥酒后经常说："公啊公，当初为什么不去广州，而是来拉烈？"⑦从李约热对祖上广东人身份的追溯，以及对拉烈的复杂的情感的倾诉，我们可以窥探到他在心理上与广西地域之间的紧张关系。甚至，他坦言，好在写文章的初衷并不是诉苦："如果那样，家乡就成了被告"⑧，而文章就沦为

---

① 吴妍、李冯：《写作才是心头爱》，《中国图书商报》2004年6月25日。

② 《回故乡之路》初刊于《青年文学》杂志1998年第2期，但文末标明李冯的写作时间为"1997.12"。

③ 李冯：《回故乡之路》，《青年文学》1998年第2期。

④ 李冯：《回故乡之路》，《青年文学》1998年第2期。

⑤ 黄宾堂：《广西文坛的三次集体冲锋》，《南方文坛》1998年第3期。

⑥ 李约热：《面对故乡，低下头颅》，《广西文学》2011年第9期。

⑦ 李约热：《面对故乡，低下头颅》，《广西文学》2011年第9期。

⑧ 李约热：《面对故乡，低下头颅》，《广西文学》2011年第9期。

起诉书。

（二）广西地域文化的文本变迁

无论是 20 世纪 80 年代步入文坛的凡一平、林白、鬼子、东西，还是 20 世纪 90 年代步入文坛的李冯和李约热等，他们都几乎无一例外地反复表达过对于边缘性的广西地域身份的自卑、犹疑、反感和拒斥。与这种地域身份认同的摇摆和拒斥相一致的是，"文学桂军"同样几乎无一例外地反复表达过对于边缘性的广西地域文化（包括广西的方言土语和民间习俗）的自卑和拒斥。托多罗夫的《巴赫金、对话理论及其他》对于法语和法国语言社会之间内在关系的阐释，能够说明"文学桂军"对广西地域文化的自卑和拒斥的合乎逻辑性："语言不仅涉及各种方言和风格，还涉及从整体语言社会（使用法语包含法国这一主题）到每个人的表达方式。"① 也就是说，由于广西独特的地域文化涉及广西地域，始终扮演着广西地域身份的"标识差异"的重要角色，是故其背后所暗含的始终还是广西地域身份，因此"文学桂军"对广西地域文化有着深重的自卑心理和拒斥心理。需要指出的是，因为主体只有在与他者的对比中才能确立自身的存在属性，所以广西地域文化的自卑心理是在不平等的文化权力结构中"边缘"面对"中心"时产生的，如鬼子在《艰难的行走》《叙述阳光下的苦难——与鬼子对话》《我喜欢在现实里寻找疼痛——鬼子答记者问》里反复将边缘性的广西地域文化与主流文化进行对比后所产生的对广西地域文化的鄙弃："因为我们所享用的古老文化，基本上就是他们的东西，他们怎么'立足'都在主流里……广西则不然。"② 又如林白在创作谈《生命热情何在——与我创作有关的一些词》中将故乡北流与北京对比后所产生的边缘性的文化身份认同："跟北京相比，北流是蛮荒之地。这种边民的身份就是我生命的底色。"③ "每个人都有自己的来路，我喜欢告诉那些问我的人，我是从鬼门关来的……鬼门关，在今广西北流县。"④

---

① ［法］托多罗夫：《巴赫金、对话理论及其他》，蒋子华、张萍译，天津：百花文艺出版社 2001 年版，第 260 页。

② 鬼子：《我喜欢在现实里寻找疼痛——鬼子答记者问》，银建军、钟纪新主编：《文字深处的图腾——走进仫佬族作家》，南宁：广西人民出版社 2009 年版，第 104 页。

③ 林白：《生命热情何在——与我创作有关的一些词》，《当代作家评论》2005 年第 4 期。

④ 林白：《生命热情何在——与我创作有关的一些词》，《当代作家评论》2005 年第 4 期。

　　有鉴于此，"文学桂军"在 20 世纪 90 年代初至 21 世纪初第二阶段的文学创作，相较 20 世纪 80 年代初至 20 世纪 90 年代初第一阶段的文学创作而言[①]，其践行的文化指向便是有意识地逃离广西的地域文化。所以，我们看到"文学桂军"自 20 世纪 90 年代初所创作的小说中的文化指向发生了文本变迁，这种"逃离地域"的地域文化指向明显与早期作为"身份确认"的广西地域文化相背离。

　　20 世纪 90 年代初至 21 世纪初，"文学桂军"践行逃离广西地域文化的文化指向，还有另一种深层的原因："文学桂军"试图通过反抗这种边缘文化以摆脱被边缘化的境遇，从而进入"中心"或主流。斯沃茨的《文化与权力：布尔迪厄的社会学》证实了文化存在权力结构和等级秩序，其中就有着边缘的文化：文化会通过倾向、客体和系统的各种形式，体现着权力关系，所以在文化权力结构的等级秩序中存在着"边缘的文化"[②]。广西地处边远，自古被称为"南蛮之地"[③]，其"百越之地"的地域文化在中国文化场域中无疑历来属于边缘文化。[④]"文学桂军"就是试图通过反抗和拒斥边缘性的广西地域文化，主动、有意识地认同和接受主流文化，从而进入"中心"。

　　鬼子对于广西地域文化的自我认知，尤其是对广西方言的自我认知，最能说明"文学桂军"在文学创作中逃离广西地域文化的以上两层原因。鬼子在其

────────────

① "文学桂军"的文学行为大致经历了三个阶段。关于"文学桂军"文学行为的分期问题，具体可参阅本书第二章的引言部分。

② ［美］斯沃茨：《文化与权力：布尔迪厄的社会学》：陶东风译，上海：上海译文出版社 2012 年版，第 18 页。

③ 林白在短篇小说《去年冬季在街上》中称自我文学形象小端为"南蛮之女"。林白：《去年冬季在街上》，《钟山》1988 年第 1 期。东西在创作谈《走出南方》中也称广西为"南蛮之地"："我甚至还为这块我生存的地方曾经被叫做南蛮之地而感到害羞。"东西：《走出南方》，《文史春秋》2005 年第 7 期。

④ 梅帅元和杨克的"百越境界"论就认为广西地域文化不同于中原文化，它属于百越文化："继承和发扬百越文化传统"。梅帅元、杨克：《百越境界——花山文化与我们的创作》，《广西文学》1985 年第 3 期。此后，广西文艺界在"广西文坛三思录"和"振兴广西文艺大讨论"中都认识到了广西地域文化相较于中原正统文化，属于边缘文化，并对其多有激进的批判，具代表性的如韦家武的《我们的烙印很古老》："滋生并漫衍了一个近两千年来一直紧箍着这块土地上各民族后裔的恶劣的地域文化——土司文化。"韦家武：《我们的烙印很古老》，《广西文学》1989 年第 1 期。具体可参阅本书第一章第一节。

为数不多的创作谈和访谈里都曾不厌其烦地反复谈论过广西地域文化以及广西地域文化与其创作之间的紧张复杂关系，据笔者详细的统计，有《艰难的行走》《叙述阳光下的苦难》《鬼子访谈》《鬼子：我喜欢在现实里寻找疼痛——鬼子答记者问》。关于广西地域文化及广西地域文化与其创作之间的紧张复杂关系，鬼子的表述错综复杂，但它们都指向鬼子在创作上逃离广西地域文化的两层原因：一是"边缘"在遭遇和面对"中心"时所产生的强烈的地域文化自卑心理，尤其是方言自卑；二是"边缘"在面对"中心"时在文学行为上所采取的文化策略，尤其是语言策略。

在鬼子对于广西地域文化及其创作与广西地域文化之间的紧张复杂关系的自述中，最引人注目的是方言问题。创作谈《艰难的行走》中有七个标题的内容是关于广西方言的自述，足见方言问题对鬼子及其创作的重要意义，如《语言》《卖药》《语言的恐惧》《插队知青》《写作与民族》《文学讲习班》《借用梯子》。它们记述了鬼子与生俱来的令人心酸的广西方言自卑，以及他自幼便有的对汉语或官话的敬畏和渴望①，具有典型性的自述如："从小到大我是如何靠近和梦想掌握汉语的，回想起来，就仿佛一个远古时代的草民，艰难地渴望得到一把收割的镰刀。因为我是少数民族，我们的语言与汉语有着本质的区别"②。

此外，通过鬼子在《鬼子访谈》中对关于广西方言和官话（汉话）的关系问题的回答，我们不难窥见鬼子在语言问题乃至文化问题上行为选择的策略性，即"边缘"在面对"中心"或主流时在文学行为上采取的文化策略：

> 胡群慧：我可以把这种对语言的恐惧看作不仅是针对语言的，更是由于语言性障碍的存在，缺乏进入汉文化的中介，所引发的对被边缘化境遇的一种认识吗？
>
> 鬼子：可以这么说。这是一种地域的缺陷。③

---

① 鬼子是少数民族："我是少数民族"。参阅鬼子：《艰难的行走》，北京：昆仑出版社 2002 年版，第 11 页。鬼子在创作谈和访谈中向来称主流语言为汉语或官话，罕见地称其为普通话，如"那所谓的官话就是我一直苦苦向往的汉语""我们必须掌握他们的汉语"。参阅鬼子：《艰难的行走》，北京：昆仑出版社 2002 年版，第 12、13 页。

② 鬼子：《艰难的行走》，北京：昆仑出版社 2002 年版，第 10—11 页。

③ 胡群慧、鬼子：《鬼子访谈》，《小说评论》2006 年第 3 期。

方言本质上属于文化范畴，故准确地说，"一种地域的缺陷"意指边缘性的地域文化的缺陷。从文化权力结构的角度，我们也可以深入地理解鬼子在创作中逃离广西地域文化的深层原因。所以，当姜广平向鬼子提出广西方言写作的建议时，鬼子直截了当地拒绝，并从文化层面做出许多解释："我不会接受你的建议。如果我是一个北方作家，也许我可以努力，因为我就是打一个喷嚏，那也是正宗的北京语音；如果我是一个湖南或者湖北的作家，我也还是可以努力，因为这个国家的主流文化很多都是来自于他们的楚文化……但一个广西的作家，他就得万分地谨慎了"①。于是，我们看到鬼子第一阶段（1983—1995）创作中有大量的广西地域文化，包括广西方言，而1996年后，鬼子小说发生了引人注目的地域文化变迁：创作主体有意识地逃离了广西地域文化，尤其是广西方言。② 鬼子对广西地域文化的自我意识绝不只是广西作家个案，其实整个"文学桂军"对广西地域文化的自我意识大体上相一致。

凡一平的长篇小说《天等山》中的女主人公龙茗在高考填报院校时有许多顾虑。创作者凡一平为此做了很多考量，其中就有地域文化方面的权衡，文本中有一句话十分值得细究："中原有令她敬畏的正统文化。苦恼之中，她看到了广西。"③ 这句话恰恰透露出凡一平潜意识里对于广西地域文化的自我认知：一方面，广西地域文化不同于中原正统文化；另一方面，广西地域文化与中原正统文化有着"边缘—中心（正统）"的差异性。由于中原往往意指中国，如曾大兴的《文学地理学概论》在考察地域文学时就直接将"中原"作为"中国"来观照："中原（'中国'）"④，有"中心""主流"的意涵，所以在凡一平的意识深处，广西地域文化处于中国文化权力结构的正统之外的边缘处。长篇小说《顺口溜》中凡一平的自我文学形象"我"称家乡方言、"少数民族语言"⑤为"土话"⑥"家乡

---

① 姜广平：《叙述阳光下的苦难——与鬼子对话》，《莽原》2004年第5期。
② 鬼子创作上"逃离广西"的现象，一方面是逃离广西的地域文化，包括方言土语；另一方面是逃离广西文学传统的现实主义形态。显然，关于鬼子的文学行为选择和文本中地域文化变迁的问题十分复杂，所以笔者将其放置于本章第三节的个案研究里展开深入讨论。
③ 凡一平：《天等山》，《小说月报（原创版）》，2016年第8期。
④ 曾大兴：《文学地理学概论》，北京：商务印书馆2017年版，第165页。
⑤ 凡一平：《顺口溜》，上海：上海译文出版社2005年版，第131页。
⑥ 凡一平：《顺口溜》，上海：上海译文出版社2005年版，第127页。

土话"①"家乡土语"②。这种略带贬义的指称，恰恰流露出凡一平对于家乡方言的态度，而方言同样属于地域文化范畴。

　　对广西地域文化在中国文化权力结构中的边缘性的认知，与对广西地域文化的自卑心理，使凡一平跟鬼子一样，他在经历早期作为"身份确认"的地域文化书写之后选择逃离广西的地域文化。通过细读凡一平在创作谈《正视自己生活的土地以及我的写作立场》里关于长篇小说《上岭村的谋杀》写作缘由的自述，我们可以发掘出他创作上的这一心路历程。《上岭村的谋杀》初刊于《作家》杂志 2013 年第 3 期，他认为它是其"正视自己生活的土地的一部长篇小说"③，而他以往的小说是回避和逃离自己成长的故土的："我以往的小说总是背离我成长的土地和河流"④。需要指出的是，凡一平之所以能够在 21 世纪的创作中不再回避自己的故土，原因或触发点是 2007 年返回上岭对其心灵触动甚深。在返回故乡使他得到心灵的救赎之后，他在创作上不再回避故土，而是"返回故土"："而我现在的笔触调转了方向，我回来了。"⑤ 由此可以反观，20 世纪 90 年代初至 2007 年凡一平的创作是与 20 世纪 80 年代初至 20 世纪 90 年代初的创作相区别的，即文学行为上的"逃离地域"代替了作为"身份确认"的地域文化书写。事实上，通读凡一平小说之后，我们发现其小说世界中地域文化的变迁，的确与他对自己创作心路历程的自述相吻合。凡一平的早期作品中有许多广西的地域文化书写，如广西的文学地理、方言土语、巫鬼文化、民间禁忌、民间习俗等⑥，但我们在其 20 世纪 90 年代初至 21 世纪初创作的小说中却难觅其踪影。

　　对广西地域身份认同表现出强烈的自卑和拒斥的林白，同样对广西的地域文化有着深重的自卑感和拒斥心理。林白对于广西地域文化的自卑感和拒斥心理，主要表现在对待广西的方言土语问题上。2017 年 7 月 7 日，复旦大学中国当代文学创作与研究中心和《南方文坛》杂志联合举办了"广西作家与当代文

---

① 凡一平：《顺口溜》，上海：上海译文出版社 2005 年版，第 127 页。
② 凡一平：《顺口溜》，上海：上海译文出版社 2005 年版，第 130 页。
③ 凡一平：《正视自己生活的土地以及我的写作立场》，《中国艺术报》2018 年 3 月 5 日。
④ 凡一平：《正视自己生活的土地》，《北京文学（中篇小说月报）》2017 年第 10 期。
⑤ 凡一平：《正视自己生活的土地》，《北京文学（中篇小说月报）》2017 年第 10 期。
⑥ 凡一平早期作品中广西的文学地理和方言土语，可参阅本书第二章。

学"学术研讨会，就王安忆关于广西方言写作的阅读期待，林白作了发言。如前文所论，林白先是自述了内心潜藏着的深重的广西地域自卑感以及对广西身份认同的拒斥心理，然后她坦承自幼便有的普通话崇拜心理和对广西方言土语的自卑心理："我从小有普通话崇拜心理，有线广播一播，中央人民广播电台开始播音了，觉得非常好听；我跟小伙伴讲话，为了表现自己有水平，尽量讲书面语言。"①2019 年 11 月 22 日，中国现代文学馆、《南方文坛》杂志和广西民族师范学院等联合举办了"新时代的地方性叙事——第十届'今日批评家'论坛纪要"学术研讨会，林白与会并围绕"地方性叙事"主题作了发言，她同样坦承自幼就有的普通话崇拜心理与方言土语自卑心理："我从小就有崇拜普通话的情结，我家邻居有一户是地地道道的老北京人，我觉得他们的声音太好听了，而北流话太丑了。上大学后，因为我的地方口音很严重，简直没法表达，没法跟人家交流，我就很自卑。"②对广西地域文化的自卑心理和拒斥心理，包括对方言土语的自卑心理和拒斥心理，使林白自 20 世纪 90 年代初的创作不再面对广西地域，而是选择背离广西地域。所以，与第一阶段 20 世纪 80 年代初至 20世纪 90 年代初的创作相比，林白 20 世纪 90 年代初以后的创作中再难有任何广西地域文化的明显印记。她在接受《宣言报》的访谈时不愿谈及广西和广西人，直言不讳地表达对于地域写作的拒斥：

Moratto：您来自于广西省……对您来说，广西代表什么？在您的作品中起何角色？您觉得广西人的特征有哪些？通过您的叙述，您希望将广西人的什么特点传达给世界？

林白：……我的写作不考虑地域。③

在对待普通话的心理感知上，东西与林白一样，相较于广西的方言土语来说，都觉得普通话太好听了。东西在创作谈《哑巴说话》里对此有过真诚的表达："每每有远方的朋友打电话到我家，远方的朋友们，基本上都操一口标准的

---

① 曾攀、吴天丹：《"广西作家与当代文学"学术研讨会纪要》，《南方文坛》2018 年第 5 期。
② 本刊编辑部：《新时代的地方性叙事——第十届"今日批评家"论坛纪要》，《南方文坛》2020 年第 2 期。
③ 林白：《林白：世界以它本来的面目运行，我面对它，倾听和凝视》，《宣言报》2020 年 7 月 3 日。

普通话。他们的声音使我的耳朵一阵酥麻，身心愉悦。"①东西在短篇小说《伊拉克的炮弹》中借叙述人之口，将谷里村的方言与普通话比较，然后突出表达对普通话的崇拜和对谷里村方言的姿态。《伊拉克的炮弹》中的主人公王长跑是谷里村人②，他在用谷里村的方言给刘桂英读信时"读到一半，他觉得不够档次，就改用夹生的普通话"③。谷里村的王长跑认为，可以通过弃用方言、选择普通话来提升说话的档次。谷里村王长跑的这种语言行为，与前文论及的北流林白的语言行为如出一辙："我从小有普通话崇拜心理……我跟小伙伴讲话，为了表现自己有水平，尽量讲书面语言"④。所以，通读东西所有创作的初刊本之后，我们发现，与20世纪80年代初至20世纪90年代初的创作相比，其20世纪90年代初之后的创作是背离广西方言的。其实，不仅是方言问题，20世纪90年代初之后东西的创作在对待广西地域文化的行为选择上，总体是背离地域的：其早期作品中的方言土语、山歌和巫术以及文学地理"谷里"都几乎未再呈现。关于创作上的背离广西地域，东西在创作谈《哑巴说话》和《走出南方（外三篇）》中都有过清晰的表露。尽管当东西读到美国南方作家福克纳时，受到书写南方地域文化的鼓舞，但是他仍然选择背叛其初衷："我出生在一个比较封闭的地方，那个地方常常被同学和老师取笑……当我阅读到福克纳作品的时候，我认为我已经有了说话的勇气和理由。当然在后来的创作中，我要不停地背叛我的初衷"⑤。甚至，东西在论及其创作与广西地域之间的关系时，直言"从南方的地域脱离出来"⑥。

李冯在《回故乡之路》和《复制的旅行》中都假借自我文学形象返回故乡，从而表达客居他乡的"我"对故乡文化的憎恶。第一，就是对于故乡方言的憎恶。李冯在《回故乡之路》和《复制的旅行》里多次情绪化地毫不隐晦地贬称故乡的方言为土话和土语，并使用"喧嚣"和"呜噜呜噜"一类明显带有贬义的修

---

① 东西：《哑巴说话》，《叙述的走神》，上海：上海文艺出版社2016年版，第151页。

② 王长跑在给美国总统的信中写道："那都是些和我们谷里村一样的平头百姓"。由此可知，王长跑是谷里村人。参阅东西：《伊拉克的炮弹》，《青年文学》2007年第1期。

③ 东西：《伊拉克的炮弹》，《青年文学》2007年第1期。

④ 曾攀、吴天丹：《"广西作家与当代文学"学术研讨会纪要》，《南方文坛》2018年第5期。

⑤ 东西：《哑巴说话》，《叙述的走神》，上海：上海文艺出版社2016年版，第153页。

⑥ 东西：《走出南方（外三篇）》，《朔方》2000年第6期。

饰语："我听不懂的土话组成的喧嚣的背景。"①"嘴里还吐着一连串呜噜呜噜我听不明白意思的土语。"②"听不懂当地的土话"③。第二，是对于故乡风俗的憎恶。《复制的旅行》描写了故乡的"吵亲"风俗："父亲遵从的是这儿叫'吵亲'的风俗。假如他穿得笔挺光鲜，便会让人笑话，说他对儿媳妇进门高兴得不正常，日后便有扒灰的危险。"④而"我"对"吵亲"的风俗异常憎恶，觉得弟弟毫不介意地说出"扒灰"十分令人吃惊。

　　与《回故乡之路》和《复制的旅行》所内含的意义相一致的是，李冯在《与张生对话：这种选择意味着什么？》中，当被问及其作为作家对北京的态度时，他的回答将创作与地域文化之间的关系，跟现实生活中的自己与地域文化之间的关系密切地联系起来了。尤其引人注目的是，李冯本人在现实生活中对待方言土语的态度，与在创作中对待方言土语的态度达成了高度的一致："我喜欢北京的理由可能有点怪。在写作上，我不喜欢地域性……由于不喜欢地域性，所以就不喜欢地域性强的城市，尤其方言城市。方言城市让我不舒服……普通话、大商场、千篇一律的公寓，这正是我喜欢的。"⑤与以上现象相一致的是，当张生向李冯提出疑问，为何会觉得上海的文化吸引力不如北京时，李冯的回答还是执着于对方言所代表的地域性的拒斥："对我来说很简单，上海是方言城市。"⑥基于以上的论析，我们也就可以理解李冯为何在创作实践中"逃离广西"："关于广西小说，我本人对地域写作一向兴致不高"⑦。

　　李冯对地域文学和地域文化剧烈的抵触，与内心深处同样剧烈的广西地域自卑和广西地域文化自卑始终难解难分，就如他在创作谈《针对性》里将对地域文学的拒斥和地域自卑联系起来："对地域文学这一说，我向来不以为然……在这理论与福克纳的成功的激励下，有许多人抛弃地域自卑……搞不好，这也可能成了作家的遁词。"⑧颇有意味的是，东西就在创作谈《走出南方》里坦承过

---

① 李冯：《复制的旅行》，《广西文学》1996 年第 1 期。

② 李冯：《回故乡之路》，《青年文学》1998 年第 2 期。

③ 李冯：《回故乡之路》，《青年文学》1998 年第 2 期。

④ 李冯：《复制的旅行》，《广西文学》1996 年第 1 期。

⑤ 李冯：《与张生对话：这种选择意味着什么？》，《作家》2000 年第 1 期。

⑥ 李冯：《与张生对话：这种选择意味着什么？》，《作家》2000 年第 1 期。

⑦ 李冯：《关于小说的断想》，《南方文坛》1997 年第 3 期。

⑧ 李冯：《针对性》，《广西文学》1996 年第 1 期。

自己对于南方的地域自卑："为这块我生存的地方曾经被叫做南蛮之地而感到害羞。"① 以及福克纳使其有了做南方人的自信："福克纳的文字使我坚定了做南方人的信心。"② 从东西文学行为选择上"逃离地域"的创作实践来看，李冯的《针对性》中所谓的"作家的遁词"一说可见一斑。

　　实际上，李冯在文学行为选择和创作实践上"逃离广西"的内在逻辑，与"文学桂军"这一整体在文学行为选择和创作实践上"逃离广西"的内在逻辑相一致：从"边缘"走向"中心"，亦即从"广西"走向"中国"，就如同他在《针对性》中激烈地拒斥"振兴广西文学"口号而选择"振兴中国文学"口号一样："我偶尔会听到'振兴广西文学'的口号，我觉得这是种种荒谬文学口号中同样荒谬的一种……我乐于听到这样的口号：'振兴中国文学'"③。所以，我们看到1993 年以短篇小说《另一种声音》④ 登入文坛的李冯，其文学行为选择和创作实践始终是背离广西地域的。实际上，光盘与李冯一样，从 20 世纪 90 年代初登入文坛时就实践了"逃离地域"的文学行为。通读所有创作的初刊本之后，我们可以发现 20 世纪 90 年代光盘小说中未呈现出明显的广西地域文化书写。直至 21 世纪初，光盘的文学行为才表现出"重返地域"的现象，即在文本中有意识地重建广西的地域文化。

　　20 世纪 90 年代初至 21 世纪初，从文学行为的最终指向来看，李约热的文学行为同样是"逃离地域"。不同的是，1995 年李约热以小说处女作《希界》步入文坛，经历短暂的广西地域文化书写之后，再在文化指向上"逃离广西"。短篇小说《希界》初刊于《三月三》杂志 1995 年第 3 期。《希界》作为小说处女作，文本中有许多广西地域文化，最显明的是方言土语和民俗。"屙泡屎""月括""屙尿"⑤ 等都是方言土语，尤其"月括"最具广西方言土语的地域特征。经查，现代汉语里无"月括"一词，它应属方言的音译，指一种用来刮草的像锄

---

① 东西：《走出南方》，《文史春秋》2005 年第 7 期。

② 东西：《走出南方》，《文史春秋》2005 年第 7 期。

③ 李冯：《针对性》，《广西文学》1996 年第 1 期。

④ 李冯：《另一种声音》，《北京文学》1993 年第 8 期。

⑤ 吴小刚：《希界》，《三月三》1995 年第 3 期。

头的农具。① 尽管《希界》的篇幅十分短，但是文本中呈现出丰富的地域文化。它们主要表现为物质文化火笼和艺术民俗歌谣。李约热在文本中介绍了火笼的材质、来源和用途，所谓火笼："就是一只只年代久远的铁瓷碗，这些破旧的碗经常出现在希界的垃圾中，然后就成为娃仔们冬天取暖的火笼。"② 希界的娃仔们喊着一种十分古怪的歌谣：

> 月亮光光
> 打开柜子打开箱
> 打开蚊帐见姑娘
> 姑娘脸长长呀
> ……
> 蚂蜗仔
> 跳连连
> ……③

歌谣中的蚂蜗是壮族对青蛙的叫法，而李约热是河池都安县的壮族人。河池一带的壮族盛行蚂蜗节，蚂蜗节也叫青蛙节、蛙婆节、葬蛙节等。关于壮乡的这一民族节日，有很多传说，但它们大体上与祈福和祭祀密切联系。无论是方言土语，还是歌谣，抑或是歌谣里展现出的壮乡文化，都彰显了李约热早期创作中的地域性特征。

值得注意的是，1998 年至 2002 年李约热寓居北京时期的创作，在与广西地域文化的关系上明显迥异于其早期的创作。我们可以将李约热寓居北京时期的创作视为现代的流寓文学，它们一方面昭示置身于文化中心的作家与广西边缘性的地域文化之间产生了紧张复杂关系，另一方面昭示作家"逃离广西"的文学行为的发生。1998 年至 2002 年寓居北京时期，李约热仅有两部小说发表，

---

① 李约热的《永顺牌拖拉机》中出现了"月刮"："用刮猪粪的月刮去砸他的车。"李约热：《永顺牌拖拉机》，《广西文学》2003 年第 8 期。根据用途、读音和字形来看，"月括"和"月刮"疑为同一种农具的相似写法。

② 吴小刚：《希界》，《三月三》1995 年第 3 期。

③ 吴小刚：《希界》，《三月三》1995 年第 3 期。

它们是短篇小说《仙人指路》和《私奔演习》。

《仙人指路》所表达的对于广西地域文化以及与此相关联的广西地域身份的思考，主要集中在方言土语问题上。《仙人指路》篇幅十分短，但文本中创作者涉及方言土语的议论相对来说却较为频繁和冗长，并流露出作家本人难以按捺的怨恨情绪。主人公现象远赴广东谋生，却因自己操持的方言土语而被讥笑、歧视、欺压，甚至被逼下跪。以语言为标准，工人被划分为不同的团体，可只有现象说皮村的土话。后来，他突然意识到这是一个异常严重的问题："他曾经试图跨越语言的鸿沟去真诚待人，后来他发现，他们把他当孙子，他们把操皮村土话的他当孙子，他们满脸讥笑学他说话……现象知道他们取笑他仅仅是因为他说一口皮村的土话，对他们来说那是一种多么刺耳的土话。"[①]当现象饱受欺凌被逼下跪时，又因叫喊的方言土语而被认为其下跪合情合理："他用皮村的方言喊——他几乎不知道要喊什么，口中发出的声音远离语言……更加看清了他下跪的理由。"[②]因被广东的城市人逼着下跪而产生报复社会的怨恨心理，他逼迫一陌生人向自己下跪不成，便将其杀害。更触目惊心的是，这位受害人疑为伪造居民身份证进城的农民，对其身份的推断还是根据其临死前的方言："警方称，从受害者临死前几句简单的语言判断"[③]。现象的生与死都与方言土语，以及方言土语所暗含着的文化身份和地域身份紧密相关。可以想见的是，寓居于文化首都的广西壮族作家李约热产生了对自己成长之地的地域文化和地域身份的弃斥姿态。李约热的小说处女作《希界》中有着自在状态下广西的许多方言土语，以及带有方言土语色彩的不太标准甚至词不达意的普通话，而短篇小说《仙人指路》中不再出现一字方言土语，且愈来愈遵循普通话的语言规范。[④]短篇小说《私奔演习》初刊于《三峡文学》1999 年第 5 期，文本中使用的语言为普通话。

---

① 吴小刚:《仙人指路》,《广西文学》1999 年第 1 期。

② 吴小刚:《仙人指路》,《广西文学》1999 年第 1 期。

③ 吴小刚:《仙人指路》,《广西文学》1999 年第 1 期。

④ 李约热早期作品中偶有受到方言影响的句式，比如："老师阿割见过"。以及词不达意的句子，比如："自己平时听惯了猪叫，突然间就开满了鲜花。"参阅吴小刚:《希界》,《三月三》1995 年第 3 期。其实，广西很多作家少年时期没有接受过正规的普通话教育。尤其是 1950 年代和 1960 年代出生的作家，他们的普通话甚至是在成年以后才逐渐学习并掌握的。李约热早期创作所表现出的这种语言特征，类同于鬼子早期的创作，可参阅本书第三章第三节。

　　21 世纪初，作为文学在场的广西本土学者黄伟林回望 20 世纪 90 年代的广西文坛，曾感性地意识到广西作家"逃离广西"的心理情结和行为冲动："……广西作家的逃离情结。20 世纪 80 年代一批最有才华的广西作家最大的冲动就是离开广西。"① 他例举了"逃离广西"的许多广西作家，如李栋、李逊、杨克、林白、喜宏、聂震宁、秦立德、黄咏梅、李冯、海力洪等，并将"逃离广西"的现象称为"中国文坛一个独特的景观"。② 其论断与前文笔者的考察不谋而合，正如林白在创作谈《内心的故乡》中的自白："我成年以前并不喜欢自己的家乡……时刻盼望着逃离故乡……最后来到北京。"③ 同时，黄伟林敏锐地感知到"广西文坛三思录"和"振兴广西文艺大讨论"之后广西作家在创作上"逃离广西"的文化指向："逃离不仅局限于地域意义，在文化意义上，广西文坛同样'蓄谋已久'地策动着逃离。"④ 而据笔者对广西文学的深入考察，"文学桂军"在文学的行为选择上的确践行了"逃离广西"的文化指向，由此我们可以察觉到，广西作家生存上的行动逻辑、心理上的情感逻辑与创作上的文学行为逻辑之间有着紧密的内在关联。

第二节　文学前沿寻踪：现实主义的"先锋"转向

　　广西地域文化在 20 世纪 90 年代始终扮演着尴尬的角色。对于"文学桂军"来说，广西地域文化不再是可资借鉴和可资利用的文学创作资源，恰恰相反，它们是一种"文学桂军"难以承受并试图挣扎着逃离的因袭的重负。这种对广西地域文化的强烈的自我意识和激进的逃离姿态，早在 1989 年"振兴广西文艺大讨论"中已可谓广西文艺界的共识：几乎所有参与到论争中的批评文章都有意识地大篇幅地批评广西地域文化以及呈现广西地域文化的广西文学传统。这方面具有代表性的批评是周伟励的《广西文化悖论》和梁昭的《对现代文化的深情呼唤》。周伟励提出关于广西文化的困惑，认为广西自古以来基本没有人文文化，有的只是局限于狭小范围内的狭隘的民间文化，所以广西地域文化对于

① 黄伟林：《广西文坛：被遮蔽的多元文学生态》，《羊城晚报》2004 年 12 月 15 日。

② 黄伟林：《广西文坛：被遮蔽的多元文学生态》，《羊城晚报》2004 年 12 月 15 日。

③ 林白：《内心的故乡》，《天涯》2002 年第 2 期。

④ 黄伟林：《广西文坛：被遮蔽的多元文学生态》，《羊城晚报》2004 年 12 月 15 日。

广西作家来说，只能是历史因袭下来的沉重的包袱："我们必须背负这个历史的沉重包袱。我们必须承认这样一个事实：广西基本上没有文化（指人文文化——引者注）。"① 梁昭将《刘三姐》与其所代表的广西文学传统归于农业文化的产物，提醒广西作家应拥有现代的文化心态，在创作上应向现代文化迈进，"而甩掉农业文化的沉重历史包袱"②。其实，"文学桂军"逃离广西地域文化的目的便是从"边缘"走向"中心"。鬼子在《鬼子访谈》里对此有过明确的说明："我1996年回过头去写小说的时候，首先咬定的就是不能再写'广西'小说了。我们既然选择了汉语的写作，那么汉语写作的前沿阵地在哪里？我们应该奔那个前沿阵地而去。"③ "不能再写'广西'小说"指的就是不能再在小说中呈现广西的地域文化，比如方言土语、文学地理和民间信仰等，而广西的地域文化往往被视为广西文学和广西作家的身份确认。奔汉语写作的前沿阵地而去，指的就是从"边缘"走向"中心"。

值得指出的是，"文学桂军"从"边缘"走向"中心"的写作实践，除了逃离广西的地域文化，选择书写主流文化之外，还有另一层重要的文学行为指向，即逃离广西文学传统中的现实主义形态，转向先锋文学形态。④20世纪90年代"文学桂军"将先锋文学理解和想象为中国文学的"中心"或前沿，比如东西在创作谈里所表达的对于先锋文学的认识，他将先锋文学与"前列"和"前卫"密切联系起来："我认为所谓先锋，是走在时代前列的作家，他们是球场上的前卫。"⑤ 于是，东西在1991年急遽地由传统现实主义形态转向先锋文学："顿觉自己写的豆腐块不够先锋，便发誓脱胎换骨。"⑥ 又如1996年鬼子在创作上奔向中国文学的"前沿阵地"之后，随即在初刊于《广西文学》1996年第1期的中篇小说《男人鲁风》中尝试着凸显先锋小说的叙述行为，并在该小说的作者简介部分格外强调了"叙述"行为："直到近期……一改旧日的那般神秘和隐涩……将

① 周伟励：《广西文化悖论》，《南方文坛》1989年第4期。
② 梁昭：《对现代文化的深情呼唤》，《南方文坛》1989年第3期。
③ 胡群慧、鬼子：《鬼子访谈》，《小说评论》2006年第3期。
④ 这一文学行为指向，也就是"逃离广西"的第二层含义。关于"逃离广西"的两层含义，参阅本书第三章第一节的引言部分。
⑤ 东西：《上帝发笑——关于创作的偏见》，《小说家》1997年第4期。
⑥ 东西：《梦启》，《小说界》2017年第2期。

叙述直接逼近阅读情绪。"①

所以我们看到，跟 20 世纪 80 年代初至 20 世纪 90 年代初第一阶段的创作相比，20 世纪 90 年代初至 21 世纪初第二阶段"文学桂军"的创作发生了"先锋"转向。其作品中有着浓郁的先锋文学特质，最具典型性的便是叙事模式层面上多元化的"叙述"，以及先锋文学在精神层面的表达："存在"的虚无和荒诞。②值得指出的是，由于西方先锋文学在我国本土化后往往内含着"前卫""前沿"和"开路者"等意义，③所以，"文学桂军"将先锋文学理解和想象为中国文学的"中心"，自然是可以理解的。

（一）叙事模式的嬗变：多元化的"叙述"

与广西地域文化的遭遇一样，作为广西文学传统中的叙事形式，传统现实主义文学的平铺直叙的叙事方法同样在"振兴广西文艺大讨论"中受到了广西文艺界近乎一致的激进批评。于是，广西文艺界亟需突破广西文学传统中的现实主义叙事模式，接纳和汲取新的开放的叙事模式。针对广西文学的叙事模式的批评，具有典型性的是韦家武的《我们的烙印很古老》、潘荣才的《跳出怪圈　为民族文学打出新招式》与施鸣钢的《岭南，文学的宽容时代》以及梁昭的《对现代文化的深情呼唤》。韦家武批评广西作家不敢尝试采用现代的创作手法，而"往往是把一个现实或虚构的故事用文字简单地排列出来，过于单一而呆滞"④。潘荣才批评广西文学表现出来的千篇一律的叙事模式，呼唤形式的创新："形式的创新，即是挣脱表现形式千篇一律的藩篱与规范"⑤。施鸣钢同样认为广西文学的形式更新是十分有必要的："形式的借鉴是必要的……形式的借鉴也是认识的实现。"⑥梁昭借对桂剧《泥马泪》和壮剧《羽人梦》鲜有受众的批评，提出广西文学应挣脱"方法与形式的束缚"⑦，从而更新"艺术表现方法和艺术形

---

① 鬼子：《男人鲁风》，《广西文学》1996 年第 1 期。

② 多元化的"叙述"、"存在"的虚无与荒诞等都是先锋文学的特质，张清华在《中国当代先锋文学思潮论》的第三章、第五章、第六章中对此多有探讨。参阅张清华：《中国当代先锋文学思潮论》，南京：江苏文艺出版社 1997 年版。

③ 参阅张清华：《中国当代先锋文学思潮论》，南京：江苏文艺出版社 1997 年版，第 2 页。

④ 韦家武：《我们的烙印很古老》，《广西文学》1989 年第 1 期。

⑤ 潘荣才：《跳出怪圈　为民族文学打出新招式》，《南方文坛》1989 年第 1 期。

⑥ 施鸣钢：《岭南，文学的宽容时代》，《南方文坛》1989 年第 2 期。

⑦ 梁昭：《对现代文化的深情呼唤》，《南方文坛》1989 年第 3 期。

式"①。

在以上剧烈的文学思潮的激荡下，20世纪90年代广西文学在叙事模式上的变革已成为广西文艺界达成的共识。据笔者深入的考察，"文学桂军"在20世纪90年代于叙事模式层面的文学行为的选择和调整，主要是由传统现实主义平铺直叙的叙事模式转向先锋文学的叙事模式，最具代表性的就是对多元"叙述"方法的借鉴和运用。如前文指出，东西自述其20世纪90年代初在叙事模式上发生的"先锋"转向："那是1991年，先锋小说横行。我被那些文字迷惑，顿觉自己写的豆腐块不够先锋，便发誓脱胎换骨。"② 这里略带贬义的"豆腐块"指的就是传统现实主义平铺直叙的叙事模式。实际上，"文学桂军"在20世纪90年代都经历了叙事模式上由"豆腐块"走向"先锋"的"脱胎换骨"的过程，笔者将对这一文学行为做出深入的考察。

东西的处女作是短篇小说《龙滩的孩子们》，该小说初刊于《广西文学》杂志1986年第8期，文本中并未表现出任何先锋文学的特征。通读东西小说的所有初刊本后，我们发现从《龙滩的孩子们》直到初刊于《广西文学》杂志1991年第7期的短篇小说《回家》，其创作中都还未曾表现出明显的先锋文学特质。直到中篇小说《断崖》③，文本中才偶有流露出先锋文学的色彩，但是《断崖》的先锋特征不甚明显。实际上，东西真正意义上的先锋文学的发端之作是短篇小说《幻想村庄》④。2017年，东西在创作谈《梦启》里回忆了《幻想村庄》的构思和创作过程，以及为何在创作《幻想村庄》时始用笔名东西："那是1991年，先锋小说横行。我被那些文字迷惑，顿觉自己写的豆腐块不够先锋，便发誓脱胎换骨。于是，坐在书桌前想了两个多小时，决定使用笔名'东西'。"⑤ "东西"这一怪异的笔名实际上是暗合着先锋文学的特征之一，即怪异性。⑥ 东西在创作谈中回忆笔名的由来时，把怪异的笔名跟小说的风格密切联系起来："我相信笔名决

① 梁昭：《对现代文化的深情呼唤》，《南方文坛》1989年第3期。

② 东西：《梦启》，《小说界》2017年第2期。

③ 《断崖》初刊于《漓江》1991年春季号。它是东西的第一部中篇小说："我发表在《漓江》杂志春季号的中篇小说《断崖》……这是我的第一个中篇小说，写于1990年秋。"林舟：《在两极之间奔跑——东西访谈录》，《江南》1999年第2期。

④ 东西：《幻想村庄》，《花城》1992年第3期。

⑤ 东西：《梦启》，《小说界》2017年第2期。

⑥ 关于先锋文学的怪异性特征，参阅洪治纲：《先锋文学的怪异原理》，《小说评论》2000年第5期。

定小说风格……我想它不仅仅是个笔名，而是思维方法，就像小说的标题决定内容。"① 所以，1992 年，《幻想村庄》的出现标志着东西创作中先锋叙事的发生。这恰好吻合东西在《在两极之间奔跑——东西访谈录》中对自己创作阶段的划分："1991 年以前是一个阶段，之后是一个阶段……第一阶段有想法，但没有自己的形式，也就是用外国作家或者先锋作家的一些形式"②。

就叙事模式的嬗变来说，相较于东西以往的创作，《幻想村庄》主要展现出来的是先锋文学的叙述行为，尤其是元叙述和意识流叙述。元叙述是中国当代先锋文学的典型特征之一，创作者常常借用具有自我指涉的"我"作为故事的叙述者，从而模糊虚构和现实之间的关系，有意彰显小说的虚构性。《幻想村庄》中父亲的未婚妻桃子在迎亲之日逃婚，当父亲踹开仁富家的门后，发现桃子和仁富就像两个瑟瑟发抖的惊叹号，"站在我的小说里"。③ 东西在文本中有意识地凸显自我指涉性质的"我"这一故事叙述者的存在，以暴露文本的叙述行为。这种元叙述在文本中俯拾皆是，比如"我在写小说的深夜里""我的小说""在我写小说的这个夜晚"④。意识流叙述有着动态的意义，即意识之流、思想之流和意志之流，这明显有别于传统现实主义过于程式化的叙述方式。通过自由联想、内心独白、声音模拟、光影知觉等感官印象描写的交叉运用，以及叙述视角的频繁变换，意识流叙述展现了理性意识和非理性意识的相互交织，记忆和现实常常发生重叠，从而打破了传统意义上的客观时间观念，建构了崭新的心理时空。《幻想村庄》中的村子在桂西以酿酒闻名，"我"的叙述仿佛在酒后的醉意里展开联想、幻想和想象，父亲也在酒的芬芳中展开想象、幻想和臆想。"我"回忆和幻想着父亲酿玉米酒以及他跟未婚妻桃子之间的过往，父亲则在玉米酒的氛围里臆想着桃子。内心独白、自由联想和幻想等感官印象在文本中被强化，造成了意识流的叙述效果。此外，声音在《幻想村庄》的意识流叙述中被频繁运用，声音甚至一直贯穿了叙述行为的始终。隔壁孩童被鞭策的哭喊声在"我"的叙述行为过程中不断地被提起："我是在鞭策声和哭喊声中写

① 东西：《梦启》，《小说界》2017 年第 2 期。

② 林舟：《在两极之间奔跑——东西访谈录》，《江南》1992 年第 2 期。

③ 东西：《幻想村庄》，《花城》1992 年第 3 期。

④ 东西：《幻想村庄》，《花城》1992 年第 3 期。

小说"①。孩童被鞭策的声音渐弱后，瓷碗落地，"瓷碗叽的破碎声成为我这篇小说的句号"②。意识流叙述的运用，使先锋文本的时空观迥异于传统现实主义小说的时空观。记忆、现实、幻想、联想、声音等相互重叠、相互交织，《幻想村庄》充满了诗性和音乐性等特征。

1999 年，中篇小说《肚子的记忆》③同样强调文本的叙述行为，最引人注目的是文本中叙述视角的频繁转换。传统现实主义小说往往会秉持着创作者全知全能的叙述视角，即便是先锋小说，一般来说其叙述视角也难以纷繁复杂，《肚子的记忆》却试图让文本中的每个角色都发言。面对同一件事，每个角色基于自己独特的立场、处境和遭遇，都可以自由地发言。为了达到让每个角色都可以从各自的角度发言的目的，文本中的叙述视角频繁地切换。虽然从文字的表面来看，都是以"我"为叙述者，但是"我"并非指称同一个叙述人，它几乎指称各个角色。"我"分别指称过王小肯、江丰、姚宁、姚三才、梁文广、李丽华、刘丹、杨金萍，等等。东西对于叙述行为的格外强调，在《肚子的记忆》里体现得淋漓尽致。东西还曾在创作谈《叙述的走神》中以"叙述的多种可能性"为题论及《肚子的记忆》中叙述视角频繁变换的创新性意义："所有的人都参与叙述和如此频繁地更换视角，在我有限的阅读中尚未见过"④。他还在创作谈《叙述的走神——关于一部小说的产生》中再次论及《肚子的记忆》所尝试的叙述方式，认为其有别于福克纳。福克纳只是要求每人讲述一次故事，至多就是四个人在讲述，"而我需要所有的人都在讲……无数个第一人称就像无数架摄像机"⑤。

20 世纪 90 年代初，东西小说中多元化的先锋叙述行为的凸显，向我们展示了他对于叙事模式的强调，正如他在跟姜广平的访谈《东西：小说的可能与小说的边界》中所自述的："我一直主张既要'写什么'，又要'怎么写'，所以保存了先锋小说的一些遗风。"⑥这里的"怎么写"指的就是作为小说叙述方法的

①　东西：《幻想村庄》，《花城》1992 年第 3 期。

②　东西：《幻想村庄》，《花城》1992 年第 3 期。

③　东西：《肚子的记忆》，《人民文学》1999 年第 9 期。

④　东西：《叙述的走神》，上海：上海文艺出版社 2016 年版，第 134 页。

⑤　东西：《叙述的走神——关于一部小说的产生》，《南方文坛》2000 年第 2 期。

⑥　东西、姜广平：《东西：小说的可能与小说的边界》，《西湖》2007 年第 1 期。

叙事模式。实际上，20世纪90年代鬼子由传统现实主义叙事模式向先锋文学叙事模式的调整和转换，同样是在既强调"写什么"又强调"怎么写"的境况下发生的。鬼子在与姜广平的访谈《叙述阳光下的苦难——与鬼子对话》中曾强调1996年才是其真正意义上创作的开始，而1995年他通过关注中国文坛以调整自己的写作策略，即思考应该"写什么"和"怎么写"："我的目的是为了了解别人都在写什么，在怎么写，有没有我可以突破的位置。"① 鬼子所说的"写什么"指的是叙事内容，而"怎么写"指的则是叙事模式。②

自1996年鬼子真正意义上的写作开始后，其小说的叙事模式究竟发生了怎样的策略性调整？如前文所论，鬼子在1996年发表的第一个作品是中篇小说《男人鲁风》。鬼子在《男人鲁风》的作者简介部分强调了近来与以往创作的不同之处："将叙述直接逼近阅读情绪。"③ 不过，作为文学行为调整后的第一部尝试之作，《男人鲁风》在叙述层面并无十分显著的新质。实际上，从传统现实主义转向先锋叙述之后具有典型性的作品分别是中篇小说《农村弟弟》《被雨淋湿的河》《罪犯》。④ 与1996年之前的传统现实主义创作相比，这三部在叙述方式上具有典型性的小说有着共同的特征：一是都以"我"作为叙述人，参与故事的讲述。《农村弟弟》中的"我"是文本的叙述人，同时"我"和一撮毛是同父异母的兄弟。《被雨淋湿的河》中的"我"既是文本的叙述人，又是故事中一个刚离异的女人。《罪犯》中的"我"是故事的叙述人，也是罪犯的寄哥。二是"叙述"一词都被创作者有意识地展现在了文本中，比如："听她叙述着有关一撮毛的死。"⑤ "我没有怀疑晓雷的叙述。"⑥ "叙述了另一件事情。"⑦ "听任着他的叙述。"⑧ 而以上这些先锋叙述行为，在1996年以前鬼子传统现实主义的创作中几

---

① 姜广平：《叙述阳光下的苦难——与鬼子对话》，《莽原》2004年第5期。

② 鬼子小说在叙事内容方面的策略性调整，详见本书第三章第一节，本节只讨论鬼子小说在叙事模式方面的策略性调整。

③ 鬼子：《男人鲁风》，《广西文学》1996年第1期。

④ 鬼子：《农村弟弟》，《钟山》1996年第6期。鬼子：《被雨淋湿的河》，《人民文学》1997年第5期。鬼子：《罪犯》，《小说家》1998年第5期。

⑤ 鬼子：《农村弟弟》，《钟山》1996年第6期。

⑥ 鬼子：《被雨淋湿的河》，《人民文学》1997年第5期。

⑦ 鬼子：《被雨淋湿的河》，《人民文学》1997年第5期。

⑧ 鬼子：《罪犯》，《小说家》1998年第5期。

乎未曾出现过。

　　20 世纪 90 年代初，凡一平的小说创作同样历经了从传统现实主义向先锋叙述的转向。与鬼子小说对于叙述行为的强调一样，凡一平小说的先锋转向同样突出表现在叙述行为上。历时性地通读凡一平的创作之后，我们会发现中篇小说《浑身是戏》①是其先锋转向后的发端之作，其叙事模式明显有别于之前的创作。从 1983 年的小说处女作《岁末》②到 1992 年的短篇小说《蛇事》③，它们都实属传统现实主义创作，每个文本都由全知全能的叙述视角来统摄。然而，1993 年的《浑身是戏》一改旧日的叙事模式，采用当时流行的先锋小说的第一人称叙述。正如叶立文所论，第一人称叙述是先锋作家一种重要的叙事模式："先锋作家执持甚久的第一人称叙事"④。此后，先锋小说的第一人称叙述在凡一平的创作中常常被运用，比如短篇小说《认识庞西》⑤和中篇小说《怀孕》⑥等。李建平和黄伟林的《文学桂军论：经济欠发达地区一个重要作家群的崛起及意义》也关注到 1992 年后凡一平小说叙述行为的变化："1992 年以后，凡一平的小说开始大量使用第一人称叙事视角"⑦。实际上，20 世纪 90 年代李冯小说的叙事模式也表现在先锋文学的第一人称叙述上，比如中篇小说《自找麻烦》、短篇小说《招魂术》、中篇小说《过江》、短篇小说《中国故事》等采用的皆是第一人称叙述。⑧先锋文学的元叙述在李冯小说中也极其常见，比如："在这个故事中，一切都可以说是虚构的——从情节、奇迹……"⑨，"在这个稍稍延伸了的结尾中"⑩。

　　从小说处女作《土房子里的人们》到中篇小说《黑裙》，林白的创作都实属

①　凡一平：《浑身是戏》，《三月三》1993 年第 2 期。
②　银平：《岁末》，《金城》1983 年第 4 期。
③　凡一平：《蛇事》，《作品》1992 年第 6 期。
④　叶立文：《当代先锋作家生存哲学的价值变迁》，《天津社会科学》2009 年第 2 期。
⑤　凡一平：《认识庞西》，《三月三》1993 年第 2 期。
⑥　凡一平：《怀孕》，《花城》2003 年第 4 期。
⑦　李建平、黄伟林等：《文学桂军论：经济欠发达地区一个重要作家群的崛起及意义》，北京：中国社会科学出版社 2007 年版，第 136 页。
⑧　李冯：《自找麻烦》，《作品》1993 年第 9 期。李冯：《招魂术》，《收获》1994 年第 6 期。李冯：《过江》，《大家》1995 年第 3 期。李冯：《中国故事》，《山花》1996 年第 4 期。
⑨　李冯：《墙》，《长江文艺》1996 年第 12 期。
⑩　李冯：《墙》，《长江文艺》1996 年第 12 期。

传统现实主义，未曾在叙事模式上有所变化。直到中篇小说《同心爱者不能分手》，林白的创作才在叙事模式上表现出嬗变，这方面最典型的特征便是先锋文学的元叙述和意识流叙述。自《同心爱者不能分手》之后，元叙述在林白小说中比比皆是，诸如："还是说蓼。"[①]"我很轻松就完成了对他们的介绍。"[②]但是，被运用最频繁且最具作家个体性特征的叙事模式是意识流叙述。林白小说的自传色彩很浓郁，她曾在长篇小说《说吧，房间》里自述过其小说的叙事结构，即意识流叙述方式："同时我也不知道怎么把生活中的点连结起来，连结的方式有许多种，到底哪一种是最好的？我想我所能做的……将我所想到的不分先后统统写出来，然后按照不同的方法把它们连接起来"[③]。林白小说的意识流叙述主要表现为通过自由的联想和叙述视角的频繁转换以结构小说。林白在意识流叙述方面最有代表性的小说是中篇小说《子弹穿过苹果》和长篇小说《说吧，房间》。《子弹穿过苹果》主要写了四类故事：一是父亲和蓼的故事；二是"我"和父亲的故事；三是"我"和蓼的故事；四是"我"和文秋的故事。创作者通过意识流叙述的联想机制将它们统一于"我"的失恋心理之下："让人联想到""使我产生各种联想""这使我一下子想起老木""这使我想起伍迪""我不由得想到"[④]。《说吧，房间》在叙述视角频繁转换方面最具典型性，创作者在文本中的第一人称和第三人称之间频繁自由地切换。比如，"那个女人在水汽里，她衣衫不整"中的"那个女人"和"她"其实就是前文的"我"。[⑤]20世纪90年代，意识流叙述在林白的小说创作中随处可见，诸如《同心爱者不能分手》、中篇小说《亚热带公园》、短篇小说《往事隐现》，等等。意识流叙述的频繁运用，使林白小说打破传统现实主义文学的时间和空间的限制，从而极具先锋小说轻盈自由的叙述风格。

（二）精神的延展："存在"的荒诞与虚无

传统现实主义并不仅仅是一种技术层面的叙事模式，同时也是一种文学观念，意含着作家对于现实存在的理解和态度。先锋文学同样如此，它既有创作

① 林白：《子弹穿过苹果》，《钟山》1990年第4期。
② 林白：《亚热带公园》，《收获》1991年第2期。
③ 林白：《说吧，房间》，《花城》1997年第3期。
④ 林白：《子弹穿过苹果》，《钟山》1990年第4期。
⑤ 参阅林白：《说吧，房间》，《花城》1997年第3期。

技法层面的特征，同时也在精神层面有着丰富的内涵，而聚焦于"人"的终极和当下生存的存在主义关怀便是其精神层面独特的呈现。①

20世纪90年代，"文学桂军"从传统现实主义到先锋文学的转向，就既接受了先锋文学的创作技法，又接受了先锋文学的精神内涵。东西在创作谈《先锋小说的变异》中说过，他当年对先锋文学的接受就是因为迷恋其叙事技法："当年我正是带着对技术的迷恋，开始阅读先锋小说。"② 在对先锋小说叙事技法的迷恋之外，东西在《先锋小说的变异》中还更进一步地指出其对先锋小说的精神内涵的接受，即"存在"的荒诞性。从东西的创作谈里，我们可以发觉，他将荒诞性视为先锋小说的属性："先锋写作是不是把它的荒诞性传染给了现实？"③ 实际上，凡一平、鬼子、李冯和东西一样，都不但接受了先锋小说的先锋叙述技法，而且接受了先锋小说的荒诞性。所以，雷达意识到"文学桂军"的创作中普遍存在着荒诞性："广西作家都喜欢搞荒诞的东西。"④

此外，"文学桂军"对先锋文学的精神内涵的接受，还有另一种典型特征，即对现实存在的虚无感。比如，东西在访谈《在两极之间奔跑——东西访谈录》里就曾自述过《迈出时间的门槛》所传达的"存在"的虚无意识：

> 林：这也就传达出写作的虚无。
> 东：对，是虚无。⑤

也就是说，20世纪90年代"文学桂军""先锋"转向之后，"存在"的荒诞与虚无作为先锋文学典型的精神内涵，构成了"文学桂军"创作中的典型现象。

---

① 中国当代先锋文学的存在主义特征在《中国当代先锋文学思潮论》的第五章、第六章中多有论述。参阅张清华：《中国当代先锋文学思潮论》，南京：江苏文艺出版社1997年版。此外，本书这里的"存在主义"意指关于"人"的"存在"的思考，而不是逼仄的西方存在主义理论。因为"文学桂军"在创作中更多的是体验性地和艺术性地体验"人"的"存在"之思，而不是狭隘地演绎西方存在主义理论。

② 东西：《先锋小说的变异》，《文艺争鸣》2015年第12期。

③ 东西：《先锋小说的变异》，《文艺争鸣》2015年第12期。

④ 李敬泽、阎晶明等：《"广西后三剑客"：田耳、朱山坡、光盘作品研讨会纪要》，《南方文坛》2016年第1期。

⑤ 林舟：《在两极之间奔跑——东西访谈录》，《江南》1992年第2期。

笔者将选择具有代表性的文本，展开论析，以呈现这一复杂而丰富的现象。

东西在《迈出时间的门槛》里发出有关存在与时间的体悟性哲思，以及由此延伸出的浓厚的死亡意识和虚无感。人从出生之日起，便一步步走向死亡，生命的过程就是走向死亡的过程。死亡是必然的，因为时间从不会停滞。这种有关人的存在与时间之关系的感性体悟，构成创作者存在哲思的主体："我从生之地出发，穿越时间日夜兼程地往死之地行进……只要时钟在不停地走动，我就没有停止前进"①。当"我"沉重的肉身被投进火炉化为灰烬后，"我"的存在就随之变得虚无。母亲唯有从"我"留下的那只药碗才能意识到"我"曾经切实地存在。

东西在创作谈《叙述的走神》里说过，在中篇小说《没有语言的生活》未曾发表时，他一直将短篇小说《商品》视为其代表作。②南帆还将《商品》收入先锋小说选集《夜晚的语言》③。由此可见，先锋小说《商品》在东西创作生涯中有举足轻重的地位。《商品》既在小说的先锋叙事模式上做了实验，又有意识地意含着先锋小说的荒诞性。小说共分为三个部分：A、工具和原料；B、作品或者产品；C、评论或广告。C部分是各杂志的编辑对写手文章的回复，从这些回复里我们可以窥探东西对《商品》的自我认知。《形式》杂志编辑王俞认为，《商品》在探索小说的新形式，但叙事结构过于形式化。《荒诞》杂志编辑赵走以作品过于荒诞为由，拟不用《商品》。《商品》的情节十分荒诞，"我"上车时认识了姑娘，下车时我们就已经生下孩子。直至孩子出生，"我"和姑娘都还不知彼此的姓名。"我"去湖南麻阳寻父的目的十分明确，最终却在旅途中迷失自我，而姑娘在原本茫然的旅途中找到了心灵的归宿。正如《荒诞》杂志编辑赵走给予《商品》中荒诞性的评论："作品的意义几乎全寄托在荒诞的情节上"④。

《没有语言的生活》关注的是人在荒诞的存在境遇下所面临的沟通障碍，文本中最显著的存在主义特征是萨特"他人即地狱"的哲思。蔡玉珍、王家宽和

---

① 东西：《迈出时间的门槛》，《花城》1993年第3期。

② 东西：《叙述的走神》，上海：上海文艺出版社2016年版，第148页。东西：《没有语言的生活》，《收获》1996年第1期。东西：《商品》，《作家》1994年第5期。

③ 南帆选编：《夜晚的语言》，北京：社会科学文献出版社1998年版。南帆为《夜晚的语言》写的导言题为《边缘：先锋小说的位置》。

④ 东西：《商品》，《作家》1994年第5期。

王老炳分别失语、失聪和失明，他们都因生理缺陷而面临沟通障碍。于是，我们看到了他们生活里的种种荒诞之处，这显然是创作者对人的荒诞性境遇的极端展现。蔡玉珍一家搬离村子，到了河那边生活，不再跟村上的人来往。蔡玉珍以为总算是彻底地摆脱了与其他人的来往，可是最终发现这不过是一场徒劳："我以为我们已经逃脱了他们，但是我们还没有。"① 个体之人极力地挣扎，试图摆脱与他人的一切关系，以获得充分的自由。这种过分理想化的存在方式自然是不实际的。蔡玉珍一家艰难的遭遇，体现了萨特"他人即地狱"的存在困境。

鬼子的中篇小说《学生作文》叙述的是因两篇学生作文而引起的命案，故事的情节和结果都异常荒诞。瓦城市长女儿杨帆的作文题为《我的父亲没有收过一份贿赂》，普通生意人的儿子刘水将它偷换成《我的父亲没有杀过一个人》作为自己的作文题。刘水的逻辑是，市长没收过一份贿赂那本来就是应该的事儿，就像我们的父亲从没杀过一个人，二者的道理都是一样的，有什么值得在作文中赞誉的呢？可结果是，最终这篇作文导致语文教师"我"离职，刘水父亲驾车撞死校长后被捕入狱。荒诞的是，刘水写的是他父亲从没有杀过一个人，可他父亲却因这篇作文成了杀人犯。鬼子在文本中直截了当地指出《学生作文》的荒诞性，以此凸显小说所欲表达的先锋精神内涵："我突然觉得生命真是有着一种叫人说不清楚的滑稽性（或者叫做荒诞性）"② 。由此可见，荒诞性表现是鬼子在小说创作中的有意为之。鬼子在创作谈《关于98、99年的几个小说》里还曾强调过创作短篇小说《为何走开》过程中对荒诞性有意识的展现，以及与荒诞性相关联的黑色幽默："异常的荒诞或者叫做黑色幽默。"③ 《为何走开》叙述的是雪燕以为自己失手打死了黄毛，后因栏杆断裂意外坠楼死亡。而雪燕死后，秋月才发现黄毛只是昏了过去，并未死亡。这段荒诞的故事昭示生活和生命的荒诞性特征。就短篇小说《为何走开》《可能是谋杀》《遭遇深夜》，姜广平在访谈《叙述阳光下的苦难——与鬼子对话》里曾向鬼子提出过关于荒诞性的疑问：故事中很多的偶然和错位，是不是作家想通过现实生活来表达人的存在

---

① 东西：《没有语言的生活》，《收获》1996年第1期。

② 鬼子：《学生作文》，《作家》1997年第9期。

③ 鬼子：《关于98、99年的几个小说》，《南方文坛》2000年第2期。鬼子：《为何走开》，《山花》1998年第1期。

的荒诞？鬼子的回答是，世事无常，人生无常，荒诞在现实生活里可以说遍地都是，所以"文学需要把这种荒诞的生活停留下来，使之成为一种思考"。[①] 据笔者详细的统计，"荒诞"一词在这次访谈中被提及 5 次，而在与此访谈同刊于《莽原》2004 年第 5 期的鬼子短篇小说《卖女孩的小火柴》中被提及 14 次。由此，我们可以看到鬼子小说在"先锋"转向后，对作为先锋精神内涵的荒诞性的强调。

李冯创作中的荒诞性表达主要表现在戏仿小说上。李冯的戏仿小说往往通过对历史上经典文本中的人物形象、故事情节、历史事件和主题等的扭曲和夸张的再现，以实现对原文本的颠覆性模仿，从而实现荒诞性的表达。李冯在与张钧的访谈《迷失中的追寻——李冯访谈录》中声称："戏仿历史不过是一种文学基本功"[②]。这方面最有代表性的戏仿小说是短篇小说《我作为英雄武松的生活片断》和《十六世纪的卖油郎》。《我作为英雄武松的生活片断》戏仿的是古代小说《水浒传》，戏仿后的经典人物形象武松不再是为人所熟知的打虎英雄，而是十足的醉鬼，是疟疾发作时铲一铲子炭在走廊里烤火的俗人。武松既是戏仿小说的主人公，又是故事的叙述人，他坦承自己在现实生活里的世俗身份："我根本就不是什么英雄"[③]。英雄人物及时雨宋江则被戏仿成"捂着膀胱慌慌张张出来找厕所"[④] 的矮胖子，平时专事对小旋风柴进的阿谀谄媚。《十六世纪的卖油郎》戏仿的是《卖油郎独占花魁》《杜十娘怒沉百宝箱》和《转运汉巧遇洞庭红》。历史上经典的情节是，小本经营的卖油郎对花魁由身体之爱上升到情感之爱的动人故事。经李冯戏仿后的《十六世纪的卖油郎》颠覆以往人们耳熟能详的经典，卖油郎近乎一个疯疯癫癫的白痴。卖油郎无法弄清，花魁如何判断他的真实欲望。卖油郎对花魁的真实欲望究竟是灵魂上的爱，还是仅仅是身体的欲望？创作者借叙述人兼主人公卖油郎之口，对经典故事的高尚意义发出怀疑："不晓得这样的成功有何意义"[⑤]。从历史上的经典人物形象和经典情节所展现出的一直以来为人所熟识的经典意义，到戏仿小说中不无粗鄙的世俗之气，李冯在创作

① 姜广平：《叙述阳光下的苦难——与鬼子对话》，《莽原》2004 年第 5 期。

② 张钧：《迷失中的追寻——李冯访谈录》，《花城》1998 年第 3 期。

③ 李冯：《我作为英雄武松的生活片断》，《花城》1994 年第 5 期。

④ 李冯：《我作为英雄武松的生活片断》，《花城》1994 年第 5 期。

⑤ 李冯：《十六世纪的卖油郎》，《人民文学》1996 年第 5 期。

中创造了种种荒诞，以及由荒诞延伸出的解构和黑色幽默。

凡一平在创作谈《我作为广西作家的幸运》中曾经自述 1996 年前后其艺术上面临的艰难困境。他在小说创作上意图突破以往的桎梏，目的是尝试着创作题材的转向和叙述风格的变迁："1996 年前后，我又一次面临困境……我的创作题材需要转向，叙述风格也需要改变"[①]。历时性地通读凡一平小说之后，笔者发现 1997 年他并无小说发表，1998 年其第一部小说是刊于《青年文学》杂志第 2 期的短篇小说《寿星》。据笔者深入的考察，《寿星》就是其文学行为转向后的发端之作，它明显区别于凡一平以往小说的独特之处是先锋文学的精神内涵：荒诞性。《寿星》叙述的是曾孙子黄格选以给寿星黄天祥做 108 岁大寿为由，领着导演和演员诱导寿星拍广告赚钱，可是黄天祥自始至终一言不发的荒诞故事。最荒诞的是，曾孙子黄格选为了诱导黄天祥给自己赚广告费，让其在大寿之日坐在晒台上，"三伏天寿星身穿两套衣服。只有鞋子只穿一双"[②]。通过一系列荒诞情节的描写，凡一平突出表现了商业化潮流下亲情关系的无比冷漠。如凡一平在创作谈《有谁不是"套中人"》里所说，实际上生活中的事儿远比小说更为荒诞，正是这些荒诞的现实滋养着其创作中的荒诞："生活每天发生的诸多荒唐荒诞的事情，让我的小说创作之树长青。"[③]

从初刊于《三峡文学》1999 年第 5 期的短篇小说《私奔演习》开始，李约热小说中频繁地呈现出荒诞性。《私奔演习》迥异于李约热以往的小说，文本中随处可见带有荒诞性的黑色幽默。"我"是卫虹的情人，向天歌是卫虹的丈夫。可是，"我"始终认为向天歌是"我"和卫虹之间插进来的第三者。因为"我"并不认为先到就是合理的，迟到者并不一定就是第三者。甚至，在"我"看来："男人和女人恋爱，是不能用世俗的时间来计算的"[④]。"我"为了讨另一个女人欢心，给她表演之前是如何断掉肋骨的，不慎又断掉右边肋骨，这样恰好保持身体的平衡。带有荒诞色彩的黑色幽默使文本截然不同于李约热以往的小说，这种现象昭示李约热小说从传统现实主义到先锋小说的转向。

在访谈《林白：世界以它本来的面目运行，我面对它，倾听和凝视》中，以

---

① 凡一平：《我作为广西作家的幸运》，《广西文学》2003 年第 2 期。

② 凡一平：《寿星》，《青年文学》1998 年第 2 期。

③ 凡一平：《有谁不是"套中人"》，《广西文学》2015 年第 10 期。

④ 吴小刚：《私奔演习》，《三峡文学》1999 年第 5 期。

《一个人的战争》为例，林白被问到如何定义自己的创作风格。林白的回答是："还是先锋派作家更准确吧。"[1] 据前文对林白小说先锋叙事模式的考察，20 世纪 90 年代林白小说的确发生了从传统现实主义向"先锋"的转变。这一发现与以上访谈中林白自述相吻合。就林白小说发生"先锋"转向后的先锋精神内涵来说，主要表现在两个方面：一方面是"存在"的虚无；另一方面是女性主义写作。[2]

　　"存在"的虚无在"先锋"转向后的林白小说中随处可见，代表性的作品有短篇小说《我要你为人所知》和《随风闪烁》。《我要你为人所知》中的"你"指的是夭折的胎儿，文本叙述的是"我"在堕胎后对胎儿的怀念与由此引发的对于"存在"的虚无的体悟性哲思。据笔者详细的统计，"虚无"一词在篇幅甚小的《我要你为人所知》中共出现 7 次之多。"我"不知道从来没有出生过会是什么样子，"从虚无到虚无"[3]，胎儿对于"我"就只是时间留下的一道擦痕，究竟该如何感知胎儿曾经真实的存在呢？《随风闪烁》中的"我"是一个没有现实感的人，对现实存在有着深刻的虚无意识。站在空旷的道路旁，心生空茫，突然疑惑这场热闹的真实性和现实性："我觉得这场热闹只是虚幻的存在。"[4] "我"无法证实刚才自己所置身的究竟是现实还是梦境。随着时间的流逝，这房屋、床和檀香都会荡然无存，而"这香也是时间的一种形式"[5]，她也会荡然无存，"我"又该如何感知曾经的存在呢？"我"找不到她，失去有关她的消息，没有她的电话，于是只能遁入虚无："我无法断定那是否真是她，抑或是我的幻觉。"[6]

第三节　个案研究：鬼子小说版本变迁中的主流文化想象与身份重构

　　鬼子曾经在许多访谈和创作谈中都不厌其烦地反反复复地强调过，1996 年对其文学观念的嬗变和文学行为的调整有着举足轻重的意义。更值得关注的

---

[1]　林白：《林白：世界以它本来的面目运行，我面对它，倾听和凝视》，《宣言报》2020 年 7 月 3 日。

[2]　考虑到林白的女性主义写作问题十分复杂，以及论述的需要，笔者将其放置于第五章第二节单独探讨。本节关于林白小说发生"先锋"转向后的先锋精神内涵，只讨论"存在"的虚无。

[3]　林白：《我要你为人所知》，《雨花》1990 年第 5 期。

[4]　林白：《随风闪烁》，《收获》1992 年第 4 期。

[5]　林白：《随风闪烁》，《收获》1992 年第 4 期。

[6]　林白：《随风闪烁》，《收获》1992 年第 4 期。

是，他认为 1996 年才是其真正意义上小说写作的开始："为了这个真正意义上的写作，我在一九九五年，曾用了一年的时间，把当时的中国文坛阅读了一遍，我指的是有关作品，我的目的是为了了解别人都在写什么，在怎么写，有没有我可以突破的位置。"① 他对自己 1996 年之前的小说创作不屑一顾，并多次声称绝不会将它们收录进自己的任何作品集里："但这小说（意指处女作《妈妈和她的衣袖》——引者注）同样没有被我收入过任何的集子。"② "我早就觉得那些小说没什么意思了，所以我都没收到我的作品集里。"③

关于前后两个时期创作之间尖锐的冲突和对立，鬼子有过不无暧昧的说明："我为什么对我的前期作品不屑一顾，就是觉得它们太'广西'了。我 1996 年回过头去写小说的时候，首先咬定的就是不能再写'广西'小说了。我们既然选择了汉语的写作，那么汉语写作的前沿阵地在哪里？我们应该奔那个前沿阵地而去。写作不是高考，你不能渴望少数民族可以加分。"④ 鬼子的说明恰恰表达了其创作与广西地域之间的复杂紧张关系，它暗含着鬼子创作中由广西地域所造成的多重焦虑：广西方言焦虑、广西地域文化焦虑和广西少数民族作家身份焦虑。由于以上多重焦虑都是由广西地域造成的，所以本质上说，鬼子创作中呈现出的就是广西作家身份焦虑。作为广西作家，鬼子多重焦虑的消解的目的，便是奔向汉语写作的前沿阵地，也就是实现"边缘的崛起"。

虽然鬼子反复声称决不会将 1996 年之前的作品收录进任何集子里，但是根据笔者的考察，鬼子在编作品集时，明明将自己早期创作的许多作品都收录进去，包括前文鬼子提及的"同样没有被我收入过任何的集子"的处女作《妈妈和她的衣袖》。其实际的文学行为与创作谈之间就产生了自我矛盾。诸如，将短篇小说《妈妈和她的衣袖》（1984）收录进《〈短篇王〉文丛》，将短篇小说《面条》（1990）收录进《广西当代作家丛书·鬼子卷》和《〈短篇王〉文

---

① 姜广平：《叙述阳光下的苦难——与鬼子对话》，《莽原》2004 年第 5 期。关于鬼子在其他访谈和创作谈中对 1996 年文学观念嬗变和文学行为转折的强调，参阅鬼子：《艰难的行走》，北京：昆仑出版社 2002 年版，第 38 页。胡群慧：《鬼子访谈》，《小说评论》2006 年第 3 期。鬼子：《我喜欢在现实里寻找疼痛——鬼子答记者问》，银建军、钟纪新主编：《文字深处的图腾——走进仫佬族作家》，南宁：广西人民出版社 2009 年版，第 102 页。

② 鬼子：《艰难的行走》，北京：昆仑出版社 2002 年版，第 10 页。

③ 胡群慧：《鬼子访谈》，《小说评论》2006 年第 3 期。

④ 胡群慧：《鬼子访谈》，《小说评论》2006 年第 3 期。

丛》，将短篇小说《古弄》（1990）收录进《〈短篇王〉文丛》，将短篇小说《有那么一个黄昏》（1991）收录进《〈短篇王〉文丛》，将短篇小说《杀人犯木头》收录进《〈短篇王〉文丛》，将中篇小说《叙述传说》收录进《中国小说 50 强》。此外，短篇小说《古弄》（1990）被再刊于《莽原》2004 年第 5 期，中篇小说《家墓》（1991）被再刊于《小说家》杂志 1998 年第 5 期并收录于《广西当代作家丛书·鬼子卷》。① 不过值得注意的是，这些作品并不是以原貌被收录进作品集，而是小说名和小说内容基本上经过了鬼子精细的删改。因为删改的幅度比较大，尤其是很多小说名发生变化，所以学界尚未发现鬼子这一隐秘的文学行为。我们可以想见的是，鬼子在 1996 年文学观念嬗变和文学行为转折的作用之下，其早期作品经历了版本流变。经历版本流变之后的早期作品，便不再为鬼子"不屑一顾"，不再"太'广西'"，终于奔向汉语写作的前沿阵地，也不再以少数民族的文学形态呈现。换句话说，通过版本的删改，鬼子隐秘地完成了作为广西作家的多重身份焦虑的消解，由汉语写作的边缘地带走向了中心。

那么，1996 年，鬼子如何理解和想象汉语写作的前沿阵地？面对汉语写作的前沿阵地，广西这一地域为何会给鬼子造成多重身份焦虑？鬼子消解多重身份焦虑的路径又是什么？为了奔赴汉语写作的前沿阵地，鬼子的文学观念和文学行为选择究竟发生了怎样的变化？鬼子的文学创作与广西地域之间构成了怎样的复杂紧张关系？以上是本节试图探讨的一些问题。

笔者将前文所论及的鬼子小说初刊本与作品集所收录的版本做了详细的版

---

① 廖润柏：《妈妈和她的衣袖》，《青春》1984 年第 9 期。廖润柏：《面条》，《三月三》1990 年第 3 期。鬼子：《古弄》，《收获》1990 年第 6 期。鬼子：《有那么一个黄昏》，《作家》1991 年第 12 期。鬼子：《杀人犯木头》，《三月三》1994 年第 4 期。鬼子：《叙述传说》，《大家》1995 年第 1 期。鬼子：《家墓》，《漓江》1991 年冬季号。鬼子：《你猜她说了什么》，孟繁华主编：《〈短篇王〉文丛》，北京：中国文联出版社 2003 年版。鬼子：《广西当代作家丛书·鬼子卷》，《广西当代作家丛书》编委会主编：《广西当代作家丛书》，桂林：漓江出版社 2002 年版。鬼子：《被雨淋湿的河》，林白等著：《中国小说 50 强》，长春：时代文艺出版社 2001 年版。鬼子在发表《古弄》时始用笔名"鬼子"，之前使用本名廖润柏。

本校对，发现鬼子主要是将文学的语言载体广西方言改为中原官话[①]，同时将小说中的广西地域文化书写悉数删改。其实，早期作品版本流变的文学行为就是鬼子在创作上"逃离广西"的心路历程，这恰好契合鬼子对其本人以及"文学桂军"整体的文学行为选择的看法："广西作家的成功，同样是选择的成功。或者说，是改变了观念的成功，首先，我们不再是坚守在'继承广西文学传统'和'立足于广西'这样的观念上，而是选择了逃离（至少我本人是选择了逃离）广西原有的文学轨道，选择了与全国作家同时奔跑在一条跑道上。"[②]

（一）语言载体：从广西方言到中原官话

作为广西的少数民族作家，语言的选择在鬼子的创作上具有十分重要的意义，他在以往的许多创作谈和访谈中都明确地论及文学的语言问题。语言问题在鬼子的自我表述中颇为复杂，牵涉到少数民族文学、少数民族作家、汉语写作和汉语作家，以及少数民族语言与汉语之间的关系等一系列问题。这些在他的创作谈《艰难的行走》中的"创作与生活"部分和访谈《我喜欢在现实里寻找疼痛——鬼子答记者问》以及《鬼子访谈》中都有丰富的表述。根据笔者的考察，鬼子 1996 年之前作品的版本流变历程中的重要一环，就是将其早期创作中的广西方言，亦即土语，改为汉语，亦即官话。鬼子在自述中一直把广西方言称为土语："用的却几乎都是我们的土语"[③]，把主流的通行的文学语言称为官话："那所谓的官话就是我一直苦苦向往的汉语。"[④]

《妈妈和她的衣袖》是鬼子的处女作，文本中尚处于原初状态的广西方言土语俯拾皆是。但是，当鬼子将它收录进《〈短篇王〉文丛》时，所有的方言土语都被他有意识地改为标准的官话。《〈短篇王〉文丛》与初刊本相比较而言，先前的广西方言土语"几多岁""屙了蛋""灌土狗""对个象""一骗，骗

---

① 鬼子很少称主流语言为普通话，而是多称其为官话和汉话。参阅鬼子：《艰难的行走》，北京：昆仑出版社 2002 年版，第 12 页。"中原"一词有着多重意涵，根据本节的语境，笔者取其广义上的意义："中国""中心"等。"中原官话"一词，一方面契合鬼子对于语言的自我意识，另一方面可以反映出语言背后所潜藏着的权力结构问题。所以，这里将鬼子小说版本变迁后所使用的主流语言称为"中原官话"。

② 鬼子：《我喜欢在现实里寻找疼痛——鬼子答记者问》，银建军、钟纪新主编：《文字深处的图腾——走进仫佬族作家》，南宁：广西人民出版社 2009 年版，第 104 页。

③ 鬼子：《艰难的行走》，北京：昆仑出版社 2002 年版，第 14 页。

④ 鬼子：《艰难的行走》，北京：昆仑出版社 2002 年版，第 12 页。

了过去""死钉住脚""喜泪"变为中原官话"多少岁""下了蛋""灌蟋蟀""找了一个对象""让过了""死死地站住""高兴的泪水"①。此外，多处方言拟声词与方言语气词以及其他方言土语被删掉，诸如"'啾噜'一声""啵""吔""寡蛋""酸坛""气杀杀的"②。

《古崀》被《〈短篇王〉文丛》收录，同时在《莽原》再刊。《〈短篇王〉文丛》和《莽原》这两个版本完全相同，不过它们较之初刊本，有明显删改。考虑到《〈短篇王〉文丛》和《莽原》版本一致，《〈短篇王〉文丛》又是作品集，以及《〈短篇王〉文丛》出版时间比《莽原》早，所以笔者选取《〈短篇王〉文丛》作为校对的版本。《莽原》版本将《古崀》改为《古弄》，目录上注明《古弄》是鬼子的早期作品："《古弄》（早期作品）"，这与鬼子在创作谈和访谈中反复强调的绝不把早期作品收入任何集子的说法自相矛盾。这里的自相矛盾更说明鬼子小说版本流变中所暗藏的隐秘问题。初刊本上小说名为《古崀》，《〈短篇王〉文丛》将其改为《古弄》。"崀"字读 long（去声），释意为："石山间的小片平地。[壮]"③先前的"一只手顿出去抓""木木地""硬尸""就顶了别人当兵去我的。""好耍""扯瘾""封黑""下了裤""捡得""跺了出来""天花吃过的影子""不怎么下得地""没死得着她""山崀""死喉地哭"变为"伸手要把它抓住""木然地""挺尸""就顶替别人当兵去了。""好玩""盖上""脱了裤子""捡到""丢了出来""遭过天花的影子""不能下地""死不着她""山弄""死命地哭"④。"光板板的""扯瘾"和方言语气词"吔"被删除。⑤

《家墓》再刊于《小说家》，并被《广西当代作家丛书·鬼子卷》收录，《小说家》与《广西当代作家丛书·鬼子卷》版本完全相同。出于与《古崀》版本选择相同的原因，笔者选择《广西当代作家丛书·鬼子卷》作为校对版本。从《家

---

① 廖润柏：《妈妈和她的衣袖》，《青春》1984 年第 9 期。鬼子：《你猜她说了什么》，孟繁华主编：《〈短篇王〉文丛》，北京：中国文联出版社 2003 年版。

② 廖润柏：《妈妈和她的衣袖》，《青春》1984 年第 9 期。其中，文本中所有方言语气词"啵""吔"均被鬼子删除。

③ 中国社会科学院语言研究所词典编辑室编：《现代汉语词典》，北京：商务印书馆 2012 年版，第839 页。

④ 鬼子：《古崀》，《收获》1990 年第 6 期。鬼子：《你猜她说了什么》，孟繁华主编：《〈短篇王〉文丛》，北京：中国文联出版社 2003 年版。

⑤ 鬼子：《古崀》，《收获》1990 年第 6 期。

墓》初刊本到《广西当代作家丛书·鬼子卷》，《家墓》更名为《罪犯》，广西方言土语"走了一眼""长得鲜""烂底""响天""干烧""横直""走了一眼""心里一直有东西咬着似的""框留""那根裤子""一小竹箪""他找我父亲问帮他点钱""挂打""望着我一丝也不肯放眼"变为中原官话"扫了一眼""长得迷人""穿洞""大哭了起来""发烧""反正""望了望""心里却像得了病一样难受""站在""一条裤子""一个小布袋""他找我父亲给他借钱""挂""眼睛眨都不眨"①。方言语气词"吔"，与"眼水"（意指"眼光""眼力"——引者注）"那树苑苑般勾收的身上""歇汗"均被删除。②

《有那么一个黄昏》是鬼子 1991 年的短篇小说，被《〈短篇王〉文丛》收录时更名为《黄昏，我撒了一泡冷尿》。经历过版本的流变，早期作品中的广西方言土语"今晚夜""打出声音来""蛇咬得心中失血""电筒光依旧傻傻地晒在""今夜黑"被改为"今晚上""说""心里最难受""电筒光依旧傻傻地照在""今夜里"③，所有的方言语气词"唔"均被改为"噢"④。

（二）地域表征：文化风物的呈现与消解

1996 年之前，鬼子的早期作品中存在着形形色色的广西地域文化书写。它们在文本中呈现为一系列具有广西地域特征的文化意象。这些文化意象，不仅仅是鬼子小说创作上的叙事内容，即"写什么"，而且是鬼子小说作为广西地域文学的身份确认，同时也是鬼子作为广西作家的身份确认。可是，经过 1996 年文学观念的嬗变与文学行为的调整，我们发现，版本流变后的鬼子早期作品中的广西地域文化书写都被删改得几乎不留一丝痕迹。版本流变的过程，也就是鬼子小说中广西地域文化消解的历程。如果将广西地域文化在文本中的呈现具象为文化意象，那么它们大致可以分为自然文化景观和人文文化，前者表现为广西的地理空间和自然风物，后者表现为广西的民间俗语以及"百越之地"

---

① 鬼子：《家墓》，《漓江》1991 年冬季号。鬼子：《罪犯》，《小说家》1998 年第 5 期。

② 鬼子：《家墓》，《漓江》1991 年冬季号。

③ 鬼子：《有那么一个黄昏》，《作家》1991 年第 12 期。鬼子：《你猜她说了什么》，孟繁华主编：《〈短篇王〉文丛》，北京：中国文联出版社 2003 年版。

④ 参阅鬼子：《有那么一个黄昏》，《作家》1991 年第 12 期。鬼子：《你猜她说了什么》，孟繁华主编：《〈短篇王〉文丛》，北京：中国文联出版社 2003 年版，第 350 页。

的民间巫鬼文化。①

鬼子的早期作品并不是特别多。据笔者的考察，其中存在大量的广西地域文化书写的作品有四部，它们是《妈妈和她的衣袖》《面条》《家墓》《有那么一个黄昏》。

《妈妈和她的衣袖》中的广西民间俗语一共出现三次，它们分别是："你是怕人家拿他喝茶？""你家屋后那苦楝树上的喜鹊，是勤是懒，你都不知道吗？""山上的红薯任由野猪看，窖里的红薯是主人管的。"②《〈短篇王〉文丛》版本已经将它们悉数删除。初刊本中所有的具有广西地方特征的自然风物再版时同样被删改，诸如鬼子将"风撕的芭蕉叶"改为"眼看就烂掉了"，将"篓里"改为"家里"③。除此以外，鬼子还将能表现其生存环境的地理空间进行有意识的删改：把"在我们这山里。"删掉④，把"我们山里人"中的"我们"删掉变为"山里人"⑤。

鬼子将《面条》更名为《九月十三日》，并将其先后收录于《广西当代作家丛书·鬼子卷》和《〈短篇王〉文丛》，《广西当代作家丛书·鬼子卷》和《〈短篇王〉文丛》的版本完全一致。尽管《面条》的篇幅十分短，原刊仅不足三页，但是鬼子仍然在新版本中对其做了大量的删改。最引人注目的是，他将初刊本中作为叙事空间的广西"柳州"改为"北京"。据笔者统计，"柳州"在原刊中共出现18处，在新版本中悉数被修改为"北京"。此外，《面条》里出生于"柳州"的插队知识青年"柳生"也被修改为出生于"瓦城"的"瓦生"。"柳生"在原刊中共出现10处，在新版本中悉数被修改为"瓦生"。原刊里"柳生是柳州市

---

① 需要指出的是，方言土语与广西地域文化之间关系密切，方言土语甚至可以被归为广西地域文化的一个构成部分，但是由于语言问题在鬼子小说创作中的重要性非常突出，所以笔者将语言问题放在本节第一部分独立论述。

② 廖润柏：《妈妈和她的衣袖》，《青春》1984年第9期。

③ 参阅廖润柏：《妈妈和她的衣袖》，《青春》1984年第9期。鬼子：《你猜她说了什么》，孟繁华主编：《〈短篇王〉文丛》，北京：中国文联出版社2003年版，第182页。

④ 廖润柏：《妈妈和她的衣袖》，《青春》1984年第9期。

⑤ 参阅廖润柏：《妈妈和她的衣袖》，《青春》1984年第9期。鬼子：《你猜她说了什么》，孟繁华主编：《〈短篇王〉文丛》，北京：中国文联出版社2003年版，第182页。

人"①，在版本流变后变为"瓦生是瓦城人"②。

自古以来，南方重巫鬼，"百越之地"尤盛，鬼子的《家墓》中就有大篇幅的巫鬼文化书写。《家墓》有5段对令人恐惧的鬼屋的描写。鬼屋先前居住着一家来自外乡的流浪人，后来他们一家全部莫名其妙地死掉，只剩下几堵泥墙牢牢地立在那里。人们都说那鬼屋怪，说它是一个野鬼出没的地方。《家墓》另有7段关于铸杉木棺材冲喜治病的风俗描写。父亲久病不愈，便使出最后这一招，请木匠用上好的一两筒杉树铸造棺材，以冲喜。胡子老木匠紧紧抿着嘴，一声不吭，紧紧盯着那块做棺头的木板，用心刻着寿字。然后端着做棺头的木板到卧病的父亲的床前，让父亲久久地摸着。第三天早上，父亲奇迹般痊愈，嘱咐我买来一笼鞭炮放在寿棺里炸响。这引来村里老人孩子的围观，几乎所有老汉都买来相同的鞭炮炸响，目的是冲喜。无论是关于鬼屋的描写，还是铸造棺材冲喜的带有巫鬼性质的地方风俗的描写，在更名为《罪犯》于《漓江》杂志再刊时均被鬼子删除得毫无痕迹。

根据笔者详细的统计，《有那么一个黄昏》初刊本中原来共有5处带有地方性特征的地理空间，分别为"云雾山""云雾山水库""上云雾山""上云雾山""丘小岭"③。云雾山又名拉摩山，壮语，与鬼子家乡广西河池交界。《〈短篇王〉文丛》将有关云雾山的所有地理空间均删改为"山"或"水库"，将"丘小岭"删改为"一丘一岭"④。于是，我们看到，凡是带有广西地方性地理特征的地理空间都从具象走向了同质性。有意味的是，《黄昏，我撒了一泡冷尿》为《有那么一个黄昏》添加了近两页结尾，从而将文本中有关鬼的故事进行了解构。所以，《〈短篇王〉文丛》版本与初刊本相比较来说，在广西地域性方面受到了鬼子有意识的竭尽所能的削弱。

（三）主流认同：地域身份与民族性意识

正如笔者在前文所论及的鬼子在与姜广平的访谈《叙述阳光下的苦难——

---

① 廖润柏：《面条》，《三月三》1990年第3期。

② 鬼子：《你猜她说了什么》，孟繁华主编：《〈短篇王〉文丛》，北京：中国文联出版社2003年版，第127页。

③ 鬼子：《有那么一个黄昏》，《作家》1991年第12月。

④ 参阅鬼子：《你猜她说了什么》，孟繁华主编：《〈短篇王〉文丛》，北京：中国文联出版社2003年版，第350、351、354、359、362页。

与鬼子对话》中所说，他在 1995 年曾用一年时间阅读中国文坛，目的是了解别人都在写什么，在怎么写，以找到自己可以突破的位置。鬼子对自己在 1995 年文学行为的自述，恰恰意含着两方面的重要旨趣：一方面是，鬼子的文学视野由广西延伸到了中国，也就是从广西文学场域延伸到了中国文学场域；另一方面是，他试图通过对自己早期小说的叙事内容和叙事形式的调整，寻求在中国文学场域里找到自己合适的位置。①

通过对鬼子小说版本流变的考察和文本细读，我们可以发现，鬼子文学行为选择的变化，尤其是叙事内容的调整，其实就发生于广西文学场域与中国文学场域遭遇、碰撞和博弈之后。不同的文学场域之间的博弈，不仅仅从鬼子与姜广平的访谈中可以窥探出端倪，还暗含在鬼子小说里广西文学地理的变迁中。鬼子将《面条》初刊本中所有的"柳州"修改为"北京"，同时将出生于柳州的"柳生"都修改为出生于瓦城的"瓦生"。从"柳州"到"北京"的修改，正表明鬼子的文学世界发生了场域的位移，试图从边缘走向中心。更值得关注的是，因为鬼子在创作的初步阶段只置身于广西文学场域，所以其早期作品中叙事的地理空间都有现实中的广西地理指称。但是，随着鬼子所置身的文学场域的位移，他迅即虚构"瓦城""瓦村""瓦城日报""瓦城宾馆"等同质性的"瓦"系列地理空间代替小说中所有的广西文学地理。比如，经历过文学行为选择之后，1996 年鬼子的首部作品短篇小说《男人鲁风》就第一次出现了"瓦城"，从而潜在地将"广西"悬置起来。

不同文学场域之间的博弈微妙而复杂，"一个场域由附着于某种权力（或资本）形式的各种位置间的一系列客观历史关系所构成，而惯习则由'积淀'于个人身体内的一系列历史的关系所构成，其形式是知觉、评判和行动的各种身心图式"②。而远离中心的"广西"附着于鬼子及其创作身上的自然是带有边缘性的弱势的权力形式，所以广西社会历史的客观结构和鬼子的主观结构之间构

---

① 对 20 世纪 90 年代鬼子小说叙事模式的转向的考察，参阅本章第二节。本节只探讨鬼子小说的叙事内容的选择和调整。需要说明的是，语言有着多重内涵，既属于文学内容，又属于文学形式。考虑到论述的需要，本书将语言作为文学内容来考察，即一种重要的地域文化。

② ［法］布迪厄、［美］华康德：《实践与反思：反思社会学导引》，李猛、李康译，北京：中央编译出版社 1998 年版，第 17 页。

成了双向生成过程："社会结构和认知结构具有结构性的关联，并彼此强化。"①
于是我们不难窥见，广西文学场域与中国文学场域的遭遇、碰撞和博弈，使鬼
子产生了深重的文学焦虑，以及由此而生发出的深重的文化焦虑，尤其是语言
焦虑。

迄今为止，鬼子的创作谈和访谈都不多，但他在为数不多的创作谈和访谈
中都毫无例外地大篇幅地反复强调汉语选择在其写作上的重要意义，比如《艰
难的行走》《叙述阳光下的苦难——与鬼子的对话》《鬼子访谈》和《我喜欢在
现实里寻找疼痛——鬼子答记者问》。纵观这些关于汉语选择问题的史料，它
们的意义主要表现在两个方面：一是鬼子回忆自己青少年时期一直以来对于汉
语、汉话或官话的热切渴望，因不会说官话而遭受的嘲笑，以及官话对其造
成的永远挥之不去的"语言的恐惧"："那样的经历，直到现在我还感到异常的
惊恐。"② 所以，他自幼便充满了对官话的渴望，目的是与外界沟通，以逃离地
域："对我来说，对汉语的渴望是为了沟通，为了逃离，为了生存，最早的愿望
绝不是为了创作"③"它让我意识到一个严重的问题：如果想走出那片土地……
我们必须掌握他们的汉语，这世界是属于汉语的世界，不是我们那种语言的世
界！"④ 二是鬼子阐述了自己基于文化考量而选择汉语作为写作语言的原因。不
同于北京、湖南、湖北等主流文化区，广西文化属于边缘文化，所以广西作家
不能进行方言写作。姜广平向鬼子提出方言写作的建议："我觉得如果搞一点非
普通话的努力，可能从审美上讲会更好些。"鬼子答道："我不会接受你的建议。
如果我是一个北方作家，也许我可以努力，因为我就是打一个喷嚏，那也是正
宗的北京语音；如果我是一个湖南或者湖北作家，我也还是可以努力，他们的
任何努力都有可能引起大家的关注；但一个广西的作家，他就得万分的谨慎了，
尤其是在成名之前，否则孤独会永远陪伴着他。"⑤

语言本身就是文化的一个核心构成部分。通过对鬼子小说版本流变的考

---

① ［法］布迪厄、［美］华康德：《实践与反思：反思社会学导引》，李猛、李康译，北京：中央编译
出版社 1998 年版，第 14 页。

② 鬼子：《艰难的行走》，北京：昆仑出版社 2002 年版，第 13—14 页。

③ 鬼子：《艰难的行走》，北京：昆仑出版社 2002 年版，第 16 页。

④ 鬼子：《艰难的行走》，北京：昆仑出版社 2002 年版，第 13 页。

⑤ 姜广平：《叙述阳光下的苦难——与鬼子对话》，《莽原》2004 年第 5 期。

察，我们发现他不仅有着深重的语言焦虑，还有着深重的更广泛意义上的广西文化焦虑。这一点从他对早期作品中广西地域文化的删改可以窥探出来，广西文化焦虑同样是鬼子基于广西文化的边缘性所做出的考量："我觉得有些地方的作家是可以永远立足本地的，比如陕西，比如山东，还比如湖南湖北等地，因为我们所享用的古老文化，基本上就是他们的东西，他们怎么'立足'都在主流里，都会被人所接受或愿意接受。广西则不然。"①

其实，无论是对广西方言的逃离，还是对更广泛的广西地域文化的逃离，它们在本质上都反映出鬼子对广西少数民族作家身份的自我拒斥："因为我的创作使用的是汉语，那么，我就是中国的汉语作家，而不是什么少数民族文学的作家。"② 正如伽亚特里·斯皮瓦克（Gayatri Spivak）在《翻译的政治》里所言明的："写作论说文章时，一个绕过自己'身份'限制的办法就是拿别人的题目做功夫，就像运用一种属于众人的语言一样。"③ 而一切都是由广西地域造成的。当胡群慧针对鬼子在《艰难的行走》里自述的对官话的恐惧提出疑问："我可以把这种对语言的恐惧看作不仅是针对语言的，更是由于语言性障碍的存在，缺乏进入汉文化的中介，所引发的对被边缘化境遇的一种认识吗？"鬼子的回答是："可以这么说。这是一种地域的缺陷。"④ 所以，鬼子对汉语写作的前沿阵地的理解，就是"逃离广西"：割裂与广西的一切关系，尤其是放弃作为广西地域文化重要构成要素的方言："甚至想走到最前沿阵地上去，你就必须掌握汉语"⑤。

通过对鬼子小说版本流变的考察，我们发觉，鬼子文学行为的变化主要表现在地域文化层面激进地"逃离广西"，目的是消解广西少数民族作家及其文学的身份认同焦虑，从而奔赴他所理解和想象的汉语写作的前沿阵地或主流：用官话书写主流文化。这一研究发现对于我们深入地认识广西文学和广西文化都有着重要的学术意义。

---

① 鬼子：《我喜欢在现实里寻找疼痛——鬼子答记者问》，银建军、钟纪新主编：《文字深处的图腾——走进仫佬族作家》，南宁：广西人民出版社 2009 年版，第 104 页。

② 鬼子：《我喜欢在现实里寻找疼痛——鬼子答记者问》，银建军、钟纪新主编：《文字深处的图腾——走进仫佬族作家》，南宁：广西人民出版社 2009 年版，第 105 页。

③ 伽亚特里·斯皮瓦克：《翻译的政治》，许宝强、袁伟选编：《语言与翻译的政治》，许兆麟、陈顺馨译，北京：中央编译出版社，2000 年版，第 278 页。

④ 胡群慧：《鬼子访谈》，《小说评论》2006 年第 3 期。

⑤ 姜广平：《叙述阳光下的苦难——与鬼子对话》，《莽原》2004 年第 5 期。

这些年来，我的小说基本上是围绕我的家乡来写，但是写到一定的时候也希望像小时候那样千方百计逃离家乡，在我的文学世界不要留下太多的家乡痕迹。刚开始的时候拼命回到故乡，从故乡寻找资源、寻找记忆，但到一定的时候可能就想逃离那里，去另一个更广阔的世界开拓自己的空间。当然，人老了，最终还是要回归家乡的。

——朱山坡《2018 年"重返故乡"主题创作研讨会》

我一直以为我的小说是以广州为根据地……然而，写着写着，我发现自己笔下的广州跟我每天所呼吸到的广州气息并不那么吻合，小说里的广州更多的是过去的广州，无论风物特点、人物气质都与当下难以对应……那个借由广州地名呈现在小说里的，无非是我记忆中的梧州，是潜意识里通过小说返回故乡的种种途径。

——黄咏梅《故乡：默认的连接》

第四章

地域多元：
"逃离"的式微与艰难的"重返"

从文学历史的本然来看，"文学桂军"文学行为的选择和调整，无疑是在特殊的场域中诸多关联要素交相作用的结果。再从文学演进的时间维度上观照，20 世纪 80 年代初至 20 世纪 90 年代初，还处于发生阶段的"文学桂军"尚置身于广西文学场域，其文学行为多是无意识状态下运用传统现实主义叙事模式书写广西地域文化。20 世纪 90 年代初，"文学桂军"已取得一定的文学积累，又经历了 1989 年的"广西文坛三思录"和"振兴广西文艺大讨论"等涉及广西文学传统自我批判和地域文化自我批判的论争，愈来愈意识到自身在中国文学场域中的边缘性处境，于是在深重的边缘性焦虑作用下，试图通过在文学行为上的"逃离地域"，以从"边缘"走向"中心"。据笔者深入的考察，"文学桂军"作为一个整体，其"逃离地域"的文学行为一直持续到 21 世纪初。也就是说，21 世纪初"文学桂军"整体性的"逃离地域"的文学行为式微，而呈现出艰难的"重返"的行为指向。

21 世纪初至今，"文学桂军"在文学行为上呈现出的复杂的行为指向主要表现为四类。第一类是，20 世纪 90 年代在文学行为上毅然决然地"逃离地域"的"文学桂军"的部分成员，21 世纪初至今仍然延续了"逃离地域"的惯性[①]；第二类是，近年来在陈思和的"民间"理论的影响下，部分成员逐渐在访谈和创作谈中表现出对广西地域文化的再认同倾向，但就目前来说，他们在小说创作上对广西地域性的呈现还处于被呼唤状态；第三类是，部分成员在文学世界里有意识地重建广西的地域文化，如凡一平的上岭村，李约热的野马镇、野马乡和野马河，陶丽群的莫纳与壮乡文化；第四类是，部分成员在创作中有意识地沟通粤桂湘文化，如光盘小说中漓江和湘江边界地带的文化形态，黄咏梅"从

---

① 这一时期鬼子、东西和李冯在创作上"逃离地域"的文学行为，只是延续了 20 世纪 90 年代"逃离地域"的惯性，并无实质性变化。所以，笔者不再对其多做探讨。

鸳鸯江到珠江"的岭南都市文学和朱山坡徘徊在粤桂边城的"新南方写作"。①

若具体到作家个体的文学生命历程，我们会发现作家个体的文学行为更丰富复杂。比如，凡一平和李约热在 20 世纪 90 年代经历了"逃离地域"的文学行为后，21 世纪初在艺术世界里"重返地域"；21 世纪步入文坛的黄咏梅和朱山坡，在经历短暂的"逃离地域"的文学行为后，又开始再认同广西地域文化，但同时又策略性地融入了粤文化，等等。

所以，从整体上来观照的话，21 世纪初"文学桂军"在文学行为上逃离地域的指向趋于式微，而表现出艰难的"重返"的现象。所以，笔者一方面从总体上观照 21 世纪初"文学桂军"的文学行为指向，另一方面又必须深入到作家个体文学生命的心路历程中，考察并还原其丰富复杂的文学行为。

第一节　地域引导："民间"理论的逾渗与创作实践

受到巴赫金解读拉伯雷时代的"民间狂欢"理论的启发 ②，1994 年，陈思和通过两篇文章向学界和文坛提出"民间"理论，它们分别是《民间的沉浮——对抗战到"文革"文学史的一个尝试性解释》和《民间的还原——"文革"后文学史某种走向的解释》。陈思和在这两篇文章中对"民间"理论都做了明晰的阐释。《民间的沉浮——对抗战到"文革"文学史的一个尝试性解释》提出"民间"是一个多层次多维度的概念，它具备以下三种特点：第一，它是在国家意识形态控制相对薄弱的边缘空间里产生的，故保存了活泼自由的形式，能真实地表现民间生活的面貌和下层人民的情绪，但在一定限度内也体现出权力意志。第二，它基本的审美风格是自由自在。"民间"的自由自在意味着人类原始生命

---

① 进入 21 世纪后，"文学桂军"在创作中所运用的叙事模式已不再具有整体性特征，往往传统现实主义和先锋叙述同时被频繁使用。此外，时代语境发生变化，正如朱山坡在创作谈中所说，此时"先锋"已成为一种常态，甚至被认为过气："'先锋'也被视为过气。"参阅朱山坡：《烟波浩渺的湖泊——关于小说集〈十三个父亲〉》，南京：江苏凤凰文艺出版社 2019 年版，第 55 页。所以说，"先锋"无论是作为一种叙事模式，还是作为一种叙事精神，都很难再像 20 世纪八九十年代那样被"文学桂军"视为文坛的前沿，更何况 21 世纪"文学桂军"的先锋文学行为较之 20 世纪90 年代并无明显新质。考虑到以上诸多方面，故笔者不再对 21 世纪"文学桂军"的叙事模式做进一步分析，更多探讨的是作家及其创作与广西地域文化之间复杂而紧张的关系。

② 参阅陈思和：《文本细读的几个前提》，《南方文坛》2016 年第 2 期。

力不受任何道德说教的规范，甚至无法被进步、文明、美等抽象概念涵盖。第三，封建的糟粕和民主的精华互相交杂，构成其藏污纳垢的形态。①《民间的还原——"文革"后文学史某种走向的解释》明确了"民间"概念的本土性。"民间"纯粹是中国土地上土生土长的文化现象，与西方任何有关或相近的理论都无关。该文提出中国当代文学里的"民间"概念，意含着两层意思：第一，作为一种文学创作视界，它根据民间活泼自在的向度去观察生活，即来自本土的村落文化与来自现代经济社会的世俗文化的方式；第二，作家站在知识分子的立场上以尊重的平等对话姿态，表现民间自在的生活和审美。②

从概念释义中的"文学创作视界"来看，陈思和所提出的"民间"并不仅仅是学术层面的理论概念，它对于作家的创作来说，有着极强的实践性和引导性意义，对于中国文坛的影响可谓较为深远。因广西地处偏远，契合"民间"概念所指称的边缘空间，所以一直以来受到陈思和的格外关注。据笔者的考察，陈思和的评论、访谈、主编的刊物和组织的学术研讨会等影响了广西作家的"民间"理论实践，从而"民间"作为一种文学创作视界逾渗进广西文学。

（一）接受期待：《上海文学》和"广西作家与当代文学"

从整体上来说，陈思和的"民间"理论影响了"文学桂军"的创作实践，主要体现在两个方面：一是 2003 年至 2006 年陈思和主编《上海文学》杂志期间③，开设"自由谈""月月小说"和"广西青年作家专号"等栏目，以"民间的立场"跟广西作家进行访谈并向其约稿，从而影响广西作家在文学创作中将"民间"理论付诸实践；二是 2018 年 7 月，约请广西作家远赴上海参加"广西作家与当代文学"学术研讨会，同样以"民间"理论影响广西作家的创作，尤其是试图促使广西作家展开广西的方言土语写作。在整体性地对广西作家的创作进行影响之外，还通过在评论文章里对个别作家作品中民间立场的肯定，从而达到引导作家进行民间叙事的目的，如与林白长篇小说《致一九七五》同刊于《西部·华语文学》杂志 2007 年第 10 期的《"后"革命时期的精神漫游——略谈林白的两

---

① 参阅陈思和：《民间的沉浮——对抗战到"文革"文学史的一个尝试性解释》，《上海文学》1994 年第 1 期。

② 参阅陈思和：《民间的还原——"文革"后文学史某种走向的解释》，《文艺争鸣》1994 年第 1 期。

③ "陈思和：我在 2003 年至 2006 年主编《上海文学》杂志。"参阅陈思和：《我不想做一个什么都去批评的人》，《长江商报》2014 年 11 月 28 日。

部长篇小说新作》对《致一九七五》中民间叙事的肯定。笔者将以具体的史料还原广西文学和"民间"理论批评对话的历史语境，对上述史实进行详细的考辨。

陈思和的评论文章《愿微光照耀她心中的黑夜——读林白的两篇小说》详细地记录了在一场访谈中运用"民间"理论引导林白创作的史实。主编《上海文学》杂志期间，他曾主动向林白约稿，林白寄了两篇稿子到上海，分别是短篇小说《去往银角》和《十二月》。但过了几个月，林白远赴上海与他展开了一场对谈，离沪后她新写了短篇小说《红艳见闻录》替换下了《十二月》："与我做了一个对话……回去后没有几天就寄来一个新写的短篇，那就是《红色见闻录》……替下了《十二月》。"① 陈思和明确意识到林白创作上向"民间"的转向："由于作家的变化是在她有了真正关注民间的立场才发生的"②，并用"民间"的特征之一，即"藏污纳垢性"，肯定了林白创作中的特质："她笔下的藏污纳垢的民间大地"③。他还根据"番薯"将"民间"转向后的林白小说与广西地方性联系起来，因为番薯是广西老百姓少年时代的生存记忆。

促使林白的创作发生"民间"转向的那场对话，指的是2004年2月19日发生于《上海文学》编辑部的对话。④ 据笔者详细的统计，《〈万物花开〉闲聊录》中"民间"一词共出现55次，而"民间"的首次出现便是陈思和主动将其引导到这场对话里的："在民间找到了。"⑤ 陈思和在这场对谈中运用"民间"理论影响林白创作的意图十分复杂，主要可以分为两方面来观照：一方面是文学创作上采用老百姓所说的民间的方言土语；另一方面是以平等的姿态倾听老百姓阐述民间的世界，而不是以知识分子的姿态去理解一个想象出的民间世界。他认为，创作者与民间之间的密切联系，最初就体现在其所使用的语言上："一个作家对民间的关系，首先就是从语言上来认可的。"⑥ 一般来说，城里人不愿意农村保姆多说话，而站在民间的立场的作家会愿意多倾听其口中叙述出来的原始的民间世界。此外，陈思和在《〈万物花开〉闲聊录》这场对话里还向林白深入

① 陈思和:《愿微光照耀她心中的黑夜——读林白的两篇小说》,《上海文学》2004年第6期。
② 陈思和:《愿微光照耀她心中的黑夜——读林白的两篇小说》,《上海文学》2004年第6期。
③ 陈思和:《愿微光照耀她心中的黑夜——读林白的两篇小说》,《上海文学》2004年第6期。
④ 《〈万物花开〉闲聊录》记录了这场对话的具体时间和地点。参阅林白、陈思和:《〈万物花开〉闲聊录》,《上海文学》2004年第9期。
⑤ 林白、陈思和:《〈万物花开〉闲聊录》,《上海文学》2004年第9期。
⑥ 林白、陈思和:《〈万物花开〉闲聊录》,《上海文学》2004年第9期。

地阐释"民间"理论的意义，比如将民间放置于中国历史的变迁中讨论民间与国家意识形态之间的复杂关系，但其对"民间"概念的阐述总体上并没有超出笔者于前文分析过的《民间的沉浮——对抗战到"文革"文学史的一个尝试性解释》和《民间的还原——"文革"后文学史某种走向的解释》对"民间"的释义。

于是，我们看到，这场对话之后，《红艳见闻录》作为林白小说"民间"转向的发端之作，与《去往银角》一起初刊于《上海文学》杂志2004年第6期。[①]《去往银角》和《红艳见闻录》后面配有陈思和的评论文章《愿微光照耀她心中的黑夜——读林白的两篇小说》，它即时地肯定了林白文学行为上的"民间"转向。其实，陈思和主编《上海文学》杂志期间，对"民间"理论一直多有推崇[②]，尤其是对作为"民间的立场"特质之一的方言土语写作。关于方言土语写作，《上海文学》杂志上曾刊出过林白与上海评论家的通信。林白在通信《风而欠锋　雅而欠刃》里说，读了张新颖的《行将失传的方言》后[③]，同样在思考南方作家的方言土语写作问题。从中我们可以体会到《上海文学》杂志上"民间"理论对林白创作的引导作用："我也一直在探索这个问题。"[④]

值得指出的是，林白的《去往银角》和《红艳见闻录》与陈思和的《愿微光照耀她心中的黑夜——读林白的两篇小说》一起初刊在《上海文学》杂志2004年第6期，该期同时开设有"广西青年作家专号"。陈思和在学术研讨会上说过："我在《上海文学》当主编时就请张燕玲组编过广西作家专辑"[⑤]，指的就是以上的"广西青年作家专号"。这期专号共刊发7篇广西青年作家作品，有张燕玲的评论文章《文学桂军的一种释读》，以及另外6位作家的短篇小说，它们分别是潘莹宇的《光荣属于谁》、纪尘的《205路无人售票车》、李约热的《李壮回家》、光盘的《把他送回家》、沈东子的《永远的礼拜四》、程德培的《读后ABCD［六］》。陈思和主编《上海文学》杂志时考虑到陌生化的审美倾向，选文

---

① 2004年2月19日，对话《〈万物花开〉闲聊录》发生于《上海文学》编辑部。但《〈万物花开〉闲聊录》初刊于《上海文学》2004年第9期。参阅林白、陈思和：《〈万物花开〉闲聊录》，《上海文学》2004年第9期。

② 陈思和担任主编之后，在2004年《上海文学》杂志目录的页眉上明确标有关键词"民间的立场"。

③ 张新颖的《行将失传的方言》具体指的是《行将失传的方言和它的世界——从这个角度看〈丑行或浪漫〉》，该文刊于《上海文学》2003年第12期。

④ 林白等：《风而欠锋　雅而欠刃》，《上海文学》2004年第3期。

⑤ 曾攀、吴天丹：《"广西作家与当代文学"学术研讨会纪要》，《南方文坛》2018年第5期。

更倾向于关注边远地区的文学。而据他说，"民间"理论的提出与这一审美倾向相关："我 20 世纪 90 年代在文学史理论上提出'民间文化形态'概念也是这个原因。"① 所以我们能体会到，"广西青年作家专号"的开设与"民间"理论的接受期待之间有着潜在的关系。

此外，陈思和还在与林白长篇小说《致一九七五》同刊于《西部·华语文学》2007 年第 10 期的评论文章《"后"革命时期的精神漫游——略谈林白的两部长篇小说新作》中肯定了林白从女性主义作家"转向对中国民间大地的热烈关注"②。《致一九七五》表现出来的民间的立场、民间的想象空间和自由的民间精神等"民间"理论的内涵，在评论文章中也得到了肯定。

2018 年 7 月 7 日，在陈思和和王安忆的召集下，广西作家和评论家集体远赴上海参加"广西作家与当代文学"学术研讨会，与会的广西作家有林白、凡一平、东西、光盘、李约热、朱山坡，以及广西的评论家黄伟林和曾攀，等等。此次研讨会的重要内容之一，就是王安忆和陈思和运用"民间"理论，尤其是方言土语写作，去引导广西作家的创作。王安忆将研讨会的话题转入方言土语写作，认为普通话是一种以北方话为基础的简化的语言，南方的语言在语言版图里有着逐渐被边缘化的趋势，而南方的语言对于艺术来说至关重要。所以，方言写作问题应受到格外的关注。由此，她进一步以电影《刘三姐》中的彩调为例，对广西作家提出方言写作的接受期待："我没有听过地道的广西话，但我知道广西有一个戏曲叫彩调，从小我看刘三姐的电影，就觉得它的表现能力很强。"③ 彩调剧是广西民间的民俗，又名唱灯戏、调子戏、"哪嗬嗨"等。壮族彩调剧队演出时常用的方言有"桂柳官话、白话和壮话"④，甚至还会有本地的山歌对唱。方言土语的使用，使彩调剧极具广西的地方性特征。其实，王安忆对广西作家方言写作的接受期待，与对广西作家地方性叙事的接受期待之间，有着内在的一致性。如王安忆赞扬方言写作时，声称："叙述回到有区隔、

---

① 陈思和:《我不想做一个什么都去批评的人》，《长江商报》2014 年 11 月 28 日。

② 陈思和:《"后"革命时期的精神漫游——略谈林白的两部长篇小说新作》，《西部·华语文学》2007 年第 10 期。

③ 曾攀、吴天丹:《"广西作家与当代文学"学术研讨会纪要》，《南方文坛》2018 年第 5 期。

④ 广西壮族自治区地方志编纂委员会编:《广西通志·民俗志》，南宁：广西人民出版社 1992 年版，第 132 页。

有地方性的状态中"①。针对王安忆提出的地方性状态，尤其是广西的方言土语写作，陈晓明和谢有顺都表达了肯定。陈晓明认为，以往的地方性考虑的是区域地区，考虑的是文化风土人情历史文化性格，而现在更需要强调方言土语问题。他进一步认为，应该将"一个思路——方言问题"②视为广西地域文学的共性。谢有顺将创作上的地方性理解为一个地域的经验、记忆和语言，而不仅仅局限于方言土语。

陈思和为"广西作家与当代文学"学术研讨会作了总结性发言，内容恰恰指向了用"民间"理论影响广西作家的创作。他首先强调"民间"理论的特征之一，即藏污纳垢性，解释藏污纳垢常常被误解为坏话，实际上是"褒义，艺术离不开藏污纳垢"③。然后，他正面指出："把广西作家的创作成果看成是我们自己的文学理念的追求"④。至此，通过王安忆和陈思和的发言，我们不难体会到这场学术研讨会的重要旨趣，即运用"民间"理论引导"文学桂军"进行地方性叙事，亦即地域性叙事，尤其是方言土语写作。

（二）文学现象：广西方言土语和地域文化的再认同

21世纪，"文学桂军"文学行为指向与"民间"理论之间的关系是一个十分重要的问题。对这一问题的讨论，有助于我们深入体察"边缘"与"中心"复杂的对话关系。陈思和通过开展文学批评、主编《上海文学》杂志和组织"广西作家与当代文学"学术研讨会，一直试图用"民间"理论影响"文学桂军"的文学行为，尤其是方言土语写作这种广西文学的地方性叙事。可以想见的是，"文学桂军"的部分成员在"民间"理论的影响之下产生了对广西方言土语和民间文化的再认同⑤，但是其再认同的心路历程和文学事实都较为曲折和复杂。

在访谈《〈万物花开〉闲聊录》中，经陈思和用"民间"理论引导之后，林

---

① 曾攀、吴天丹：《"广西作家与当代文学"学术研讨会纪要》，《南方文坛》2018年第5期。
② 曾攀、吴天丹：《"广西作家与当代文学"学术研讨会纪要》，《南方文坛》2018年第5期。
③ 曾攀、吴天丹：《"广西作家与当代文学"学术研讨会纪要》，《南方文坛》2018年第5期。
④ 曾攀、吴天丹：《"广西作家与当代文学"学术研讨会纪要》，《南方文坛》2018年第5期。
⑤ 严格来说，方言土语也属于民间文化范畴。但考虑到"民间"理论对于方言土语的格外强调，以及对于"文学桂军"方言土语写作的强势引导，所以笔者将方言土语从民间文化范畴中独立出来论析，以凸显方言土语问题的重要性。

白逐渐认同了民间的立场："这种状态可能就是你说的，确实是从民间来的"①。陈思和认为民间的世界终归"是老百姓阐述出来的……通常知识分子是不愿意听民间"②。言外之意是，有着民间立场的作家应用心倾听老百姓自己阐述出来的民间世界，而不能以知识分子的姿态完全代替他们自己的阐述。访谈的最后，当林白谈及正在整理的长篇小说《妇女闲聊录》时，她已经有意识地以民间的立场作为衡量自己创作的标准，比如对《妇女闲聊录》所表现出的人物自己阐述民间世界的推崇："《妇女闲聊录》完全是小云的，我觉得，我不能取代她的表述"③。《妇女闲聊录》初刊于《十月》杂志 2004 年寒露卷，与林白以往的创作相比，文本中出现诸多新意，它们主要表现在三个方面：一方面是，文本以讲述人木珍口述而知识分子只负责倾听和记录为结构形式。所以，《妇女闲聊录》几乎全是讲述人木珍以第一人称"我"作为叙述人的自言自语。另一方面是，大量的方言土语被使用。方言土语几乎充斥全篇，如"落不了""果冷""发粑""苗""麻木"④，等等。还有一方面是，文本中有着极为粗鄙的表达，如："我学个鸡巴！"⑤这种粗鄙正实践了"民间"理论所主张的民间世界的藏污纳垢性。如前文所论，其实《〈万物花开〉闲聊录》最直接的产物是林白的短篇小说《红艳见闻录》。《红艳见闻录》中也出现方言土语，比如"茖"⑥。"茖"是湖北的方言，意思是红薯。

更值得注意的是，在"民间"理论的引导之下，林白小说有意识地展开广西地方性叙事，而这显然迥异于 20 世纪 90 年代初至 21 世纪初"文学桂军"发展第二阶段"逃离广西"的文学行为指向。《红艳见闻录》中出现许多广西的文学地理：北流、陆川、沙街、圭江河，还有广西的地方民谣："北流鱼，陆川猪，石镇番薯。"⑦《致一九七五》中同样出现广西的文学地理，如陵宁街、水浸社、火烧桥、大兴街、圭江河。还有广西的民俗，最具有地域特色的是丧葬

---

① 林白、陈思和：《〈万物花开〉闲聊录》，《上海文学》2004 年第 9 期。

② 林白、陈思和：《〈万物花开〉闲聊录》，《上海文学》2004 年第 9 期。

③ 林白、陈思和：《〈万物花开〉闲聊录》，《上海文学》2004 年第 9 期。

④ "落不了"意为丢不了，"果冷"意为这么冷，"发粑"意为馒头，"苗"意为女儿，"麻木"意为带斗的摩托三轮。参阅林白：《妇女闲聊录》，《十月》2004 年寒露卷。

⑤ 林白：《妇女闲聊录》，《十月》2004 年寒露卷。

⑥ 林白：《红艳见闻录》，《上海文学》2004 年第 6 期。

⑦ 林白：《红艳见闻录》，《上海文学》2004 年第 6 期。

民俗起骨："这里有起骨的习惯，在死者葬后的第二年开始敛骨，再进行二次葬"①。起骨又称捡骨，也叫二次葬，壮族、瑶族、苗族、仫佬族、毛南族都有此丧葬习俗。②广西的方言土语在《致一九七五》中也被广泛采用，而且从林白对方言土语的释义来看，我们可以体会到她是有意识地进行方言写作："南流土话管青蛙叫禽鼠，机关干部则叫田鸡。""南流管这种牛蛙叫大水鬼"③。文本中还有一段直接的广西方言土语写作，字里行间极具广西的语言特质："不好啊么？难过不啰……有事有啰？到底有事嘛啰？"④2021年，林白长篇小说《北流》⑤则更是以广西北流为文学地理展开叙事。《北流》中广西的自然风物、民俗和方言土语可以说是俯拾皆是：序篇是篇幅繁复的北流植物志，甚至很多章节的开头部分专设《李跃豆词典》以呈现和解释北流的方言土语。这些广西的文学地理、民俗和方言土语，向我们昭示着21世纪"文学桂军"的部分成员在"民间"理论引导之下又有意识地展开广西地方性叙事。

此外，"文学桂军"部分成员在"广西作家与当代文学"学术研讨会和"新时代的地方性叙事——第十届'今日批评家'论坛"上也表达过对于"民间"理论所推崇的地方性叙事，尤其是方言土语写作的认同。2018年7月7日，在"广西作家与当代文学"学术研讨会上，林白经王安忆的启发，意识到自己以前将方言翻译为普通话后再写作的糟糕，应利用方言的优势："王安忆老师对方言的表现力的思考，是一个很好的提醒……我现在有点觉醒"⑥。光盘声称，王安忆所说的方言写作问题对其造成极大的震动。⑦朱山坡自述之前因说不好普通话而怀疑自己小说写作的可能性，但听到王安忆之于方言写作的强调后深受勉励："王安忆老师对方言的力挺，我心里真的很感动，很受鼓舞。"⑧2019年11月22日，在"新时代的地方性叙事——第十届'今日批评家'论坛"上，林白

---

① 林白：《致一九七五》，《西部·华语文学》2007年第10期。
② 参阅广西壮族自治区地方志编纂委员会编：《广西通志·民俗志》，南宁：广西人民出版社1992年版，第302页。
③ 林白：《致一九七五》，《西部·华语文学》2007年第10期。
④ 林白：《致一九七五》，《西部·华语文学》2007年第10期。
⑤ 林白：《北流》，《十月》2021年第3期。林白：《北流（续）》，《十月》2021年第4期。
⑥ 曾攀、吴天丹：《"广西作家与当代文学"学术研讨会纪要》，《南方文坛》2018年第5期。
⑦ 曾攀、吴天丹：《"广西作家与当代文学"学术研讨会纪要》，《南方文坛》2018年第5期。
⑧ 曾攀、吴天丹：《"广西作家与当代文学"学术研讨会纪要》，《南方文坛》2018年第5期。

又就地方性叙事以及与之紧密相关的方言土语写作问题作了发言。林白回忆起张新颖对她普通话写作的批评："十几年前张新颖跟我说过这样的话，他觉得我的语言太规范了。"[1] 可以看出，21世纪初张新颖也曾用方言写作引导过林白的创作，而张新颖和陈思和共同主张"民间"理论。[2] 我们不难推测，张新颖也用"民间"理论引导过林白的小说创作。如前文所论，林白自述读了初刊于《上海文学》杂志2003年第12期张新颖的《行将失传的方言》，并在初刊于《上海文学》杂志2004年第3期的《风而欠锋 雅而欠刃》中发表了跟陈思和关于方言写作的两封通信。这次论坛上，林白认同张新颖方言写作的观点，认为过于规范的语言会造成小说的文学性较弱。她感觉到自己的方言意识在觉醒，近几年正尝试着粤语的方言写作："用我们北流勾漏片的粤语来写作"[3]。林白家乡北流勾漏片的方言属于粤语的一个分支。

虽然"民间"理论在渗入"文学桂军"文学行为选择的心路历程中，也引导"文学桂军"有限度地展开广西的地方性叙事，尤其是方言土语写作，但我们不得不注意到，"文学桂军"的文学行为与广西地域之间的关系始终处于复杂而紧张的状态。笔者将在细读作家作品的基础之上，深入考察个体作家，进一步讨论21世纪"文学桂军"复杂的行为指向。

第二节　地域自觉：广西地域文化的文本重建

《广西文学》杂志2007年第7期创设了"特别策划·重返故乡"专栏，该专栏开设至今已有十余年并依然在延续。每期"特别策划·重返故乡"栏目都会刊

---

[1] 本刊编辑部：《新时代的地方性叙事——第十届"今日批评家"论坛纪要》，《南方文坛》2020年第2期。

[2] "民间"理论实为陈思和所提出，并为以其为核心的多位上海学者所推崇和推广。陈思和的《民间的沉浮——对抗战到"文革"文学史的一个尝试性解释》初刊于《上海文学》1994年第1期，《民间的还原——"文革"后文学史某种走向的解释》初刊于《文艺争鸣》1994年第1期。郜元宝的《意识形态·新民间·先锋取向：世纪末中国文学人文传统的失落和重造》初刊于《上海文化》1994年第1期。张新颖的《民间的天地与文学的流变——谈对抗战到九十年代文学的一种新解释》初刊于《社会科学》1994年第11期，其内容就复述了陈思和和郜元宝以上三篇文章的内容，并声称郜元宝的文章"与陈思和的'民间'理论相呼应"。

[3] 本刊编辑部：《新时代的地方性叙事——第十届"今日批评家"论坛纪要》，《南方文坛》2020年第2期。

发一位广西作家关于自己故乡的文章，之后《广西文学》杂志会组织团队来到作家的故乡采风。"特别策划·重返故乡"栏目曾先后刊发过凡一平的《上岭》、鬼子的《把碎片还给故乡》、东西的《故乡，您终于代替了我的母亲》、朱山坡的《我的名字就叫故乡》、光盘的《故乡，一个意义多重的符号》、李约热的《面对故乡，低下头颅》、黄咏梅的《故乡，默认的连接》。①重访团队也曾在林白的带领下进入她下乡插队的村庄采风，不过林白并未就此在《广西文学》杂志上发表关于故乡的文章。②我们可以看到，"特别策划·重返故乡"可谓广西文坛重要的文学事件，其影响范围几乎涵盖整个"文学桂军"。从 20 世纪 90 年代初"文学桂军"在创作上的"逃离地域"到 21 世纪初广西文坛策划集体性的"重返故乡"，预示着广西文学在多年背离广西地域文化之后正试图自觉地展开广西地域文化的文本重建。这种"逃离—重返"的文学行为转折恰好吻合当年鬼子对于广西文学的判断："逃离广西原有的文学轨道……如果你逃离之后，再回过头来，那则是另一码事了。"③

　　需要指出的是，"重返故乡"文学活动并不是与所有"文学桂军"成员的小说创作都有着直接的关系，或者说并非所有作家都仅仅是在"重返故乡"文学活动的推动下才试图在文本中致力于广西地域文化的重建。不过，可以将"重返故乡"文学活动视为一种象征，我们从其中可以切实地感受到 21 世纪初"文学桂军"自觉地致力于广西地域文化的文本重建的文学实践。

（一）从城市空间到都安上岭村

　　凡一平的创作变迁经历了"逃离—重返"的文学行为逻辑。20 世纪 90 年代

---

① 凡一平:《上岭》,《广西文学》2007 年第 7 期。鬼子:《把碎片还给故乡》,《广西文学》2007 年第 8 期。东西:《故乡，您终于代替了我的母亲》,《广西文学》2008 年第 1 期。朱山坡:《我的名字就叫故乡》,《广西文学》2009 年第 8 期。光盘:《故乡，一个意义多重的符号》,《广西文学》2011 年第 3 期。李约热:《面对故乡，低下头颅》,《广西文学》2011 年第 9 期。黄咏梅:《故乡，默认的连接》,《广西文学》2016 年第 8 期。

② 据葛一敏回忆，2016 年 3 月，林白随重访团队去了自己下乡插队的村庄。参阅覃瑞强、石才夫等:《2018"重返故乡"主题创作研讨会》,《广西文学》2018 年第 12 期。但据笔者查证，林白后来没有在《广西文学》杂志的"特别策划·重返故乡"栏目发表任何文章。

③ 鬼子:《我喜欢在现实里寻找疼痛——鬼子答记者问》，银建军、钟纪新主编:《文字深处的图腾——走进仫佬族作家》，南宁:广西人民出版社 2009 年版，第 104 页。

初至 21 世纪初，他在创作上的行为逻辑是"逃离地域"。① 他早期多书写乡村地域文化，"逃离地域"后其创作多呈现为同质化的现代都市题材小说。21 世纪初，他在"重返故乡"文学活动的触动之下转向"重返地域"的写作。据凡一平创作谈《正视自己生活的土地以及我的写作立场》的自述，2007 年重返故乡上岭对他的触动非常大，成为其长篇小说《上岭村的谋杀》在创作上"重返地域"的重要契机："《上岭村的谋杀》是我正视自己生活的土地的一部长篇小说……我写了一部内容与我以往不同的小说。'心灵的救赎'是指我以往的小说总是背离我成长的土地和河流……而我现在的笔触调转了方向。"②21 世纪初至今凡一平一直经营着广西地域文化的重建，这方面最具代表性的是上岭村系列的文学地理。

"重返地域"之后，凡一平以上岭村作为文学地理的代表性小说有长篇小说《上岭村的谋杀》、中篇小说《上岭村丙申年记》、中篇小说《上岭村戊戌年记》、中篇小说《上岭村丁酉年记》。③ 附着于文学地理上岭村之上的，有广西壮族的师公文化："像亲临丧家做法的师公。"④ 以及带有广西方言土语意味的民间俚语"圩日""野卵""壮古佬"⑤ 等等。

与文本中文学地理上岭村的出现相一致的是，"重返地域"之后凡一平的小说中同时频繁地出现广西的地理空间。比如，《上岭村丙申年记》中的"南丹""南宁"⑥，《上岭村戊戌年记》中的"广西南丹""河池市"⑦。我们从中可以感受到"重返地域"、重返故乡上岭村和重返广西之间的内在一致性。

（二）桂西北的野马镇和野马河

通读李约热所有小说的初刊本之后，我们发现，其文学创作的生命过程与凡一平一样，同样经历了"逃离—重返"的心路历程。不过，李约热在创作上

---

① 凡一平自 20 世纪 90 年代初至 21 世纪初的文学行为逻辑，可参阅本书第三章第一、二节。

② 凡一平：《正视自己生活的土地以及我的写作立场》，《中国艺术报》2018 年 3 月 5 日。

③ 凡一平：《上岭村的谋杀》，《作家》2013 年第 3 期。凡一平：《上岭村丙申年记》，《长江文艺》2017 年第 9 期。凡一平：《上岭村戊戌年记》，《小说月报·原创版》2017 年第 11 期。凡一平：《上岭村丁酉年记》，《花城》2018 年第 1 期。

④ 凡一平：《上岭村丙申年记》，《长江文艺》2017 年第 9 期。

⑤ 凡一平：《上岭村丙申年记》，《长江文艺》2017 年第 9 期。

⑥ 凡一平：《上岭村丙申年记》，《长江文艺》2017 年第 9 期。

⑦ 凡一平：《上岭村戊戌年记》，《小说月报·原创版》2017 年第 11 期。

"逃离地域"的文学行为历时十分短暂，"重返"之后主要着力于营构桂西北野马镇和野马河的艺术世界。

2003 年，吴小刚从北京返回广西定居，开始使用笔名李约热从事创作。[①]通过对其小说的文本细读，我们可以发现此后他在创作中有意识地书写了一系列广西地域文化。这种文学行为上"逃离地域"和"重返地域"的内在逻辑，恰恰契合了李约热带有寓言性质的短篇小说《李壮回家》所表达的精神内涵。出于对成长之地千张镇的厌恶感，李壮一心想着逃离千张镇，远赴北京。李约热直言不讳地指出李壮的这种逃离心态："李壮还讨厌千张镇，他就是因为讨厌我们千张镇他才去的北京。"[②]逃离千张镇之后，李壮又因失意只能落魄地重返千张镇。此时，李约热与其笔下的自我文学形象一样，从北京重返家乡广西都安县安阳镇。[③]其文学行为上同样发生了逃离后的重返现象。值得注意的是，1998 年至 2002 年李约热寓居北京，重返广西之后，2003 年他的创作中随即呈现出广西的地域文化。这明显早于陈思和主编《上海文学》杂志 2004 年第 6 期的"广西青年作家专号"，更早于《广西文学》杂志 2007 年第 7 期的"特别策划·重返故乡"专栏，所以不难体会到，李约热小说中广西地域文化的重建，来源于作家本人的自觉，而不是溯源于外部的引导。需指出的是，尽管 2003 年之后李约热在文本中重建了广西的地域文化，但是他在心理上与广西地域之间的关系仍然紧张而复杂。2011 年，他跟笔者于前文探讨过的林白、鬼子、东西、朱山坡等一样，将自己的身份溯源于邻省。2011 年，李约热为《广西文学》杂志"特别策划·重返故乡"栏目写了创作谈《面对故乡，低下头颅》[④]，开篇就由祖父吴楣生的流落广西拉烈而追溯起广东身份。

野马镇是李约热小说中频繁出现的文学地理，属桂西北偏僻之地。李约热早年工作于广西的一个乡镇，"镇上有条野马河"[⑤]，便将现实境遇里的地理空间搬至艺术世界里进行再创造。所以，野马镇和野马河都与广西地域有着

① 李约热于 1998 年 9 月流寓北京，2002 年 5 月重返广西。参阅李约热：《流放者归来》，《时代文学》2020 年第 1 期。

② 李约热：《李壮回家》，《上海文学》2004 年第 6 期。

③ "我回到一个叫安阳县的小县城"。李约热：《迷思与坦途》，http://www.ddgx.cn/show/24251.html，《当代广西网》2019 年 3 月 21 日。

④ 李约热：《面对故乡，低下头颅》，《广西文学》2011 年第 9 期。

⑤ 金莹：《李约热：野马镇的消息有迹可循》，《文学报》2019 年 8 月 15 日。

内在的关联，极具广西的地域性特征。野马镇最早出现于短篇小说《这个夜晚野兽出没》中，附着于野马镇之上的是广西的山歌。野马镇的人在高兴的时候不唱山歌，在不高兴的时候才唱山歌。夜晚镇东头的大榕树下常常传来凄婉的山歌声，可以从山歌里了解到镇上人家的各种世俗琐事。中篇小说《涂满油漆的村庄》出现了广西的方言，比如都安县拉烈乡加广村"把酒醉后呕吐叫做'杀羊'"①，原因是呕吐声像挨了一刀临死的羊的叫唤。短篇小说《青牛》描写了矮床民俗。家人把床腿锯断，让临死的人躺在上面，以便接地气，聚集力量后好上路："这样的床我们叫'矮床'。"②李约热在短篇小说《殴》里以作者注解的方式记述了"三早"风俗："一种风俗，人死后亲人要连续三天在其坟边祭祀。作者注。"③短篇小说《你要长寿，你要还钱》同样运用了方言，如"吣""狗屎""野女"。④还有野马镇的民间俗语"十个锅头九个盖"⑤。这句俗语被用来比喻拆东墙补西墙的借款方式，但是终究还是有一个"锅头"没有"盖"。短篇小说《情种阿廖沙》则直接写到野马镇在广西，以及野马镇的许多方言。根据文本的语境，过早指的是吃早餐，红花仔是野马镇人对"没谈过恋爱的青年男子⑥的称呼。李约热在小说中以加括号的方式注解方言红花仔的含义，这说明他是有意识地在文本中运用广西方言进行写作，而不是无意识地偶然为之。野马镇历来有在死者嘴里放硬币的民俗："在死人嘴里放硬币是野马镇以及很多地方的风俗。"⑦他们认为身上带着钱到阴间会大吉。短篇小说《三个人的童话》描写野马镇给老人"补粮"，以求健康长寿的民俗。"会挨家挨户去讨一把米，吃百家饭，这样一来，就能续命。"⑧短篇小说《喜悦》⑨记录了野马镇很多山歌，而山歌是广西的代表性地域文化。长篇小说《欺男》中的广西地域文化则俯拾皆是，尤其是繁多的方言土语和民俗。文本中但凡有广西方言和民俗出现，李

① 李约热：《涂满油漆的村庄》，《作家》2005年第5期。
② 李约热：《青牛》，《上海文学》2006年第8期。
③ 李约热：《殴》，《山花》2008年第7期。
④ 李约热：《你要长寿，你要还钱》，《民族文学》2015年第1期。
⑤ 李约热：《你要长寿，你要还钱》，《民族文学》2015年第1期。
⑥ 李约热：《你要长寿，你要还钱》，《民族文学》2015年第1期。
⑦ 李约热：《你要长寿，你要还钱》，《民族文学》2015年第1期。
⑧ 李约热：《三个人的童话》，《南方文学》2019年第3期。
⑨ 李约热：《喜悦》，《人民文学》2020年第10期。

约热往往会加以注解，这恰恰说明他是有意识地进行广西方言写作和民俗描写。比如："'邪法'是野马镇的土语，意思是受了'蛊'。""脚掰（瘸）""野马镇存放金坛（等待重新下葬的装有死人骨头的坛子）的地方"①。

（三）百色壮乡的莫纳镇和莫镇

陶丽群是壮族作家，出生于壮族的发祥地广西百色田阳。她的小说中频繁出现的文学地理是广西的莫纳镇和莫镇，附着于莫纳镇和莫镇之上的多是些引人注目的纷繁的广西地域文化，如狮子舞、方言土语、丧葬民俗，等等。其创作从起步阶段至今，一如既往地书写广西形形色色的地域文化。

短篇小说《工地上的狮子舞》描写了广西的民俗文化狮子舞。引狮人把狮子引进大门后，狮子冲着祖籍广西的户主的祖宗祠堂三鞠躬，再房前屋后转转，进行各种表演，给户主拜年。狮子舞在广西颇为流行："对广西大吉大利的狮子拜年是耳闻目睹的。"②

中篇小说《一塘香荷》③中的广西地域文化十分丰富，如二次葬、唱颂经和招魂。只有二次葬的逝者才能在阴间得到祖宗的庇佑，否则会被认为不洁净而遭到恶神厉鬼的欺辱。逝者埋葬五年后要起坟捡骨，装入金坛后另选坟地再葬，这便是二次葬。农历七月十四是鬼节，民间要将五色纸剪裁成的衣服鞋帽、金银财宝和亭台楼阁等在神堂前焚烧，以祭祀祖先。农历六月半后，鬼节前，人们需要背阴亲，即天黑后把起的亲人骨头背回家放在停灵房的金坛里。然后，请道公过来唱颂经，唱颂逝者生前的贤德，让其在阴间归位。八位道公称为大道，四位道公称为孝道。先唱颂经，再做招魂经，这称为双道。唱招魂经得念符作法驱咒主家的罪人。如果逝者生前有冤屈，承担罪过的一方必须带上柚子叶去祭拜。二次葬属喜葬，停灵房里亮着红烛，香烟缭绕，神台上的金坛被黑伞遮着，金坛上缠着三丈红绸。农历七月十五那天，乘着阴间回来过鬼节的祖宗们返回，将起了头葬的坟进行二葬，以便返回阴间归位。据《广西通志·民俗志》记载，二次葬亦称捡骨葬，唐宋以来就盛行于壮族。④中篇小说《打

---

① 李约热：《欺男》，《作家》2012 年第 6 期。

② 陶丽群：《工地上的狮子舞》，《红豆》2009 年第 2 期。

③ 陶丽群：《一塘香荷》，《民族文学》2012 年第 3 期。

④ 广西壮族自治区地方志编纂委员会编：《广西通志·民俗志》，南宁：广西人民出版社 1992 年版，第 302 页。

开一扇窗子》也描写了丧葬民俗，亡灵落棺前要在棺材里铺上厚厚的火灰。陶丽群在文本中说，火灰可以起到给腐烂的人体杀菌的作用，这跟莫纳镇特殊的地理环境有关："这个地方埋葬离地表很浅"①。莫纳镇的人们认为，人的魂灵是从窗口飘走的，所以会请道公做道法，画道符封了患重病的人的窗口。病人临终时，亲人得撕开那些封条，让其魂灵飘走。根据莫纳镇的习俗，只有近亲才能看亡灵落棺。

广西地处亚热带，与中原相比，建筑多有不同。由于独特的地理面貌，广西形成了具有自己风格的建筑民俗。短篇小说《七月，骄阳似火》中就有对莫镇建筑民俗的描写。莫镇的房子都是窄而狭长的，展开胳膊差不多够得着墙壁。狭长的走向被分为几截："厅堂，里屋，天井，厨房，然后是后门和菜园"②。因此，莫镇的房屋阴暗，难以通风。《打开一扇窗子》中也有对建筑民俗的描写。莫纳镇的房子之间通常会留有距离，屋檐墙壁不能靠在一起。原因是莫纳镇的整栋房屋都是木头构造的，山区又缺水源，一旦失火就会连着烧一片："这和房子的建筑材料，以及地理环境相关。"③

广西的方言土语在陶丽群的中篇小说《打开一扇窗子》和短篇小说《被热情毁掉的人》中都有展现。车上一位上了年纪的老妇人对"我"耳语道："'亮一下窗子'"④，只有莫纳镇的人才把"开窗子"说成"亮窗子"，所以"我"知道她是莫纳镇人。莫纳镇的豁唇称初来的人为"赤佬"⑤，"佬"在广西方言里是对地位不高的上了年纪的已婚男性的蔑称。

第三节　地域沟通：粤桂湘文化空间的交相融汇

从文本中呈现出的文化现象来看，当下"文学桂军"许多主体成员的创作致力于粤桂湘文化空间的交相融汇，试图将广西的地域文化与邻省湖南和广东的地域文化融合起来，以实现跨地域想象的文化表达。这方面具有代表性的

---

① 陶丽群：《打开一扇窗》，《民族文学》2017 年第 12 期。
② 陶丽群：《七月，骄阳似火》，《野草》2016 年第 3 期。
③ 陶丽群：《打开一扇窗》，《民族文学》2017 年第 12 期。
④ 陶丽群：《打开一扇窗》，《民族文学》2017 年第 12 期。
⑤ 陶丽群：《被热情毁掉的人》，《芙蓉》2019 年第 2 期。

是，光盘在文本中构筑的漓江和湘江边界地带的文化形态，黄咏梅在创作中构筑的从鸳鸯江到珠江的岭南都市文学，以及朱山坡在艺术世界里构筑的徘徊在粤桂边城的"新南方写作"。不过，这些广西作家并不是从创作之初就有意识地致力于粤桂湘文化空间的交相融汇，而是在其文学生命过程中经历了"逃离地域"和"重返地域"的文学行为变迁。这里的"地域"自然指的是广西。

　　20世纪90年代初至21世纪初"逃离地域"期间，光盘小说中无明显的地域文化呈现，21世纪初才逐渐呈现出玫瑰市、玫瑰镇、玫瑰村、沱巴村、沱巴河等生长在漓江和湘江边界的文学地理，以及附着于文学地理之上的多元地域文化。从2002年步入文坛至21世纪初，黄咏梅小说一直寻求以广州为根据地，表现广州文学地理之上的粤文化，但其潜意识里又不自觉地将广西梧州文化融入其中。这种显意识层面的"逃离地域"和潜意识层面的"重返地域"错综交织，从而产生粤桂文化的交相融汇现象。更复杂的是，随着2012年从广州移居杭州，黄咏梅小说又选择弃斥了前一阶段在显意识层面的粤文化书写，以走向文化中心。朱山坡在文学行为上"逃离地域"之后，试图将广东化州作为理想的文学地理以及身份上的"亲缘地理"，但最终又艰难地"重返故乡"。于是，朱山坡向我们呈现了徘徊在粤桂边城的有着多元文化指向的"新南方写作"。

（一）漓江和湘江边界地带的文化形态

　　沱巴、沱巴河、沱巴街、沱巴村、沱巴镇、沱巴市、玫瑰街、玫瑰村、玫瑰镇、玫瑰市等是光盘小说中频繁出现的文学地理，而附着于这些文学地理之上的多是桂湘地域文化。光盘无论在小说中，还是在创作谈里，都曾反复地强调沱巴和"玫瑰"以及附着于其上的地域文化在他心中的重要位置，所以我们不难体会到他在艺术世界里对带有桂湘特征的地域文化的精心营构。短篇小说《谁在走廊》中的玫瑰市，是最早出现在光盘艺术世界里的文学地理。需指出的是，由于《玫瑰市》初刊于《花城》杂志2002年第5期，而陈思和组织的"广西青年作家专号"初刊于《上海文学》杂志2004年第6期[①]，"特别策划·重返故乡"文学活动发生于《广西文学》杂志2007年第7期，所以光盘创作中带有广西特

---

① 　光盘曾以短篇小说《把他送回家》参与了《上海文学》杂志2004年第6期的"广西青年作家专号"。

征的地域文化并非源于陈思和"民间"理论或"重返故乡"文学活动的引导。也就是说，光盘是自觉地在文本中沟通了桂湘地域文化。

短篇小说《信号》写到沱巴与广西桂林之间的亲缘关系，南方的沱巴毗邻桂林："沱巴离桂林一百五十公里，很近。"① 此外，我们还可以通过中篇小说《易居》、中篇小说《我的"再生人"太太》和创作谈《我被"再生人"撞了一下腰》的对读，来确定沱巴与湖南之间的亲缘关系。光盘在《易居》中说到原始的沱巴山区有着自己独特的地域文化："沱巴山区原始封闭，巫术、再生人、自成一体的民俗"②。中篇小说《我的"再生人"太太》将"再生人"阐释为沱巴地区一种投胎转世的地域文化现象："沱巴的'再生人'现象"③。《我被"再生人"撞了一下腰》记述了光盘对湖南通道县"再生人"文化的见闻，以及中篇小说《我的"再生人"太太》的创作过程，文本中提及"再生人"文化的所在地湖南通道县："离桂林不远的湖南通道县有许多'再生人'"④。在现实世界里，"再生人"文化的确是湖南通道县的地域文化。我们不难推断出，沱巴与广西和湖南都有着密切的亲缘关系。这种亲缘关系，一方面体现在地理上，另一方面体现在文化上。沱巴和玫瑰实际上异曲同工，都是漓江和湘江的边界地带。

作为瑶族人，光盘在以桂湘边界作为原型来虚构文学地理沱巴时，将瑶族的文化也赋予了沱巴。他在中篇小说《野人劫》中说，沱巴是瑶族人繁衍生息的地方："那是一个瑶族居住的地方。"⑤《野人劫》里有着沱巴瑶族各种各样的地域文化，最显著的是瑶族的方言和民俗。瑶族汉子的常用语是"横丢"和"领浪"，光盘对它们做了解释："瑶语'横丢'就是汉语'喝酒'的意思。"⑥ "领浪"意为"吃饭"："领浪(吃饭)"⑦。盘祖山用方言把沱巴的腹地称为"川狗当"，"意思就是死亡之地。"⑧ 文本中有多处对于丧葬民俗的描写。给尚在世的人做的坟，

---

① 光盘：《信号》，《钟山》2013 年第 1 期。

② 光盘：《易居》，《广州文艺》2018 年第 8 期。

③ 光盘：《我的"再生人"太太》，《广西文学》2015 年第 5 期。

④ 光盘：《我被"再生人"撞了一下腰》，《广西文学》2015 年第 5 期。

⑤ 光盘：《野人劫》，《山花》2007 年第 10 期。

⑥ 光盘：《野人劫》，《山花》2007 年第 10 期。

⑦ 光盘：《野人劫》，《山花》2007 年第 10 期。

⑧ 光盘：《野人劫》，《山花》2007 年第 10 期。

叫寿坟或阳坟。按照当地的风俗，做寿坟"会让那人平安长寿"[1]。文本中还有对玫瑰镇的丧葬民俗的描写，比如："我们的风俗是扫墓时一定要往坟头垒上一点新土。""女婿不能给岳母上坟，除非女方已去世。"[2] 此外，瑶民还会用瑶语对唱山歌。

短篇小说《信号》写到沱巴的民俗"封岁"。大年三十前要给逝去的亲人封岁，封岁"即是祭祀的意思"[3]。短篇小说《我们的寄娘》写到沱巴河流域流传上千年的民俗"认寄娘"。命里有凶有难的人，会通过认寄娘来化解凶难。认寄娘必须满足两个条件，一是那人真的需要认寄娘，二是那人的生辰八字要跟寄娘的相配。沱巴的寄娘可以是任何东西，一只鸡、一头牛或一棵树。若认动物为寄娘，则半年或几年灾难就可以化解；若认人做寄娘，灾难则需要几十年化解；若认一棵树做寄娘，树会保佑寄儿或寄女一辈子。还有同一东西同时认多个寄儿或寄女的，这样的寄娘往往受到民众过分的尊崇。认寄娘树需要做仪式，在树上系上红绸，宰杀活鸡后将鲜血淋洒在树干上，然后寄儿或寄女跪拜叩头。按照沱巴的民俗，寄娘树充满神性："寄娘树神圣不可侵犯。"[4]

中篇小说《霍那拉中蛊了》[5] 和中篇小说《易居》都写到了沱巴的民俗放蛊。这种巫术文化在沱巴被称为道法。在沱巴，几乎人人都会道法，掌握大道法的长者被称为师把公。根据沱巴的民俗，掌握者只有在临死前才会将道法秘传给其他人。放蛊就是一种绝密的道法，放蛊之人的身份不可以暴露。被放蛊之后，人的身子会受到伤害，如果蛊不解，人还会面临丧命的风险。掌握放蛊的人，如果长时间不放蛊，自己就会中蛊。据传说，放一次蛊的话，放蛊之人可以增三年阳寿。

根据《广西通志·民俗志》记载，瑶族会三五年举行一次跳盘王民俗活动，唱盘王歌和跳长鼓舞，"表演盘王与第三公主结婚故事"[6]，以祈求盘王的保佑。在瑶族人的传统观念里，盘王既是始祖神，也是家庭和地方的守护神。短篇

---

① 光盘：《野人劫》，《山花》2007 年第 10 期。

② 光盘：《野人劫》，《山花》2007 年第 10 期。

③ 光盘：《信号》，《钟山》2013 年第 1 期。

④ 光盘：《我们的寄娘》，《广西文学》2014 年第 3 期。

⑤ 光盘：《霍那拉中蛊了》，《长城》2016 年第 4 期。

⑥ 广西壮族自治区地方志编纂委员会编：《广西通志·民俗志》，南宁：广西人民出版社 1992 年版，第 361 页。

小说《跳盘王》记述了沱巴瑶族跳盘王的民俗活动。按照沱巴山区瑶族的民俗，跳盘王活动是一年一小跳，三年一大跳。跳盘王以《过山榜》为主要内容。《过山榜》记载了瑶族的起源、迁徙、姓氏、重大事件以及瑶人的权利和禁忌。《过山榜》是广泛流传于瑶族的民间历史文献，它记述了封建王朝赋予瑶民的权利："《过山榜》转述了当时评皇的敕令"①。跳盘王还要唱《盘王歌》。《盘王歌》被誉为瑶族的史诗，其记录涉及瑶族生活的方方面面，如狩猎、生产、丧葬，等等。

（二）从鸳鸯江到珠江的岭南都市文学

2020 年 9 月 28 日，梧州市委宣传部、《南方文坛》杂志社和梧州市文联在黄咏梅的故乡梧州联合主办"从鸳鸯江出发——黄咏梅作品研讨会"。根据《从鸳鸯江出发——黄咏梅作品研讨会纪要》的记录，黄咏梅觉得"从鸳鸯江出发"的主题十分契合其内心想法。她在谈到自己创作的心路历程时，就将"从鸳鸯江出发"融入其中："我从鸳鸯江写到了漓江、写到了珠江，现在写到了钱塘江"②。黄咏梅在创作与地域之间关系上的这种自我意识，恰恰将她在现实生活里的流寓与艺术世界里的文学行为变迁相勾连。若将鸳鸯江、漓江、珠江、钱塘江这些客观实在的文学地理学景观虚化、象征化和隐喻化，我们会发现黄咏梅以上文学行为变迁的深层逻辑是"逃离广西"，目的是从"边缘"走向"中心"。

黄咏梅文学行为变迁中的这种深层逻辑，在她与郭艳的访谈《冰明玉润天然色，冷暖镜像人间事》里得到了实证。她说，久居广州期间一直运用粤语腔调写广州，自广州移居杭州后便出于地域和文化的考虑而放弃了之前的文学行为："地理位移决定了精神气息、文化土壤的变更。现在，我很少写广州，几乎不用粤语腔调。"③紧接着，黄咏梅在这场访谈里自述这一文学行为变迁的深层原因："我这样舍弃粤语腔调写作……粤语因为一向偏离北方官话系统，远离文化中心"④。这一深层逻辑的意涵便是，通过文学行为的调整，即逃离相对边缘的地域文化，试图从"边缘"走向"中心"。

---

① 光盘：《跳盘王》，《民族文学》2015 年第 1 期。
② 李逊：《从鸳鸯江出发——黄咏梅作品研讨会纪要》，《南方文坛》2021 年第 1 期。
③ 郭艳、黄咏梅：《冰明玉润天然色，冷暖镜像人间事》，《创作与评论》2016 年第 4 期。
④ 郭艳、黄咏梅：《冰明玉润天然色，冷暖镜像人间事》，《创作与评论》2016 年第 4 期。

黄咏梅内心难免有着广西地域自卑意识，以及对广东地域身份的追寻。她在与曹霞的访谈《写作更多的是滋润人心》中说："梧州……处于桂东南山城……这里的人比起其他地方，心态很特别，既自卑又自尊……这些都是我离开那里之后才感受到的，也不自觉地渗透到我的写作里来了。"[1] 她还在创作中直言不讳地自述过内心深刻的广州情结和对广东的向往："这里的人一直有着广州情结"[2]。中篇小说《关键词》在谈及广东L县时，她说道："这个地方有着广东这个令人们羡慕的定语"[3]。

广西地域自卑意识和广东地域身份追寻，造成黄咏梅在创作中试图逃离作为"身份确认"的广西地域文化，而有意识地拥抱广东地域文化。黄咏梅文学行为体现出的这种文化现象，在中篇小说《瓜子》里获得了确证。文本中带有自我指涉意味的"我"说："我忽然不再愿意讲管山话，一个音也不愿发出来……我都坚决用广州话……'变成广州人啦！'"[4] 根据贝尔·胡克斯的《语言，斗争之场》，我们可以窥探到语言背后深藏的作家的主体确立问题："把语言称作我们确立自己为主体之场所"[5]。所以，"我"逃离故乡的方言土语，坚决地使用广州粤语方言。其深层用意是毅然决然地摆脱自己原先的地域身份，从而在身份认同上趋向于广州。黄咏梅在心理层面与广东之间的亲缘关系，跟前文笔者论及的林白之于广东、鬼子之于北方、东西之于湖南、李约热之于广东、朱山坡之于广东几乎如出一辙。

于是，我们看到，移居杭州之前，黄咏梅将广州作为艺术世界里最理想的文学地理，执着于用粤语方言书写广州。她坦言，一直把广州作为写作的根据地："从1998年到2012年，我的生活在广州……我的小说是以广州为根据地。我写出的《骑楼》《多宝路的风》《达人》《少爷威威》等小说，就连街道名都用广州的。"[6] 即便偶尔写到故乡梧州，在文本中也只能以模糊的、虚构的或者略

---

[1] 黄咏梅、曹霞：《写作更多的是滋润人心》，《作品》2009年第1期。

[2] 每每：《路过春天》，《花城》2002年第2期。

[3] 黄咏梅：《关键词》，《文学界》2005年第10期。

[4] 黄咏梅：《瓜子》，《钟山》2010年第4期。

[5] 贝尔·胡克斯：《语言，斗争之场》，许宝强、袁伟选编：《语言与翻译的政治》，王昶译，北京：中央编译出版社2001年版，第109页。

[6] 黄咏梅：《故乡：默认的连接》，《广西文学》2016年第8期。

显弱势的地名呈现出来，如短篇小说《路过春天》中的"我那个边城"①、中篇小说《骑楼》中的"我生长的这个小山城"②、中篇小说《把梦想喂肥》中的"这个小山城里""这个小地方""梅花州"③，而罕见以"梧州"等正面的广西文学地理出现。

2016年，《广西文学》杂志第8期"特别策划·重返故乡"栏目刊出黄咏梅的《故乡：默认的连接》。她在该文中论及自己的创作与广州和梧州的复杂关系时指出：由于梧州和广州在地域文化上有着一衣带水的紧密关系，所以尽管她在创作中有意识地以广州为根据地，用粤语方言写广州，但始终在潜意识里不自觉地重返梧州。这种复杂的创作心理造成她小说中的文学地理"广州"跟当下现实的广州难以对应，却跟记忆中的故乡梧州有着潜在的融合："那个借由广州地名呈现在小说里的，无非是我记忆中的梧州，是潜意识里通过小说返回故乡的种种途径。"④黄咏梅显意识里的粤文化和潜意识里的桂文化走向了融合，我们可以称这种粤桂文化融合现象为"从鸳鸯江到珠江"的岭南都市文学。⑤

（三）徘徊在粤桂边城的"新南方写作"

朱山坡早期小说主要是以广西文学地理"米庄"为标志的地域性叙事。从小说处女作中篇小说《我的叔叔于力》开始，朱山坡就在艺术世界里以故乡为原型虚构了广西文学地理"米庄"。米庄的广西地域性，可以通过朱山坡的小说和访谈以及生长于米庄的广西地域文化来确认。《我的叔叔于力》中的江进步就称于力是"广西米庄"⑥的人。在与《我的叔叔于力》同刊于《花城》杂志2005年第6期的访谈《不是美丽和忧伤，而是苦难与哀怨》里，朱山坡直接言明米庄是广西的文学地理："广西的米庄"⑦。米庄有广西的地域文化，比如方言土语和民俗。《我的叔叔于力》中的抬棺人被称为轿夫，因为棺材就是逝者的轿子。根

---

① 每每：《路过春天》，《花城》2002年第2期。

② 黄咏梅：《骑楼》，《收获》2003年第4期。

③ 黄咏梅：《把梦想喂肥》，《青年文学》2006年第9期。

④ 黄咏梅：《故乡：默认的连接》，《广西文学》2016年第8期。

⑤ 从岭南广州移居江南杭州之后，尽管黄咏梅弃斥之前的文学行为，调整了文化选择，但是其创作与江南文化之间的关系不甚显明。所以，从整体上来说，黄咏梅小说表现出的特征主要是"从鸳鸯江到珠江"的岭南都市文学。

⑥ 朱山坡：《我的叔叔于力》，《花城》2005年第6期。

⑦ 孤云、朱山坡：《不是美丽和忧伤，而是苦难与哀怨》，《花城》2005年第6期。

据米庄的民俗，要在高的山顶上选择下棺的穴地，山顶越高越好。山顶选下棺穴地的民俗有着十分独特的寓意："生前赖活在底层死后要往高处爬"①。中篇小说《米河水面挂灯笼》中的广西方言土语"猪郎公"②，释义为配种的公猪。中篇小说《大喊一声》里的广西方言土语将妓女称为"鸡婆"："这地方……把妓女叫作鸡婆。"③

　　经历一段时期以米庄为标志的广西地域性叙事之后，朱山坡小说发生了"逃离地域"的文学行为转向："我很早就发现我有'米庄'依赖症，后来努力'逃离'米庄，写了一些我所不熟悉的地方的生活。"④"逃离地域"主要表现在，较之早期的创作，此时米庄罕见于文本中。即使米庄被作者偶尔写到，但作为广西地域身份确认的地域文化，也甚少在米庄展现出来。这标示着作家有意在创作中弃斥广西地域性。

　　类同于"文学桂军"的其他主体成员，朱山坡文学行为上"逃离地域"的深层动因，也是隐藏于文学现象和文化现象之下的对于广西地域身份的弃斥。而弃斥广西身份之后，朱山坡将身份追溯至广东。在访谈中被记者问及广西人的身份时，他回答道："我是汉族，祖上是从湖南武陵辗转搬迁过来的。在广西东南部长大，小时候跟广东更亲近一些"⑤。他还借《米河水面挂灯笼》中的阙七之口表达过广西身份在广东身份面前的弱势地位："当广东佬比做广西佬有面子咧"⑥。朱山坡对于自己广西身份的回答，与前文论及的"文学桂军"其他主体成员对于自己身份的自述十分相似。他们都极力地脱离广西身份，以及与广西相关的少数民族身份。林白之于广东、鬼子之于北方、东西之于湖南、李约热之于广东、黄咏梅之于广东，朱山坡之于湖南和广东，它们都呈现出广西作家及其创作与广西地域之间复杂而紧张的逃离关系。

　　不过，朱山坡的文学行为在经历"逃离地域"之后，又"重返地域"。所以我们看到，他近些年在强调文学中的广西地域性。2017 年，他在创作谈《我的

① 朱山坡：《我的叔叔于力》，《花城》2005 年第 6 期。

② 朱山坡：《米河水面挂灯笼》，《小说界》2006 年第 2 期。

③ 朱山坡：《大喊一声》，《钟山》2006 年。

④ 朱山坡：《正在消失的南方》，南京：江苏凤凰文艺出版社 2019 年版，第 257 页。

⑤ 朱山坡：《正在消失的南方》，南京：江苏凤凰文艺出版社 2019 年版，第 256 页。

⑥ 朱山坡：《正在消失的南方》，南京：江苏凤凰文艺出版社 2019 年版，第 47 页。

南方，我的暴风雨——谈〈风暴预警期〉》中声称，其创作会格外散发着广西的气息："尤其是广西的气息。"① 以上朱山坡文学行为变迁的心路历程，恰恰吻合他在《2018 年"重返故乡"主题创作研讨会》中的自述："写到一定的时候也希望像小时候那样千方百计逃离家乡，在我的文学世界不要留下太多的家乡痕迹……当然，人老了，最终还是要回归家乡的。"②

需指出的是，"重返地域"之后的朱山坡小说不同于创作初期的广西地域性叙事："我还会回到'米庄'，但将是不一样的'米庄'。"③ 而是指向融汇了粤桂文化的徘徊在粤桂边城的"新南方写作"。他在访谈中曾阐释自己笔下"新南方写作"的核心要义。"新南方写作"的文化指向主要表现在两个方面：一方面，文学地理指的是南方以南，从而区别于传统的江南；另一方面，运用南方方言进行写作，为文学语言创造生命力。④ 质言之，"新南方写作"应着力于展现南方以南地带的文化特征。所以，我们看到朱山坡当下的小说中有着南方以南的神秘的巫鬼文化，如短篇小说《等待一个将死的人》对于猫头鹰叫声及其引起的怪事的描写。⑤ 我们将"文学桂军"视为一个整体来观照，无疑，朱山坡小说创作的生命历程使 21 世纪"文学桂军"的创作在文化指向上实现了多元性。

---

① 朱山坡：《正在消失的南方》，南京：江苏凤凰文艺出版社 2019 年版，第 90 页。《我的南方，我的暴风雨——谈〈风暴预警期〉》文末注有，朱山坡这一创作谈是 2017 年他在广西图书馆读书会上的发言。

② 覃瑞强、石才夫：《2018 年"重返故乡"主题创作研讨会》，《广西文学》2018 年第 12 期。

③ 朱山坡：《正在消失的南方》，南京：江苏凤凰文艺出版社 2019 年版，第 273 页。

④ 参阅宋雪梅：《作家朱山坡谈新南方写作》，http://www.gxun.cn/info/1363/60801.htm，2020 年 7 月 7 日。

⑤ 朱山坡：《等待一个将死的人》，《广西文学》2015 年第 2 期。

我想，如果今天我仍生活在故乡，一定也像一个异乡人吧。

我住在［北京］东城一幢高层建筑的八层楼上，我女儿从五岁起就在阳台种玉米，至今已经种了几年了，因吸不到地气，又没有充足阳光，结果每年都不抽穗，女儿总是白欢喜一场。我想我有一半像这玉米，既不是城市之子，也不是自然之子。

——林白《内心的故乡》

说我是广西人我很不爽。长期以来，对自我身份的认同，自我认知，自我想象，总是在摇摆之中……

——林白《"广西作家与当代文学"学术研讨会》

第五章

地域困境：
"边缘—中心"权力结构中的多重悖论

20世纪80年代至今，纵观"文学桂军"发展的心路历程，其文学行为的变迁大致经历以下三个阶段：第一阶段是，20世纪80年代初至20世纪90年代初，"文学桂军"在传统现实主义的观照下，向作为地域记忆的广西地域文化获取创作资源，展开自然状态中的写作。如果将文本中呈现出的广西地域文化视为广西文学和广西作家的"身份"的差异标识，我们会发现这一阶段"文学桂军"及其创作都被深深地打上了"广西"烙印。第二阶段是，20世纪90年代初至21世纪初，"文学桂军"在深重的边缘性焦虑作用下，通过文学行为的策略性调整，即逃离地域，试图从"边缘"走向"中心"。逃离地域主要表现在两个方面，一方面是文化层面上逃离广西地域文化，毅然决然地书写主流文化，另一方面是逃离传统现实主义，转向先锋文学。逃离地域与广西文学传统之间有着尖锐的冲突，而广西文学传统主要是民间文学传统，如《刘三姐》《百鸟衣》《寻找太阳的母亲》。第三阶段是，21世纪初至今，"文学桂军"的文学行为走向复杂的多元化形态。逃离地域的文学行为指向已呈现出式微状态，但还在欲断不断地发生着作用。尽管重返地域已成为"文学桂军"文学行为总体上的趋势，但还是受到逃离地域的文学行为惯性的干预。

通观以上"文学桂军"文学行为变迁的复杂过程，我们不难发现，逃离地域是"文学桂军"文学行为选择的共同性特征。[①]事实上，逃离地域的目的是从"边缘"走向"中心"。[②]这恰好印证了1989年"振兴广西文艺大讨论"中廖振斌《"边缘文学"论》给予广西作家的警示性批评。根据《"边缘文学"论》的批评性阐释，"边缘文学"是文化层面上的边沿文学和边远文学。置身边缘状态的作家处于权力的弱势地位而理解和想象了文坛的"中心"，将自己的文学创作点放置于文化的边缘处，然后去仰承"中心"的辐射："追求认同于别人，以能紧跟

---

① 尽管进入21世纪后"文学桂军"部分成员表现出重返地域的文学行为指向，但是"重返"和"逃离"是一组辩证的概念。没有"逃离地域"，何来"重返地域"？所以，"文学桂军"表现出的最本质、最广泛、最有地域特征的文学行为共同性是逃离地域。

② "文学桂军"在深重的边缘性焦虑的作用下，理解和想象了中国文坛的"中心"，试图通过逃离地域以从"边缘"走向"中心"。这一文学行为逻辑十分复杂，前文笔者对此已有深入的论析，可参阅第三章引言部分。

或赶上中心为目的、为光荣。"[①] 最后，廖文以中国文学与世界文学之间的关系，进一步指出"边缘"和"中心"的缺陷。中国文化本就属于世界文化，中国文学本就属于世界文学，"没有必要把它们分割成什么中心和边缘"[②]。廖文比喻道，这就好比先建筑个篱笆把自己关起来，然后才打开一个门，再瞄准所谓的"中心"："高喊着'中国文学走向世界'的口号跑出去跟着别人转，去认同别人。"[③]《"边缘文学"论》向广西文坛提出的批评可以说是一语成谶。据前文笔者的考察，"文学桂军"为了使"广西文学走向中国"，恰恰选择了逃离地域这一喻含从"边缘"走向"中心"的文学行为。这也就造成"文学桂军"及其文学创作陷于"边缘—中心"权力结构之中，而"边缘—中心"权力结构中"文学桂军"的创作往往会表现出悖论性的困境，即"逃离地域"的"地域文学"。

第一节　无所适从的文学主体："逃离地域"的"地域文学"

"逃离地域"的"地域文学"主要意涵着两方面悖论性困境，从而使"文学桂军"这一文学主体陷入无所适从的窘境。一方面是，"逃离地域"的文学行为恰恰使"文学桂军"具有了地域文学群体的共同性特征，从而表现为"逃离地域"的"地域文学"。这往往造成极为弃斥地域文学的"文学桂军"陷入地域文学的尴尬境地。另一方面是，"逃离地域"的目的是从"边缘"走向"中心"，不过"逃离地域"走向"中心"之后，"中心"却始终以"中心"的视角和姿态将"文学桂军"作为"地域文学"的边缘主体来接受和审视，甚至误读、曲解、强制阐释和引导。若"文学桂军"顺从"中心"的权力指向，凸显自身的地域身份，则会陷入"边缘—中心"权力结构中的边缘位置，并且与从"边缘"走向"中心"的意愿相悖；若"文学桂军"抵抗"中心"的权力指向，则又造成其"中心"想象与"中心"的"地方"接受之间产生尖锐的矛盾、冲突和博弈，与丧失独特的文学地域性特征，从而难以被"中心"认可和接纳。我们不难体会到，置身于"边缘—中心"权力结构中的"文学桂军"在文学行为上的无所适从状态。

---

① 廖振斌：《"边缘文学"论》，《南方文坛》1989 年第 4 年。
② 廖振斌：《"边缘文学"论》，《南方文坛》1989 年第 4 年。
③ 廖振斌：《"边缘文学"论》，《南方文坛》1989 年第 4 年。

"边缘—中心"权力结构中的"文学桂军"在文学行为上表现出的悖论性困境，恰恰契合了华康德在《实践与反思：反思社会学导引》中指出的布迪厄所表达的"无法解救的矛盾"[①]，以及帕斯卡尔·卡萨诺瓦在《文学世界共和国》中指出的"两难的境地"[②]。

通过考察"文学桂军"从"边缘"走向"中心"的心路历程，与"中心"将"文学桂军"作为广西地域文学的边缘主体来接受、误读和引导的过程，我们可以体会到"文学桂军"陷入的悖论性困境。

（一）边缘空间："中心"想象与规训及反规训

帕斯卡尔·卡萨诺瓦认为，文学世界结构存在着"中心"，如巴黎和伦敦，自然也就存在着"边缘空间"。"中心"和"边缘空间"既是地理上的关系，又是文学本身意义上的关系，正如朱山坡所说："广西与北京的距离，就是自己与文学的距离。"[③] "边缘空间"的文学往往会为了得到"中心"的认证和提高自己的文学身份，就要自觉或不自觉地向"中心"聚集和靠拢："边缘的作品必须要完全满足中心的兴趣。"[④] "文学桂军"同样如此，为了得到其理解和想象的中国文坛"中心"的认证，一直以来通过接受规训的方式试图得到"中心"的承认并提高自己的文学身份。但是，当"中心"以"中心"姿态引导"文学桂军"再返回广西地域时，"文学桂军"又偶尔表现出反规训的文学行为指向。不过殊途同归，接受规训和反规训都是为了从"边缘"走向"中心"。"文学桂军"从"边缘"走向"中心"的艰难的心路历程，主要表现在两个方面：一方面是主动接受"中心"批评家的批评，包括接受批评性的接受期待和引导。比如，广西文坛邀请北京和上海的批评家命名、推广和评论"广西三剑客""广西后三剑客""天门关作家群"，接受《上海文学》杂志"民间"理论接受期待下的组稿，以及集体远赴上海参加带有"民间"理论引导性质的"广西作家与当代文学"学术研讨

---

① ［法］布迪厄、［美］华康德：《实践与反思：反思社会学导引》，李猛、李康译，北京：中央编译出版社 1998 年版，第 25 页。

② ［法］卡萨诺瓦：《文学世界共和国》，罗国祥、陈新丽、赵妮译，北京：北京大学出版社 2015 年版，第 207 页。

③ 李宗文：《"广西后三剑客"应运而生：全国专家研讨田耳朱山坡光盘作品》，《南宁晚报》2015 年10 月 13 日。

④ ［法］卡萨诺瓦：《文学世界共和国》，罗国祥、陈新丽、赵妮译，北京：北京大学出版社 2015 年版，第 189 页。

会。另一方面是在创作上通过"逃离地域"实现广西地域文学的边缘性身份的弃斥。

　　1997 年，广西作家协会、广西文艺理论家协会、《南方文坛》杂志社、广西师范大学中文系联合中国作协创研部和《花城》杂志，邀请全国各地的评论家、作家、编辑在广西南宁召开了东西、李冯、鬼子作品研讨会。研讨会的初衷就是向中国文坛提出和推广"广西三剑客"："把他们三个合起来开个研讨会，把他们整体推向中国文坛"①，并以"广西三剑客"为历史的契机，实现广西文坛与中国文坛之间的对话。"广西文坛三思录"和"振兴广西文艺大讨论"的重要参与者黄佩华在研讨会上表达过这次对话对于广西文坛的历史意义："呼唤、酝酿、准备多年的广西文坛终于能够实现与全国对话并得到文坛的认可，这是一个历史性的突破。"② "广西三剑客"的命名者和推广者主要有陈晓明、李敬泽、王干，等等。③ 2015 年，广西作家协会、《南方文坛》杂志社和中国作协创研部又联合举办"'广西后三剑客'：田耳、朱山坡、光盘作品研讨会"，与"东西、李冯、鬼子作品讨论会"的目的一样，向中国文坛提出和推广"广西后三剑客"。在讨论会上，梁鸿鹰和孟繁华指出，"广西后三剑客"的重要命名者和推广者是陈晓明："广西前后'三剑客'，与北大的陈晓明的一些思考分不开的。""'后三剑客'的命名是陈晓明说的。"④ 我们看到，无论是"广西三剑客"的提出和推广，还是"广西后三剑客"的提出和推广，陈晓明都是十分重要的参与者。2005 年，广西作家协会和《南方文坛》杂志社等在玉林市联合召开"天门关作家群研讨会"，向中国文坛提出和推广"天门关作家群"。"广西三剑客"和"广西后三剑客"研讨会的重要参与者李敬泽，同样参与了"天门关作家群"研讨会。⑤

　　陈思和主编《上海文学》杂志时，运用"民间"理论影响"文学桂军"的创作。这主要表现在两个方面：一方面，开设"自由谈""月月小说""广西青年

---

① 张燕玲：《南方的果实》，《红豆》2003 年第 3 期。

② 张军华：《东西、李冯、鬼子作品讨论会纪要》，《南方文坛》1998 年第 1 期。

③ 参阅张燕玲：《南方的果实》，《红豆》2003 年第 3 期。

④ 李敬泽、阎晶明等：《"广西后三剑客"：田耳、朱山坡、光盘作品研讨会纪要》，《南方文坛》2016 年第 1 期。

⑤ 《南方文坛》编辑部：《"天门关作家群"研讨会纪要》，《南方文坛》2005 年第 6 期。

作家专号"等栏目，向"文学桂军"约稿，期待他们的创作倾向于"民间"的立场；另一方面，为"文学桂军"撰写评论，肯定其创作的"民间"世界。2018 年，陈思和和王安忆召集"文学桂军"集体远赴上海参加"广西作家与当代文学"研讨会。其用意依然是用"民间"理论引导"文学桂军"展开创作，尤其是方言土语写作。[①] 有必要指出的是，尽管"广西作家与当代文学"学术研讨会的用意是引导广西作家展开"民间"写作，尤其是方言土语写作。但是，据笔者观察，"文学桂军"在研讨会之后并未将方言土语写作充分地付诸创作实践，尤其是20 世纪 90 年代几近偏执地"逃离地域"的鬼子、东西、李冯。"逃离地域"的深层逻辑是从"边缘"走向"中心"，所以当"中心"引导他们再"返回地域"之时，边缘性主体往往会表现出反规训的姿态。

广西作家在访谈和创作谈中往往会表现出对广西地域文学的反感和排斥，具有典型性的有林白、鬼子和李冯关于广西地域写作的自述。林白被问及广西之于其创作的意义时，林白回答道："我的写作不考虑地域。"[②] 胡群慧向鬼子提出疑问：广西地域对于其创作有着怎样的意义？鬼子直言不讳地答道，即使地域有时也有正面的意义："而我把这一面优越，也放弃了。"[③] 并指出广西地域对于广西作家创作的局限性："这是一种地域的缺陷。"[④] 李冯在创作谈《关于小说的断想》中同样表达过对于广西地域文学这一说法的厌弃："关于广西小说，我本人对地域写作一向兴致不高"[⑤]。所以我们看到，"文学桂军"在创作上表现出"逃离地域"的文学指向和文化指向，目的是摆脱掉边缘身份，走向中心或主流。[⑥]

（二）文学首都："边缘"想象与"地域"接受

帕斯卡尔·卡萨诺瓦在发现文学世界存在着"边缘—中心"这一不平等的权力结构之后，进一步指出"中心"（帕斯卡尔·卡萨诺瓦称之为文学首都）往往会规范文学进入文学世界共和国的准入路径，让它们符合自己的文学艺术观

---

① 陈思和通过《上海文学》杂志、文学批评和"广西作家与当代文学"研讨会引导"文学桂军"的"民间"写作，笔者在前文已有详论，故不再赘述。可参阅本书第四章第一节。

② 林白：《林白：世界以它本来的面目运行，我面对它，倾听和凝视》，《宣言报》2020 年 7 月 3 日。

③ 胡群慧、鬼子：《鬼子访谈》，《小说评论》2006 年第 3 期。

④ 胡群慧、鬼子：《鬼子访谈》，《小说评论》2006 年第 3 期。

⑤ 李冯：《关于小说的断想》，《南方文坛》1997 年第 3 期。

⑥ "文学桂军"文学行为上的"逃离广西"现象及其深层原因，可参阅本书第三章第一节。

念。文学世界共和国的准入方式是将"边缘"归并到"中心"视野中去的一种系统性机制，它有着潜在的局限性："是篡改、误读、曲解甚至是断章取义的根源。"① 也可以用布迪厄的场域理论来解释"中心"对于"边缘"的接受关系。在作品和受众之间存在着接受的场域结构，接受的场域结构会影响受众对于作品的一整套批评："它对这些行动者的影响是借助场域向所有属于该场域的人所强加的心智结构"②。也就是说，"边缘—中心"场域结构会作用于"中心"接受"边缘"的心智结构上，从而使其接受的过程暗含着"中心"的视角和姿态。

　　"文学桂军"的创作在被"中心"的接受过程中就表现出以上种种现象，而这些现象又与"文学桂军"从"边缘"走向"中心"的文学行为逻辑相悖。尽管"文学桂军"的创作已通过"逃离地域"试图跻身于"中心"，但是"中心"仍然先验地将其视为边缘性的广西地域文学主体来接受，或者根据边缘性的地域出身有意识地引导其返回地域，甚至直截了当地言明对其主流身份的不接纳。需指出的是，接受"文学桂军"的"中心"最具代表性的是北京和上海的主流批评家。

　　1999 年，作为"广西三剑客"概念的重要命名者和推广者，陈晓明撰文《又见广西三剑客》表达了自己对于"广西三剑客"概念的看法，并评论相关广西作家的创作。《又见广西三剑客》直接言明，"广西三剑客"只是一种理论阐释上的策略性的权宜之计。实际上，它并无充分的学理性，将东西、鬼子、李冯合称为"广西三剑客"仅仅因为他们都出身于广西地域。如果超出地理的范畴，他们三个人的创作很难被归于一起："'三剑客'这种说法只有地域性的意义"③。甚至，该文认为即使东西已经获得鲁迅文学奖，但仍然不能被归为主流作家："并不意味着东西立即就成为主流作家"④。在东西、李冯、鬼子作品研讨会上，李敬泽也曾说过，"广西三剑客"命名的合理性只是源自三位作家生存于

① ［法］卡萨诺瓦:《文学世界共和国》，罗国祥、陈新丽、赵妮译，北京：北京大学出版社 2015 年版，第 178 页。

② ［法］布迪厄、（美）华康德:《实践与反思：反思社会学导引》，李猛、李康译，北京：中央编译出版社 1998 年版，第 210 页。

③ 陈晓明:《又见广西三剑客》，《南方文坛》2000 年第 2 期。文末注明了本文的写作时间为 1999 年12 月 21 日。

④ 陈晓明:《又见广西三剑客》，《南方文坛》2000 年第 2 期。

相同的地域："被称为'三剑客'，仅仅因为他们在同一个地方生活和工作。"① 具有悖论性的是，东西、李冯、鬼子的文学行为一直以来都是极力"逃离地域"的，却因广西地域而被合称为"广西三剑客"。"天门关作家群"的命名同样遭遇了这种悖论。"天门关作家群"研讨会邀请到主流批评家远赴玉林市参会，目的是向中国文坛提出和推广"天门关作家群"。不过，主流批评家还是以边缘空间与中心空间之间的地理距离和文化距离来审视边缘性的"天门关作家群"："玉林的作家群……向着长安，或者大梁，或北京前进。"② 陈思和的《民间的沉浮——对抗战到"文革"文学史的一个尝试性解释》阐释了"民间"的生长空间，即与权力中心相对的边缘空间："民间文化形态是指在国家权力中心控制范围的边缘区域形成的文化空间。"③ 我们可以体会到，陈思和的"民间"理论在影响"文学桂军"的创作时，就已经潜在地将它们放置于"边缘—中心"权力结构中的边缘位置。2004 年，陈思和在与林白的访谈《〈万物花开〉闲聊录》中就曾十分明确地表达用"民间"理论引导其创作从"中心"返回"边缘"的意图。他先是反复指出现实里林白从广西到北京的生活逻辑，非常契合之前其从"边缘"到"中心"的文学行为逻辑："从边缘地区进入北京定居的作家""边缘逐步向中心集中""从地域上说，边缘被中心接受"④。然后，陈思和进一步指出边缘之地出身的林白应在创作上践行返回边缘的"民间"写作："从京城里离开，到边缘去。""一个从边缘来的人，在北京找了很久没有找到的东西，回过头来，在民间找到了。"⑤ 至此，边缘与民间具有了内在统一性。其实，1998 年，陈思和的《林白论》就以林白的边地出身和流寓京城为路径阐释过她的创作，认为林白从广西北流到北京的生存逻辑，就是从边地民间到达禁中。并且，他使用与边缘相近的一系列关键词界定林白及其创作的边缘身份，比如："异域""边城""蛮荒之地"⑥，等等。2004 年，陈思和借用主编《上海文学》的契机，以"民间的立场"向广西作家组稿，并开设"广西青年作家专号"⑦。我们不难体会到，其中暗

① 张军华：《东西、李冯、鬼子作品讨论会纪要》，《南方文坛》1998 年第 1 期。
② 《南方文坛》编辑部：《"天门关作家群"研讨会纪要》，《南方文坛》2005 年第 6 期。
③ 陈思和：《民间的沉浮——对抗战到"文革"文学史的一个尝试性解释》，《上海文学》1994 年第 1 期。
④ 林白、陈思和：《〈万物花开〉闲聊录》，《上海文学》2004 年第 9 期。
⑤ 林白、陈思和：《〈万物花开〉闲聊录》，《上海文学》2004 年第 9 期。
⑥ 陈思和：《林白论》，《作家》1998 年第 5 期。
⑦ "广西青年作家专号"开设于《上海文学》杂志 2004 年第 6 期。

含着批评家与广西作家之间存在着的"中心—边缘"权力结构关系。

2018 年，陈思和和王安忆召集广西作家远赴上海参加"广西作家与当代文学"学术研讨会，用意同样是引导广西作家展开边缘空间的"民间"写作，尤其是广西的方言土语写作："把广西作家的成果看成是我们自己的文学理念的追求"①。王安忆关注到南方方言在中国语言版图里不断被边缘化的趋势，以电影《刘三姐》里的戏曲彩调为例向广西作家提出广西方言土语写作的接受期待。陈晓明甚至认为，广西作家群体之所以共性非常鲜明，可能源自方言土语："他们群体的共性……方言问题"②。颇有意味的是，1989 年《广西文坛三思录》开篇的批评文章就是常弼宇的《别了，刘三姐》，而自 20 世纪 90 年代以来"文学桂军""逃离地域"这一文学行为转向的显明特征之一就是弃斥广西方言。③

"广西作家与当代文学"学术研讨会上，王安忆还回忆起 20 世纪 90 年代陈思和在上海戏剧学院讲课的往事。陈思和当时将陈染和林白作比较，认为："陈染是北京作家，北方作家有一种贵族气，而林白是广西作家，南方作家在伦理上比较模糊，他用了一个比较低的词……贵族气是一种和权力、主流、体制比较近的东西，南方离中心比较边远"④。

既因广西远离"中心"而只好"用了一个比较低的词"评论广西作家，又关注到林白一直以来文学行为上从"边缘"走向"中心"的权力指向，"民间"理论却还影响广西作家返回地域展开边缘空间的民间写作。这一系列不无悖论性的批评行为更凸显了深陷于"边缘—中心"权力结构中的"文学桂军"在文学行为上的无所适从。

第二节　个案研究：林白从"鬼门关"到"京城"的女性写作

20世纪 90 年代，林白相继创作《同心爱者不能分手》《一个人的战争》

---

① 曾攀、吴天丹：《"广西作家与当代文学"学术研讨会纪要》，《南方文坛》2018 年第 5 期。

② 曾攀、吴天丹：《"广西作家与当代文学"学术研讨会纪要》，《南方文坛》2018 年第 5 期。

③ 《广西文坛三思录》初刊于《广西文学》杂志 1989 年第 1 期。广西作家对于广西方言土语的鄙弃，可参阅本书第三章第一节和第三节。

④ 曾攀、吴天丹：《"广西作家与当代文学"学术研讨会纪要》，《南方文坛》2018 年第 5 期。

《说吧，房间》等作品，学界认为它们极具女性写作特征 ①，所以她随之被指认为中国当代最具有代表性的女性主义作家，其作品也被指认为女性主义文学。不过进入 21 世纪以来，林白在创作谈中反复强调自己与女性主义的隔阂，以及对女性主义标签化圈限的拒斥，具有典型性的自我指认有："女性主义我是没有理论准备的……我写作的时候，没有考虑过（女性主义）。"② "我对女性主义写作完全不热衷。"③ "我不是一个女权主义者，对'主义'这个词我是比较隔阂的"④。她拒绝被贴上女性主义标签。

可是，林白在代表性长篇小说《一个人的战争》中却频繁表达对于女性主义的概念化指认和自我标签化，比如："我坚决抵制这个广告，这是一个男权主义的广告""我知道，在这部小说中，我往失学的岔路上走得太远了，据说这是典型的女性写作，视点散漫、随遇而安""女大学生竟然没有从这话里听出极端的男权意识""她应该学习西方的女权主义，使自己的作品强悍一些。""多米反驳男人说：你说的美只是男人眼中的美，女权主义者对此会不屑一顾的。"⑤ 十分吊诡的是，引文中指认女性主义的"我""女大学生""她""多米"等都是文本中林白的自我文学形象。这更说明林白是有意识地在文本中自我指认和自我标签化女性主义。

林白 21 世纪在文本外对于女性主义标签的拒斥，与 20 世纪 90 年代在文本内对于女性主义标签的自我指认之间构成尖锐的矛盾。我们究竟该如何解释以上自我矛盾的现象？这就需要考察林白女性写作的发生与流变。

其实，通过考察林白小说创作与学界的"对话"关系，可以追本溯源林白女性写作的发生和流变。从 20 世纪 90 年代进入评论家的视域时，林白小说创作便与学界保持着紧张而复杂的"对话"关系，同时也陷入时代激流中的艰难调适状态。据笔者考察，林白女性写作的发生和流变主要溯源于陈晓明一系列

---

① 考虑到"女性写作"的理论范畴，及其在林白小说中的表征，笔者认为"女性写作"涵义的特质有三："一、女性主义意识或视角。二、颠覆性或解构性。三、大胆展露女性独特的经验和体验。"参阅：陈虹：《中国当代文学：女性主义·女性写作·女性本文》，《文艺评论》1995 年第 4 期。

② 尉玮：《林白：我的写作比"女性主义"更宽广》，《香港文汇报》2016 年 12 月 12 日。

③ 刘彬：《林白：百感交集与五味杂陈》，《光明日报》2013 年 7 月 11 日。

④ 搜狐：《林白：不论走到哪里，北流都是我的底色》，http://cul.sohu.com/20061114/n246384121_1.shtml,2006 年 11 月 14 日。

⑤ 林白：《一个人的战争》，《花城》1994 年第 2 期。

文学批评的引导。而在受到文学批评的引导之前，即 1983 年至 1993 年，林白一直执着于个体之人的存在叙事，其艺术世界散发出的是北流"鬼门关"意涵着的边缘与虚无。1993 年中期，流寓"京城"的林白在北京评论家陈晓明批评《欲望如水：性别的神话——林白小说论略》（以下简称《欲望》）的引导之下转入女性写作，后又在其一系列评论引导之下持续展开女性写作。最终，林白以中国最具代表性的女性主义作家身份被陈晓明的文学史专著《中国当代文学主潮》接纳。直至 21 世纪初，林白才在陈思和的"民间"理论的影响之下再转入"民间"写作。①

林白女性写作的发生和流变的过程，喻含着其从"鬼门关"到"京城"的心路历程。我们通过考察林白女性写作的发生和流变，可以理解她从"边缘"走向"中心"的心路历程。同时，通过考察林白女性写作的限度，还可以深入体会到置身于"边缘—中心"权力结构中的林白小说创作遭遇的悖论性困境。

（一）边缘与虚无：个体之人的存在叙事

沿着历时性脉络考察林白小说生命的创造与流程，我们不难发觉，林白自然不是从创作之初就尝试女性写作，如 1983 年处女作《土房子里的人们》②、1986 年《从河边到岸上》、1987 年《红土之舞》《左边是墙，右边是墙》《房间里的两个人》、1988 年《外景地》《去年冬季在街上》《黑裙》等。只要细读文本，我们就会发现它们显然都与女性写作无涉。甚至，文本中充斥着"我"由于"苦恋而不得"所流露出来的浓厚的男权中心意识："我不止一次地说过，我生平最大的愿望就是跟一个自己喜欢的男人一块去看电影，我对幸福的理解也仅限于此。我对独自一个人去看电影已经厌倦透了，所以很容易就产生了这一平庸理想，这不怪我，换了别的女人也会如此。"③"我从不参与物价的讨论，因为他从

---

① 21 世纪初，陈思和的"民间"理论影响了林白的创作，笔者在本书第四章第一节和第五章第一节已有详细的论析。本节只意在探讨林白女性写作的发生和流变，以及其中喻含的林白从"鬼门关"到"京城"的艰难的心路历程。

② 林白在访谈中曾说短篇小说《土房子里的人们》是其小说处女作："小说处女作是 1983 年，发表在《广西文学》，叫作《土房子里的人们》。"参阅荒林：《写作：在生活之外——林白访谈》，《花朵的勇气：中国当代文学文化的女性主义批评》，北京：九州出版社，2004 年版，第 196 页。

③ 林白：《同心爱者不能分手》，《上海文学》1989 年第 10 期。

不谈。"① "女人就是女人，女人的事业就是死死地抓住一个男人"②。

　　直到同刊于《钟山》杂志 1993 年第 4 期的中篇小说《回廊之椅》和《瓶中之水》为止，林白小说都与女性写作几无关联。与以上现象相一致的是，林白在1993 年还未受到学界广泛关注。也就是说，在初刊于《花城》杂志 1994 年第2 期的长篇小说《一个人的战争》因为对女性私人经验表现得过于大胆而引起学界广泛而持久的争论之前，林白及其创作并未得到学界过多的接受。但值得注意的是，主流评论家陈晓明在 1993 年为林白的中篇小说《回廊之椅》和《瓶中之水》做了一篇评论文章《欲望如水：性别的神话——林白小说论略》。它之所以表现得颇为特殊，有三方面原因：一是它与《回廊之椅》和《瓶中之水》同刊于《钟山》杂志 1993 年第 4 期，这就决定其难免与林白关系密切。二是它是林白凭借《一个人的战争》成名前唯一一篇由学界主流评论家所做的评论文章，除此之外鲜有其他评论家关注林白。三是它通过提出批评与接受期待的方式，试图跟林白进行潜在的"对话"，而"对话"实质上是表达陈晓明对林白下一个小说的、站在女性写作立场上的接受期待，即期待林白更加自觉地沿着《回廊之椅》和《瓶中之水》中描写女性私人经验的路子大胆地走下去，并突破性地赋予更加明确的女性主义观点。

　　所以我们不难体察到，紧跟在评论文章《欲望》之后具有女性写作风格的中篇小说《飘散》便是林白女性写作的发端之作，它也是林白小说创作第一次转型后女性写作的尝试，而女性主义立场鲜明的《一个人的战争》则是林白女性写作代表作。可以说，评论文章《欲望》是林白女性写作的发生的理论触发点。③ 那么，在女性写作源起之前，林白小说创作的整体形态是什么？笔者认为，林白早期小说的整体形态是个体之人的存在叙事，它的特征具体表现为边缘与虚无。

　　其实，在与学界的"对话"关系发生以前，林白及其创作还没有涉入中国当代小说发展的历史长河，她并未意识到"当时"时代语境里所发生的一切会

---

① 林白：《玫瑰过道》，《漓江》1992 年第 3 期。

② 林白：《青苔与火车的叙事》，《作家》1994 年第 4 期。

③ 对于林白小说创作与陈晓明《欲望如水：性别的神话——林白小说论略》的关系问题的考察，显然需要大量的材料和篇幅，且游离于本节第一部分的题旨，所以笔者将其放置于"（二）源流与变奏：接受期待与行为选择"中详论。

跟她及其创作发生怎样的复杂关系。只有"当时"历史化以后，我们才会注意到这一事实：自从 20 世纪 80 年代初，学界就相继对域外的女性主义文学及相关理论向国内译介，为此，国内许多著名学术理论刊物都为女性主义批评理论开辟专栏。① 女性主义理论领域的学者们也持续地发出先声。

20 世纪八九十年代中国学界对西方女性主义文学和相关理论的译介，以及在女性主义研究领域的学术专著和文章如雨后春笋般问世，都构成了林白小说出现的时代语境。时代语境与个体创作之间复杂而微妙的关系，在"当时"是隐蔽的，只有在林白小说创作的流变过程中才会逐步显露出端倪。林白作为创作主体，目前还处于对时代语境的"无知"状态，她还未顾及时代语境中已潜在形成的接受期待，而执着于对个体之人的话语方式的创造。所以，1993 年林白仍然声称自己"这个人在写作时不管可读性……她只遵循自己的本性和想法"②。

对个体之人的话语方式的创造，质言之，即由于独特的童年成长经验和地域文化性格，与对阅读史中存在主义哲学尤其是"虚无"的接受，林白在文本中固执地构筑自我幽闭的"存在"时空，以思考个体之人的"存在"困境。

林白出生于广西北流县，三岁丧父，她的母亲长年累月去乡下做妇幼保健工作。于是，四岁到七岁期间她在县幼儿园孤独地度过，性格孤僻。七岁到十岁期间，她独自一人生活在县城妇幼保健站阴森诡秘的房子里。③ 此外，广西北流县的地域文化标志是"鬼门关"，它相对于中国主流文化而言，带有边缘性文化特征。"鬼门关"作为林白童年生存的地理环境和文化环境，大篇幅地反复出现在她的小说和创作谈中。④ 童年成长经验和地域文化性格，形塑了林白与生俱来的边缘性性格特征，也玉成其在日后的创作中执着于面对镜像中的自

---

① 关于 20 世纪 80 年代初始，学界对于女性主义文学及其相关理论的译介情况，以及相继出版的一系列女性主义理论学术专著，可参阅金文野：《中国当代女性主义文学思潮的流变》，《深圳大学学报（人文社会科学版）》2004 年第 6 期。

② 林白：《重要的事情（创作谈）》，《作家》1994 年第 4 期。

③ 关于林白详细的童年成长经验，可参阅林白：《流水林白》，《作家》1994 年第 4 期。

④ 林白小说和创作谈中对于故乡"鬼门关"及其相关鬼文化（如圭河、鬼节）的高频关注，可参阅：林白：《一个人的战争》，《花城》1994 年第 2 期。《青苔与火车的叙事》，《作家》1994 年第 4 期。《裸窗》，《作家》1989 年第 9 期。搜狐：《林白：不论走到哪里，北流都是我的底色》，http://cul.sohu.com/20061114/n246384121_4.shtml，2006 年 11 月 14 日。由此可见，地域文化对其精神性格的深刻烙印。

我。陈思和也关注到"鬼门关"这一地域与其所代表的边缘文化对林白及其小说的深刻影响，"她来自西南边陲的北流县——这个地方因隘道'鬼门关'而著名。"① 他将边缘文化归为民间文化，以观照其对林白小说特征的作用："林白小说所展现的这种女性文学的美学特征，是与林白身处边陲和浸淫着民间文化因素的来历有关，种种边缘文化的心理积淀和童年记忆几乎与生俱来地把她隔绝在京城主流文化以外"②。

通过文本细读，我们可以从小说文本中发掘出林白的个人阅读史，她对海德格尔和萨特所代表的存在主义哲学，尤其是"虚无"，有过深刻的接受。中篇小说《黑裙》中林白自我文学形象梅红"略知海德格尔，她在看到瑞衡露在棉被外面的左腿之后说：'外婆，我要是你，我就自杀。'"③ 这便是海德格尔的"向死而生"。中篇小说《青苔与火车的叙事》中，林白自我文学形象老黑沉浸在对往事的追忆中，内心充满了虚无感："没有了痕迹的东西，谁能证明它们的存在呢？"④ 林白在中篇小说《我要你为人所知》中借由对死亡的冥想而困惑于"人"的"存在"与"虚无"问题："一个人如果从来没有出生过会是什么状态，就是说，什么也没有，虚无。"⑤ 林白在文本中对于存在主义哲学，以及它所含有的"虚无"的反复书写，可以说是不胜枚举。⑥ 显然，"虚无"作为林白所持守的一种根深蒂固的世界观，与她与生俱来的边缘性性格和边缘性文化性格之间，具有某种内在一致性。

此时的林白之所以能够长久地聚焦于个体之人的存在叙事，这与其所身处的时代语境和创作主体的个体性性格特征有紧密关联。"当时"时代语境对女性写作和相关理论强调得相对温和，以及未受到学界过多关注的创作主体对时代语境的"无知"状态，都促成林白能够执着于创造个体之人的话语方式。然而，当距离中国新时期女性写作的高潮愈来愈近时，"它的深度理论根源承系于西方的女权主义运动，而它的高潮迸发却是藉于九十年代中期第四次世界妇女大

---

① 陈思和：《林白论》，《作家》1998 年第 5 期。

② 陈思和：《林白论》，《作家》1998 年第 5 期。

③ 林白：《黑裙》，《上海文学》1988 年第 12 期。

④ 林白：《青苔与火车的叙事》，《作家》1994 年第 4 期。

⑤ 林白：《我要你为人所知》，《雨花》1990 年第 5 期。

⑥ 参阅林白：《我要你为人所知》，《雨花》1990 年第 5 期。林白：《随风闪烁》，《收获》1992 年第 4 期。林白：《一个人的战争》，《花城》1994 年第 2 期。

会在中国召开。"① 时代语境中的女性主义思潮也随之变得愈来愈激进。所以我们发现，当理论激进的文学评论家对林白小说进行过阐释性的意义再创造后，林白小说就接受了其潜移默化的种种影响、制约和规训。换言之，林白在《回廊之椅》和《瓶中之水》之后的创作已经不再是个体之人的独立的话语方式，而是有时代语境的存在，处于一定历史关系中的创造。

面对学界对其小说的阐释性的意义再创造，1993 年中期以后，林白一方面固守个体之人的存在叙事，潜在地耕耘她一直以来的"自己的园地"；另一方面她在学界的接受期待之下有意识地转入女性写作。但是，存在叙事因为与学界的接受期待相背离，而遭到忽视，所以被推到"后景"中；相反，为了与学界的接受期待相暗合，女性写作明显地被推到"前景"位置，在时代激流中显示出一种新的朝气。从而，林白小说创作的存在叙事与女性写作之间保持着某种内在一致性。

那么，1993 年内从存在叙事到女性写作，林白在短时间里究竟如何转型？她转型后的女性写作在其小说发展的历史长河里又如何变奏？笔者将更进一步详尽地考证林白及其小说与学界的"对话"关系，以探讨以上问题。

（二）源流与变奏：接受期待与行为选择

林白早期小说的最后两部作品，即《回廊之椅》和《瓶中之水》，与陈晓明的评论文章《欲望》同刊于《钟山》杂志 1993 年第 4 期。据笔者考察，《欲望》是主流评论家首次关注到林白小说，也是学界初次用女性主义理论阐释林白小说。它在对林白小说中女性欲望的话语给予高度肯定的同时，通过文学批评对林白小说提出女性写作的接受期待：

> 从来没有人（至少是很少有人）把女性的隐秘世界揭示得如此彻底……这种坦率和真诚在某种意义上构成妇女写作的首要特征。
>
> 也许这是典型的女性写作，它不考虑叙事的完整性，而着重于话语的欲望表达。
>
> "新时期"的女性文学一直就没有女性特征，因为本来就没有女性意识，也许应该归结于意识形态的整合法则压制、淹没了那些朦胧的女性

---

① 徐坤：《双调夜行船：九十年代的女性写作》，太原：山西教育出版社 1991 年版，第 2 页。

意识。

　　我相信存在一种有别于男性写作的女性写作……一种纯粹的女性欲望的表达。

　　我设想的女性写作应该有着更为宽阔的现实背景和更强的穿透力，女性欲望的话语可以包含更多的意义。

　　而仅仅是一种有现实穿透力的眼光；不是把"政治"当作一种狭隘的管理机构来理解，而是一种远为宽泛的、无处不在的父权统治之网。

　　也许这种"女权"立场对林白乃至对大多数中国女性作家都是一种苛求。①

　　《欲望》还认为《瓶中之水》中二帕和意萍是同性恋关系，批评林白对同性恋的描写不够明确，并且将其上升到"女性的自我意识"的理论高度："林白笔下的'同性恋'似是而非的根源，在于女性的自我意识含混不清。"②

　　女性主义理论预设之下的阐释，表明林白小说经历跟学界的"对话"，已经由林白这一个体之人的生命创造演变为复杂的社会生命体，进入了时代语境的"关系"中，它们的意义与价值的厘定，显然已经不只是决定于林白本人的个人意志，它们必然受到时代语境的规约，并且接受学界的参与。那么，将个体之人的精神创造置于时代语境的"对话"关系中，探索"对话"与林白创作之间复杂而微妙的关系，将有助于剖析林白女性写作的发生与流变。

　　《欲望》文末标明写作于 1993 年 5 月 23 日，其时女性主义文学与相关理论已经在国内如火如荼地传播，距离女性主义思潮的高潮也越来越近。所以，尽管林白早期创作并不是在某种明确的女性主义理论指导下写作，但是学界的理论家却按照强大的历史惰性与惯性，将《回廊之椅》和《瓶中之水》纳入"当时"的阐释系统中。陈晓明在《欲望》中也遭遇这种阐释困境，他一方面意识到林白对女权的隔阂："林白的小说有意排斥男性，贬抑男性，它未必是呼应某种'女权'观念，在我看来，不过是她对女性故事的偏执追寻而已"③，另一方面却还是将其纳入女性写作的阐释体系。

---

① 陈晓明：《欲望如水：性别的神话——林白小说论略》，《钟山》1993 年第 4 期。
② 陈晓明：《欲望如水：性别的神话——林白小说论略》，《钟山》1993 年第 4 期。
③ 陈晓明：《欲望如水：性别的神话——林白小说论略》，《钟山》1993 年第 4 期。

正如钱理群先生在考察曹禺与时代语境的复杂关系时所言："'时代'的声音、传统惰性的力量远比'个人'的声音与创造强有力得多。"① 面对时代语境对其小说所做的种种注释，林白在《欲望》之后的创作中究竟如何与学界"对话"？来自"鬼门关"的创作主体，希冀被其所身处的"京城"认同与接纳，于是我们发现：林白早期小说中的存在叙事，因为与"当时"的时代语境及学界的接受期待相背离，而被她有意识地推到"后景"中；相反，为了与"当时"的时代语境及学界的接受期待暗合，林白急遽地转入女性写作。

林白"当时"对于女性主义理论事先是没有准备的，她在 1995 年 5 月 17 日晚的访谈中对此有过说明："总的来讲，我对女权主义的理论是陌生的。"② 女权的立场与其早期小说中的存在叙事所表露出的男权中心意识也格格不入。然而，十分吊诡的是，从《欲望》的写作时间 1993 年 5 月 23 日到 1995 年 5 月 17 日，在这两年内林白已发表许多具有女性写作理论倾向的小说，它们以女性私人经验、女性意识与女权主义立场引起文坛长时期的震动，其中有中篇小说《飘散》、中篇小说《青苔与火车的叙事》、长篇小说《一个人的战争》、短篇小说《枝繁叶茂的女人》、短篇小说《猫的激情时代》、中篇小说《致命的飞翔》等。那么，在没有女性主义理论和女权立场的心理准备之下，林白如何实践女性写作？

《飘散》是林白在《欲望》之后发表的第一部小说③，无论是在题材上，还是在风格上，都呈现出与她早期执着于个体之人的存在叙事相迥异的特征。它是林白首次在文本中以社会现象为题材，写的是女性在社会中被男性压迫和施虐。文本主要叙述了以下内容：琚先被台商包养，后在被台商和李马抛弃后发疯、自杀；邸红先被李马抛弃，再被林先生包养后抛弃，最后返回故乡并失业；萧被包养；三个年轻女孩儿被男性强暴后杀害。不难看出，林白在《飘散》

---

① 钱理群：《曹禺戏剧生命的创造与流程》，王晓明主编：《二十世纪中国文学史论》（第二卷），上海：东方出版中心,1997 年版 ,第 401 页。

② 林舟、齐红：《心灵的守望与诗性的飞翔——林白访谈录》,《花城》1996 年第 5 期。文末标明访谈是根据 1995 年 5 月 17 日晚谈话录音整理。

③ 本书是按照作品的发表时间来确定林白小说创作的历时性的生命流程，而不是写作时间。这主要是出于三方面原因：一是并非每篇林白小说的具体写作时间都可以得到确证；二是在作品发表前，一般来说，创作者都还可以对小说进行修改和完善；三是就目前于文末标明的写作时间来看，林白小说的发表次序大体上与其写作次序相吻合。

中设置了"女性／男性"尖锐的性别对立，这种叙事新意显得突兀而刺眼。此外，《飘散》从情节到语言，都表现出概念化乃至粗制滥造的倾向。

通过文本细读，我们还可以发现林白小说在与《欲望》进行潜在的"对话"。林白在文本中有意识地对《欲望》中所接受期待的相关理论概念表现出附和："她的性别站在了眼前，她目光迷蒙地看到，她原来是一个女孩，是女性。这个发现使她把自己弄得好看了一些，人们说：啊，邸红你现在显年轻了。于是，邸红的女性意识得到了彻底的觉醒。""她们心上的男歌星在一夜之间（？）变作了一位同性恋者"①。若将林白对于性别、女性、女性意识和同性恋的强调，与本节关于《欲望》所提出的接受期待的引文比较，我们会发现二者之间的"对话"关系：从《欲望》所批评的"没有女性意识""压制、淹没了那些朦胧的女性意识""女性的自我意识含混不清""'同性恋'似是而非"，到《飘散》中的"女性""女性意识得到了彻底的觉醒""变作了一位同性恋者"。而且，在小说中提及关于女性写作的种种理论概念，诸如女性性别、女性意识和同性恋，这对林白来说实属首次。

如前文所引，《一个人的战争》中出现了关于女性写作及其相关理论概念的诸多自我指认性质的标签。它们与《欲望》中所提出的接受期待同样表现出几近一一对应的附和式"对话"关系。引文中林白对于女性写作的自我指认："据说这是典型的女性写作，视点散漫、随遇而安"，与《欲望》中的阐释"也许这是典型的女性写作，它不考虑叙事的完整性"，表现出高度认同式的"对话"关系。由于《欲望》是《一个人的战争》发表以前，唯一将女性写作与林白小说联系起来的评论文章，所以我们可以体会到"据说"实质上是一种潜在的"对话"表达。这种相类似的"对话"关系还表现在《枝繁叶茂的女人》中："女书商接受某些评论家的说法，认为梅劲是一名优秀的女性主义写作者，因此她直截了当地找到了我。"②

此外，与早期小说相比，《一个人的战争》中出现的叙事新意几乎涵盖《欲望》所提出的所有接受期待，这主要表现在：一是引人注目的女性的欲望话语；二是"我"与南丹之间的同性恋关系，包括同性恋之间的性爱，而"同性恋"一

---

① 林白：《飘散》，《花城》1993 年第 5 期。

② 林白：《枝繁叶茂的女人》，《青年文学》1994 年第 11 期。

词在文本中被书写近 10 处之多；三是文本中设置了性别对立，反抗男权，比如"我"的议论："男人浑身上下没有一个地方是美的"①。

《青苔与火车的叙事》叙述荔红为了工作岗位而用肉体进行权色交易，却被这位有实权的男性所欺骗，于是"她用匕首捅死了他，之后她镇定地拉开他的裤子像割韭菜一样把阳具割了下来并塞在了那人的嘴里。"② 并且，"当老黑（林白的自我文学形象——引者注）成长为一名激进的女权主义者，当她每周六到'妇女热线'义务值班，她走在夜色深重的大街上的时候，荔红就是她力量的源泉之一。"③

值得注意的是，陈晓明在 1994 年 12 月的评论文章《彻底的倾诉：在生活的尽头——评林白〈一个人的战争〉及〈青苔与火车的叙事〉》中随即肯定了林白小说转型后的女性写作："1993 年，我在'钟山看好'栏目写过关于林白的文字，这似乎是一篇颇有争议的东西……仅仅一年的工夫，林白以她接二连三的动作，以她优雅而不失尖锐的姿势，向文坛的中心地带冲撞而去……林白已经是无可争议的"④。引文中那篇"颇有争议的东西"，指的恰恰是刊于《钟山》杂志 1993 年第 4 期"钟山看好"栏目的评论文章《欲望》。它同时肯定了林白的女性写作、女权立场和女权主义："只有纯粹的女性写作才会正视这种存在""它对男权制度确立的那些禁忌观念，对那些由来已久的女性形象，给予了尖锐的反叛。""她像是一个女权主义的概念，一个妇女解放的前驱。"⑤ 不过，陈晓明也对林白小说书写女性私人经验的特征有所困惑，以及对林白小说未来的成长前景有所担忧。

《致命的飞翔》将女性的欲望话语、反抗男权和"男/女"性别对立推向了极端。女性的欲望话语比起之前的文本，可以说是变本加厉。关于反抗男权，诸如："指望一场性的翻身是愚蠢的，我们没有政党和军队，要推翻男性的统治

---

① 林白：《一个人的战争》，《花城》1994 年第 2 期。

② 林白：《青苔与火车的叙事》，《作家》1994 年第 4 期。

③ 林白：《青苔与火车的叙事》，《作家》1994 年第 4 期。

④ 陈晓明：《彻底的倾诉：在生活的尽头——评林白〈一个人的战争〉及〈青苔与火车的叙事〉》，《作家》1994 年第 12 期。

⑤ 陈晓明：《彻底的倾诉：在生活的尽头——评林白〈一个人的战争〉及〈青苔与火车的叙事〉》，《作家》1994 年第 12 期。

是不可能的，我们打不倒他们，所以必须利用他们”①。至于“男／女”性别对立，北诺最终向男性举起了刀。

陈晓明《超越情感：欲望化的叙事法则——九十年代文学流向之一》与《致命的飞翔》同刊于《花城》1995 年第 1 期，它进一步肯定林白小说的女性的欲望话语、女性写作、女性意识和同性恋书写。值得关注的是，该文评论林白小说的部分，有近一半内容是对《欲望》逐字逐句的复写。② 它还两次强调并肯定 1993 年这一具有重要意义的转折点，即纯文学从此以欲望化叙事开始有意识地面向市场：“1993 年可以看作文学史完成转型的时间界碑。这一年有各种各样的‘纯文学’精品和史诗式的巨著和文学活动在社会主义初级市场一展风姿。”“1993 年至 1994 年可以在当代文学史上再次划下一道界线，它标志着这个过渡时期所达到的临界状态。”③ 别有意味的是，如前文所述，《欲望》发表于1993 年，林白小说也于此时被接受期待转向女性写作，包括女性的欲望话语书写。我们可以推测，陈晓明在引导林白转入女性写作时，就已考虑到市场的要求，换言之，20 世纪 90 年代市场面向同样参与了林白女性写作的发生和流变。

令人意想不到的是，1995 年 12 月 20 日《中华读书报》发表丁来先《女性文学及其他》，该文对《一个人的战争》中的性爱书写进行措辞强烈的道德批判，并且从学理性上质疑林白将女性的欲望话语拔高到女性意识的觉醒这一理论高度：“这种有些耸人听闻的追逐快感之举根本谈不上说明女性意识的体现”④。从而引发了学界关于《一个人的战争》的论争，这场论争持续时间长，先后卷入的主流学者多。⑤ 笔者无意于考察这场论争中谁是谁非，只聚焦于深陷其中的林白及其创作是如何应对的？这场论争对林白女性写作的流变构成怎样的影响？

林白当时发表了两篇反批评的短文，一篇是与陈晓明的扶正文章《走进女性记忆的深处——简论林白》同刊于《作家报》1995 年 12 月 9 日二版的创作谈

---

① 林白：《致命的飞翔》，《花城》1995 年第 1 期。

② 参阅陈晓明：《超越情感：欲望化的叙事法则——九十年代文学流向之一》，《花城》1995 年第 1 期。陈晓明：《欲望如水：性别的神话——林白小说论略》，《钟山》1993 年第 4 期。

③ 陈晓明：《超越情感：欲望化的叙事法则——九十年代文学流向之一》，《花城》1995 年第 1 期。

④ 丁来先：《女性文学及其他》，《中华读书报》1995 年 12 月 20 日。

⑤ 考察这场论争的始末，显然需要大量的篇幅和材料，且游离于本节的题旨。关于这场论争的概述，可以参阅徐坤：《双调夜行船：90 年代的女性写作》，太原：山西教育出版社 1991 年版，第66—72 页。

《置身于语言之中》，另一篇是刊于《南方周末》芳草地副刊的创作谈《词语：以血代墨》。《置身于语言之中》以文本叙事的虚构性将性爱书写与本人真实经验拉开距离："语言有时是现实的回音，有时不是。"① 《词语：以血代墨》则正面以女性写作和女性主义等理论来为自己做辩解："以血代墨被认为是女性写作最重要的特质，最早由美国女性主义诗人里安所提出。"② 别有意味的是，《走进女性记忆的深处——简论林白》几乎仅仅是将《彻底的倾诉：在生活的尽头——评林白〈一个人的战争〉及〈青苔与火车的叙事〉》全文换了题目后重新发表，而如前文所述，《彻底的倾诉》有部分是对《欲望》的复写。

这场论争对林白造成非常重要的影响，导致其小说很难再出版，即使再版，也不得不作删改以主动妥协。③ 此后，林白的女性写作处于沉寂状态，除1997 年中期发表的长篇小说《说吧，房间》外，1996 年、1998 年、1999 年都几无任何女性写作。《说吧，房间》中鲜有涉及女性写作及其相关理论概念的议论，文本中几乎未再出现任何能表现"女性意识的觉醒"的性爱书写。随之，陈晓明在评论文章《内与外的置换：重写女性现实——评林白的〈说吧，房间〉》中一方面用女权主义理论概念肯定了《说吧，房间》，并赞誉其能够与社会连接。此外，陈晓明以批评对林白小说提出接受期待："可以通过更为复杂的社会关系的表现，去揭示男权制度化体系的内在症结。从比较直接表面的男女对立，进入更加复杂的历史地形图的表现。当然，这有相当的难度。"④ 孟繁华《弱势性别：与现实的艰难对话——评林白的长篇小说〈说吧，房间〉》与《内与外的置换》同刊于《南方文坛》1998 年第 1 期，从女性解放和对当下社会的参与意识方面肯定《说吧，房间》。

直到 2000 年的《玻璃虫》，我们看到林白小说的变化。它一方面偶有涉及女性写作及其相关经验，另一方面却表现出许多自嘲，包括对女性主义的自嘲："我宁愿它是一部时髦的女性主义电影，这样我就有可能走红，一走红就衣

① 林白：《置身于语言之中》，《作家报》1995 年 12 月 9 日。

② 林白：《词语：以血代墨》，《南方周末》编：《无缘无故的恨》，二十一世纪出版社，2012 年。

③ 关于这场论争对林白的影响，可参阅林白：《林白文集 2·后记》，南京：江苏文艺出版社 1997 年版，第 294-295 页。林白：《玻璃虫》，《大家》2000 年第 1 期。

④ 陈晓明：《内与外的置换：重写女性现实——评林白的〈说吧，房间〉》，《南方文坛》1898 年第 1期。

食不愁了。”① 正如贺绍俊所言：“这种变化首先在《玻璃虫》中有所透露，她像一只柔软的虫子朝着外面蠕动”②。陈晓明《暧昧的身份认同——评林白的〈玻璃虫〉》与《玻璃虫》同刊于《大家》2000 年第 1 期，不过它并未注意到林白小说的微妙变化，而是惯性地以女性主义来解读林白小说，并且认为：“林白也因此被定位为女性主义作家。显然，林白在这种定位和暗示下，有些变本加厉。”③ 也就是说，陈晓明肯定了林白的女性主义作家的地位，并且意识到学界的评论与林白女性写作之间的“对话”关系。

2009 年，陈晓明在文学史专著《中国当代文学主潮》中以女性写作及其相关理论概念界定了林白及其小说的文学史地位。最值得关注的是，陈晓明对林白及其小说的文学史定位，几乎是将自己当初在《欲望》中提出的接受期待复述一遍。并且，《中国当代文学主潮》中部分段落与《欲望》发生近乎逐字逐句的重合。④ 于是，从“鬼门关”流寓“京城”的林白及其创作，终于跻身于“中心”。不过，深陷于“边缘—中心”权力结构中的林白的女性写作，同样遭遇了悖论性困境。

（三）权力与秩序：女性主义的历史反讽

“鬼门关”作为北流著名的文化地理景观，在林白的观念里绝不仅仅是现实地理上的关隘。“鬼门关”既是林白青少年时代成长的故乡，又是其文学世界里的心灵原乡，还是她在中国文化版图上边缘性文化身份的象征。尽管林白已久居北京，但她还是在创作谈《生命热情何在——与我创作有关的一些词》中将自己的身份追溯至广西北流的“鬼门关”：“每个人都有自己的来路，我喜欢告诉那些问我的人，我是从鬼门关来的……鬼门关，在今广西北流县。”⑤ 不过，林白内心的身份认同是比较复杂的。从“鬼门关”走向“京城”的生命过程使其身份认同始终徘徊于“鬼门关”和“京城”之间。她在“广西作家与当代文学”

---

① 林白：《玻璃虫》，《大家》2000 年第 1 期。

② 贺绍俊：《叙述革命中的民间世界观——读林白的〈妇女闲聊录〉》，《十月·长篇小说》2004 年寒露卷。

③ 陈晓明：《暧昧的身份认同——评林白的〈玻璃虫〉》，《大家》2000 年第 1 期。

④ 参阅陈晓明：《欲望如水：性别的神话——林白论略》，《钟山》1993 年第 4 期。陈晓明：《中国当代文学主潮》，北京：北京大学出版社，2009 年版，第 415 页。

⑤ 林白：《生命热情何在——与我创作有关的一些词》，《当代作家评论》2005 年第 4 期。

学术研讨会上有过自述："说我是广西人我很不爽。长期以来，对自我身份的认同，自我认知，自我想象，总是在摇摆之中"①。

准确地说，林白是逃离"鬼门关"走向"京城"。这既是她现实生活里的流寓经历，也是内心逃离"边缘"走向"中心"的艰难的心路历程。她在创作谈《内心的故乡》中说过，逃离自己的故乡北流，直至到达北京："我成年以前并不喜欢自己的家乡……时刻盼望着逃离故乡……最后来到北京。"② 北京对于林白来说，也不仅仅是一座地理学上物质性的城市，而是象征意义上中国文化版图中的"中心"。她在与陈思和的访谈《〈万物花开〉闲聊录》中就更强调北京对其符号化和象征化的"中心"意义："北京对我来说，它不是一个血肉的北京，它是个抽象的北京，是个符号化的北京，所谓的政治中心、国际大都市。"③

其实，林白的文学生命过程同样经历了逃离"鬼门关"走向"京城"或者说逃离"边缘"走向"中心"的心路历程。这一艰难的心路历程就喻含在林白女性写作的发生和流变过程中。出身"鬼门关"的创作主体，在流寓"京城"后顺从"京城"批评家的引导，进行文学行为的选择和调整，以满足"中心"对于女性写作的接受期待，最终以女性主义代表性作家的身份被"京城"接纳。最具典型性的是，陈晓明在《欲望》中首次向林白提出女性写作的接受期待时，在文末用"文坛之侧"界定林白以往的创作："她的写作就如'瓶中之水'呈现于文坛之侧"④。但是，当林白接下来的创作满足其女性写作的接受期待之后，他终于在《彻底的倾诉：在生活的尽头——评林白〈一个人的战争〉及〈青苔与火车的叙事〉》中肯定了林白从"文坛之侧"走向"文坛的中心"的文学行为："仅仅一年的工夫，林白以她接二连三的动作……向文坛的中心地带冲撞而去"⑤。但是，笔者认为，从"边缘"到"中心"的文学行为逻辑使林白的女性写作深陷于"边缘—中心"权力结构中，于是遭遇悖论性困境：反抗权力规训的女性写作，却溯源于权力的规训。

---

① 曾攀、吴天丹：《"广西作家与当代文学"学术研讨会纪要》，《南方文坛》2018 年第 5 期。

② 林白：《内心的故乡》，《天涯》2002 年第 2 期。

③ 林白、陈思和：《〈万物花开〉闲聊录》，《上海文学》2004 年第 9 期。

④ 陈晓明：《欲望如水：性别的神话——林白小说论略》，《钟山》1993 年第 4 期。

⑤ 陈晓明：《彻底的倾诉：在生活的尽头——评林白〈一个人的战争〉及〈青苔与火车的叙事〉》，《作家》1994 年第 12 期。

　　林白女性写作受到的权力规训，主要表现在三个方面：第一方面是，林白顺从批评家对于自己作品的误读、曲解、断章取义、强制阐释，并接受其女性主义批评理论先行之下的引导。第二方面是，林白的女性写作受到男权的规训，比如主动满足男性对女性欲望话语和私人经验的期待，以及男性对政治、历史、社会等带有权力话语指向的欲求的期待。第三方面是，林白潜在地以边缘性的"异域"身份以及与此相关联的"异域"文化书写暗合批评家中心视角下的女性写作接受期待，于是在这种有意无意的"合作"之下受到"中心"的权力规训。

　　帕斯卡尔·卡萨诺瓦认为，边地作家试图跻身于"中心"时，往往受到"中心"的误读，从而遭遇被归并的命运："是篡改、误读、曲解甚至是断章取义的根源。"①林白也面临同样的文学命运，首篇引导其创作的批评文章《欲望》就表现出对其早期作品过分的误读、曲解、断章取义，尤其是强制阐释。《欲望》将早期男权意识浓厚的作品强制阐释、误读和断章取义为带有女性主义或女权主义的女性写作，目的就是用女性主义批评引导林白实践女性写作。它表现出理论先行之下的强制阐释和误读倾向，这主要表现在三个方面：第一，将执着于个体之人叙事的林白主观地置换为女性，以契合自己女性主义理论先行之下的文学批评。林白向来强调自己个体之人的身份，其次才是女性性别。她在创作谈《作家还是女作家》中声称："我首先是一个人，然后才是一个女人"②。《欲望》在《回廊之椅》和《瓶中之水》之初，却有意将个人化叙事置换为女人和女性的性别叙事："如此个人化的小说，我却也不得不把它当作女人的故事来读解，当作我们时代的女性精神地图来理解。"③第二，为了契合女性主义理论批评，将二帕的自恋误读和强制阐释为跟意萍之间的女同性恋。林白借由意萍对于自我文学形象二帕的欣赏，表达的是苦恋而不得之后绝望的自恋心理："她沉浸在自恋之中，一次又一次地感到了自己的魅力。"④所以，纵观二帕和意萍之间的对话，几乎全是意萍对于林白自我文学形象二帕的赞美，罕见二帕对意萍任何表达倾慕的文字。相较于林白自我文学形象二帕来说，意萍更是一个被用来表达

①　［法］卡萨诺瓦：《文学世界共和国》，罗国祥、陈新丽、赵妮译，北京：北京大学出版社 2015 年版，第 178 页。

②　林白：《作家还是女作家》，《博览群书》1996 年第 6 期。

③　陈晓明：《欲望如水：性别的神话——林白小说论略》，《钟山》1993 年第 4 期。

④　林白：《瓶中之水》，《钟山》1993 年第 4 期。

自恋的符号。二帕始终追求的是男性能给予自己爱，而不是女性意萍："没有真正从他们那里得到过快乐，我不知道怎么办，我绝望极了。"① 第三，通过误读和曲解文本，有意识地制造"男/女"性别对立，从而将林白小说放置于女性主义批评的框架内强制阐释。《欲望》认为二帕在事业上挣扎的目的是进入外部世界，而外部世界本来只属于男性："她企图进入外部的（男性的）世界"②。它先验地将世界不证自明地默认为只属于男性，这是女性主义理论先行之下强制阐释的结果。在以上种种误读、曲解、断章取义和强制阐释的作用之下，《欲望》把林白早期男权意识浓厚的小说纳入到女性主义理论的范畴内肯定，并进一步提出女性写作的接受期待。

《欲望》毫无顾忌地反复向林白提出女性欲望话语和私人经验书写的接受期待，之后林白的确在创作中将它们付诸实践。所以我们看到，女性写作发生和流变过程中的林白小说在女性欲望话语和私人经验书写方面变得越来越大胆，越来越激进，女同性恋、性暴力、性爱等大篇幅地呈现在文本中，而这些在其早期作品中实为罕见。男性批评家向女作家提出种种女性欲望话语和私人经验书写的接受期待，这里面难免渗透进男性对于女性的窥视。此外，《欲望》和《内与外的置换：重写女性现实——评林白的〈说吧，房间〉》以及其他一系列引导林白女性写作的批评文章，都试图将林白女性写作引导至关注现实、政治、历史、社会关系、制度化体系等。这些是典型的男性视角，执着于个人化叙事的女性林白向来习惯于面对镜子中的自我而不擅长现实、政治、历史、社会关系等方面的思考。

《欲望》向林白提出女性写作的接受期待，是建立在将林白及其创作界定在广西作家的边缘性身份的基础上。它认为，林白出身于广西这一南方边陲地带，浸淫超越了汉文化正统禁忌的异域文化，不受主流道德的约束，所以可以实践女性欲望话语和女性私人经验表达的女性写作："也正因为异域文化……她们的性情和欲求自然超越了汉文化的正统禁忌。"③ 据笔者统计，"异域文化"一词在《欲望》中被论及 9 次之多，"异域""南方边陲地带""边缘性的少数民族文化"各出现 1 次。

---

① 林白：《瓶中之水》，《钟山》1993 年第 4 期。
② 陈晓明：《欲望如水：性别的神话——林白小说论略》，《钟山》1993 年第 4 期。
③ 陈晓明：《欲望如水：性别的神话——林白小说论略》，《钟山》1993 年第 4 期。

所以，林白女性写作的发生和流变始终是在权力规训之下的"戴着镣铐的跳舞"。深具悖论性的是，如果林白这一边缘性主体反抗"中心"的种种权力规训，则很难以女性主义代表性作家的身份被主流评论界和主流文学史广泛认同和接纳，从而被放逐于"京城"之外；如果林白顺从并接受"中心"的权力规训，则其反抗权力规训的女性写作却始终桎梏于权力的规训，从而林白的女性写作及其在主流文学史上的女性主义作家身份受到质疑。其实，林白从"鬼门关"到"京城"的女性写作的深层悖论，就喻含在她徘徊、犹疑于广西和北京之间暧昧而尴尬的身份认同上，如她在谈及自己的"内心的故乡"时所说："我想，如果今天我仍生活在故乡，一定也像一个异乡人吧……我住在（北京——引者注）东城一幢高层建筑的八层楼上，我女儿从五岁起就在阳台种玉米，至今已经种了几年了，因吸不到地气，又没有充足阳光，结果每年都不抽穗，女儿总是白欢喜一场。我想我有一半像这玉米，既不是城市之子，也不是自然之子。"①

实际上，林白及其创作因广西这一边缘之地一直以来都深陷于"边缘—中心"权力结构中，受到权力的诸多规训，从而遭遇种种悖论性困境。通过对林白小说的个案考察，我们可以更深入地理解地域文学群体"文学桂军"在"边缘的崛起"过程中遭遇的相同的悖论性困境。

---

① 林白：《内心的故乡》，《天涯》2002 年第 2 期。

参考文献

（一）研究专著与理论

1.［瑞士］皮亚杰：《结构主义》，倪连生、王琳译，北京：商务印书馆 1984
年版。

2.［美］卡尔文·斯·霍尔等：《弗洛伊德心理学与西方文学》，包华富、陈昭全、
杨莘燊编译，长沙：湖南文艺出版社 1986 年版。

3.［美］W. 考夫曼：《存在主义》，陈鼓应、孟祥森、刘崎译，北京：商务印书
馆 1987 年版。

4.［美］戴维斯·麦克罗伊：《存在主义与文学》，沈华进译，沈阳：春风文艺出版
社 1988 年版。

5. 孟悦、戴锦华：《浮出历史地表——现代妇女文学研究》，郑州：河南人民出
版社 1989 年版。

6.［瑞士］皮亚杰：《发生认识论》，范祖珠译，北京：商务印书馆 1990 年版。

7. 董小英：《再登巴比伦塔：巴赫金与对话理论》，北京：生活·读书·新知三联书
店 1994 年版。

8. 吴中杰、吴立昌主编：《中国现代主义寻踪》，上海：学林出版社 1995 年版。

9. 张清华：《中国当代先锋文学思潮论》，南京：江苏文艺出版社 1997 年版。

10.［法］布迪厄、［美］华康德：《实践与反思：反思社会学导引》，李猛、李康
译，北京：中央编译出版社 1998 年版。

11. 徐坤：《双调夜行船：九十年代的女性写作》，太原：山西教育出版社 1999
年版。

12.［法］米歇尔·福柯：《话语的秩序》，许宝强、袁伟选编：《语言与翻译的政
治》，肖涛译，北京：中央编译出版社 2001 年版。

13. 许宝强、袁伟选编：《语言与翻译的政治》，北京：中央编译出版社 2000

年版。

14. ［法］托多罗夫：《巴赫金、对话理论及其他》，蒋子华、张萍译，天津：百花文艺出版社 2001 年版。

15. 谢有顺：《先锋就是自由》，济南：山东文艺出版社 2004 年版。

16. 李建平等：《广西文学 50 年》，桂林：漓江出版社 2005 年版。

17. ［英］迈克·克朗：《文化地理学》，杨淑华、宋慧敏译，南京：南京大学出版社 2005 年版。

18. ［美］布鲁姆：《影响的焦虑》，徐文博译，南京：江苏教育出版社，2006 年版。

19. 蓝怀昌：《世纪的跨越：广西文学艺术十三年现象研究》，南宁：广西人民出版社 2007 年版。

20. 李建平、黄伟林等：《文学桂军论：经济欠发达地区一个重要作家群的崛起及意义》，北京：中国社会科学出版社 2007 年版。

21. 陈晓明：《中国当代文学主潮》，北京：北京大学出版社 2009 年版。

22. 孙良好、吴红涛：《文学的温州——温籍现当代作家作品研究》，杭州：浙江大学出版社 2012 年版。

23. ［美］斯沃茨：《文化与权力：布尔迪厄的社会学》，陶东风译，上海：上海译文出版社 2012 年版。

24. ［匈］卢卡奇：《小说理论》，燕宏远、李怀涛译，北京：商务印书馆 2012 年版。

25. 刘大先：《文学的共和》，北京：北京大学出版社 2014 年版。

26. ［美］格尔茨：《文化的解释》，韩莉译，南京：译林出版社 2014 年版。

27. ［法］卡萨诺瓦：《文学世界共和国》，罗国祥、陈新丽、赵妮译，北京：北京大学出版社 2015 年版。

28. ［美］格尔茨：《地方知识：阐释人类学论文集》，杨德睿译，北京：商务印书馆 2016 年版。

29. 曾大兴：《文学地理学概论》，北京：商务印书馆 2017 年版。

30. ［法］雅克·拉康：《拉康选集》，褚孝泉译，上海：华东师范大学出版社 2019 年版。

（二）期刊论文

1. 梅帅元、杨克：《百越境界——花山文化与我们的创作》，《广西文学》1985 年第 3 期。

2. 彭洋：《百越境界深沉的礼赞——组诗〈走向花山〉评析》，《广西文学》1985 年第 4 期。

3. 张兴劲：《"百越境界"与魔幻现实主义——也来思考〈花山文化与我们的创作〉》，《广西文学》1985 年第 5 期。

4. 谭素：《四月，他们走向花山——"花山文化与我们的创作"座谈会侧记》，《广西文学》1985 年第 6 期。

5. 丘行：《探索的探索》，《广西文学》1985 年第 7 期。

6. 辛力：《"百越境界"介绍》，《作品与争鸣》1985 年第 12 期。

7. 陈实：《黑水河的启示》，《广西文学》1985 年第 12 期。

8. 蒋述卓：《"百越境界"与现代意识——也来思考"花山文化"与我们的创作》，《广西文学》1985 年第 12 期。

9. 下雨：《"振兴广西文艺大讨论"座谈会在邕举行》，《南方文坛》1989 年第 1 期。

10. 李昌沪：《"百越境界"作品与时代精神》，《广西文学》1986 年第 2 期。

11. 陈实：《走向花山，走向远方——评诗丛〈含羞草〉》，《广西文学》1986 年第 6 期。

12. 常弼宇、黄佩华等：《广西文坛三思录》，《广西文学》1989 年第 1 期。

13. 周兆晴、曾强：《两广文坛的困惑与出路》，《南方文坛》1989 年第 1 期。

14. 潘荣才：《跳出怪圈　为民族文学打出新招式》，《南方文坛》1989 年第 1 期。

15. 覃富鑫：《明明如月，何时可掇？》，《南方文坛》1989 年第 2 期。

16. 蒙飞、梁洪：《文化的沦丧和文学的衰落——广西文学透视》，《南方文坛》1989 年第 2 期。

17. 张西宁：《接受主体的迷误——由〈刘三姐〉引发的对广西文艺的反思》，《南方文坛》1989 年第 2 期。

18. 施鸣钢：《岭南，文学的宽容时代》，《南方文坛》1989 年第 2 期。

19. 秦立德：《呼唤评论家的独立人格——广西文学评论界感性理性批判》，《南方文坛》1989 年第 2 期。

20. 吕嘉健：《彷徨的主体一无所有——广西文学与文化反思之我见》，《南方文坛》1989 年第 3 期。

21. 梁昭：《对现代文化的深情呼唤》，《南方文坛》1989 年第 3 期。

22. 周伟励：《广西文化悖论》，《南方文坛》1989 年第 4 期。

23. 廖振斌：《"边缘文学"论》，《南方文坛》1989 年第 4 期。

24. 蒙飞：《批判的困惑——振兴广西文艺大讨论综述》，《学术研究动态》1989 年第 4 期。

25. 彭洋：《躁动不安的广西文坛——"振兴广西文艺大讨论"记述之一》，《广西文学》1989 年第 5 期。

26. 陈学璞：《受挫的锋芒——"大讨论"窥视》，《广西作家》1989 年，第 5、6 期。

27. 覃富鑫：《"百越境界"五年祭》，《南方文坛》1990 年第 6 期。

28. 陈晓明：《欲望如水：性别的神话——林白小说论略》，《钟山》1993 年第 4 期。

29. 黄伟林：《论新桂军的形成、特征和创作实绩》，《三月三》1994 年第 7、8 期合刊。

30. 林冯：《重振广西雄风 再创文艺辉煌——区党委宣传部召开"广西青年文艺家花山文艺座谈会"》，《南方文坛》1996 年第 3 期。

31. 潘琦：《理清思路 强化措施 振兴广西文艺事业——在广西青年文艺工作者花山文艺座谈会上的讲话》，《南方文坛》1996 年第 4 期。

32. 马相武：《东西："东拉西扯"的先锋》，《南方文坛》1997 年第 1 期。

33. 李启瑞：《敲响世纪的钟——广西部分青年作家如是说》，《南方文坛》1997 年第 3 期。

34. 荒林：《林白小说：女性欲望的叙事》，《小说评论》1997 年第 4 期。

35. 白烨：《中国新时期文学中日学者对话会在京举行》，《南方文坛》1997 年第 5 期。

36. 张军华：《东西、李冯、鬼子作品讨论会纪要》，《南方文坛》1998 年第 1 期。

37. 林文：《六单位联合召开东西、李冯、鬼子作品讨论会》，《花城》1998 年第 1 期。

38. 朱小如：《"挑战"广西三剑客》，《南方文坛》1998 年第 1 期。

39. 黄宾堂：《广西文坛的三次集体冲锋》，《南方文坛》1998 年第 3 期。

40. 陈思和：《林白论》，《作家》1998 年第 5 期。

41. 王杰等：《世纪之交文化格局中的中国南方文学——作家与评论家的对话》，《南方文坛》2000 年第 2 期。

42. 陈晓明：《逃跑的童话——杨映川小说的反现代性取向》，《南方文坛》2002 年第 1 期。

43. 林白、陈思和：《〈万物花开〉闲聊录》，《上海文学》2004 年第 9 期。

44. 贺绍俊：《叙述革命中的民间世界观——读林白的〈妇女闲聊录〉》，《十月·长篇小说》2004 年寒露卷。

45. 贺绍俊：《男性可堪拯救？——读映川的小说》，《南方文坛》2005 年第 1 期。

46. 陈晓明：《身体穿过历史的荒诞现场——评东西的长篇〈后悔录〉》，《南方文坛》2005 年第 4 期。

47. 林白：《生命热情何在——与我创作有关的一些词》，《当代作家评论》2005 年第 4 期。

48. 周景雷：《苦难、荒诞与我们的度量——评东西的〈后悔录〉》，《当代作家评论》2006 年第 1 期。

49. 史静：《建构与解构的踪迹——读东西的〈后悔录〉》，《理论与创作》2006 年第 2 期。

50. 王本朝：《文学政策与当代文学的制度阐释》，《福建论坛（人文社会科学版）》2007 年第 4 期。

51. 陈思和：《"后"革命时期的精神漫游——略谈林白的两部长篇新作》，《西部·华语文学》2007 年第 10 期。

52. 梁冬华：《生命中不能承受之轻——论朱山坡小说中的乡土世界》，《南方文坛》2008 年第 3 期。

53. 田耳、马笑泉、于怀岸、谢宗玉、沈念：《"文学湘军五少将"创作谈》，《理论与创作》2008 年第 5 期。

54. 梁复明：《论李冯戏仿小说的现代性意蕴》，《电影文学》2008 年第 10 期。

55. 唐迎欣：《困顿、荒谬中的坚守——析李冯小说〈孔子〉里的"在路上"形象》，《文艺争鸣》2008 年第 11 期。

56. 叶立文：《当代先锋作家生存哲学的价值变迁》，《天津社会科学》2009 年第 2 期。

57. 周如月：《古代岭南"鬼门关"考》，《广西地方志》2009 年第 3 期。

58. 肖晶、邱有源：《边缘的崛起——论文学桂军的女性书写与文化内涵》，《学术论坛》2009 年第 8 期。

59. 黄发有：《边地乡村的宿命与寓言——朱山坡小说漫议》，《南方文坛》2010 年第 1 期。

60. 王敦：《"南方"与"瓦城"的现代和后现代叙述——东西、鬼子小说的地域审美文化探微》，《广西民族大学学报（哲学社会科学版）》2010 年第 5 期。

61. 贺绍俊：《在尔虞我诈的喧嚣世界熨帖安放爱情——读杨映川的〈魔术师〉》，《南方文坛》2010 年第 6 期。

62. 王迅：《性别文化建构视阈中的文学想象——关于杨映川的长篇小说创作》，《南方文坛》2010 年第 6 期。

63. 容本镇、罗明：《论东西小说的荒诞性》，《广西社会科学》2010 年第 9 期。

64. 李琨、陈胜华：《论鬼子的底层写作》，《广西社会科学》2012 年第 4 期。

65. 吴义勤：《撕下"双面人"的面具——映川小说论》，《南方文坛》2013 年第 1 期。

66. 席扬：《文学史中"民族文学"的价值叙述与可能——以"中国现当代文学史"为考察对象》，《民族文学研究》2013 年第 1 期。

67. 陈翠平：《投向边缘人物内心世界的温暖目光——试析黄咏梅小说》，《当代作家评论》2014 年第 2 期。

68. 贺绍俊：《野马镇上"平庸之恶"——评李约热的〈我是恶人〉》，《南方文坛》2014 年第 2 期。

69. 席扬、卢林佳：《主体　关系　差异——从黑格尔的辩证法论中国现当代少数民族文学的特质》，《中央民族大学学报（哲学社会科学版）》2014 年第 3 期。

70. 罗小凤：《论广西少数民族新锐作家群的崛起》，《南方文坛》2014 年第 4 期。

71. 刘弟娥：《本土语言、文学语言与身份认同——以新时期广西文学为例》，《广西社会科学》2014 年第 4 期。

72. 李海燕、刘姝赟：《论黄咏梅小说的大众化艺术倾向》，《社会科学论坛》2014 年第 8 期。

73. 丁晓原：《梁启超与中国现代散文的发生》，《广东社会科学》2015 年第 1 期。

74. 李遇春：《为民间野生人物立传的叙事探索——朱山坡小说创作论》，《南方文坛》2015 年第 2 期。

75. 饶翔：《在真实与荒诞之间读东西的〈篡改的命〉》，《小说评论》2016 年第 1 期。

76. 初清华：《林白文学年谱》，《东吴学术》2016 年第 1 期。

77. 李敬泽、阎晶明等：《"广西后三剑客"：田耳、朱山坡、光盘作品研讨会纪要》，《南方文坛》2016 年第 1 期。

78. 王锐：《当代作家鬼子的本土化"存在体验"写作》，《西华大学学报（哲学社会科学版）》2016 年第 2 期。

79. 石一宁：《荒诞的叙事　真实的人性——关于光盘长篇小说〈英雄水雷〉》，《南方文坛》2016 年第 2 期。

80. 陈思和：《文本细读的几个前提》，《南方文坛》2016 年第 2 期。

81. 李敬泽、阎晶明等：《"广西后三剑客"：田耳、朱山坡、光盘作品探讨会纪要》，《南方文坛》2016 年第 4 期。

82. 杨一：《乡愁、土地与女性——壮族作家陶丽群小说作品评析》，《广西民族大学学报（哲学社会科学版）》2017 年第 4 期。

83. 曹霞：《黄咏梅论》，《小说评论》2017 年第 4 期。

84. 谢有顺：《东西是真正的先锋作家》，《南方文坛》2018 年第 3 期。

85. 张定浩：《缺乏耐心的荒诞——读光盘小说集〈野菊花〉》，《南方文坛》2018 年第 3 期。

86. 郜元宝：《"野马镇"消息——李约热小说札记》，《南方文坛》2018 年第 3 期。

87. 曾攀、吴天舟：《"广西作家与当代文学"学术研讨会纪要》，《南方文坛》2018 年第 5 期。

88. 金宏宇：《考证学方法与中国现代文学研究》，《中国社会科学》2018 年第 12 期。

89. 田永：《田耳文学作品研讨会纪要》，《南方文坛》2019 年第 2 期。

90. 容本镇：《为文学桂军建档立传》，《南方文坛》2019 年第 5 期。

91. 王本朝：《文学制度与中国当代文学发展》，《浙江社会科学》2020 年第 1 期。

92. 李永东：《中国现代文学研究的地方路径》，《当代文坛》2020 年第 3 期。

93. 曾攀：《回到"问题"本身——文化寻根与百年中国文学》，《扬子江文学评论》2020 年第 4 期。

94. 李怡：《成都与中国现代文学发生的地方路径问题》，《文学评论》2020 年第 4 期。

（三）参考报刊

1. 谢福铭：《由"百越境界"引起的思考》，《广西日报》1985 年 10 月 22 日。

2. 杨克、梅帅元：《再谈"百越境界"》，《广西日报》1985 年 11 月 12 日。

3. 雷猛发：《"百越境界"说的可取和不足》，《广西日报》1985 年 11 月 12 日。

4. 吴妍、李冯：《写作才是心头爱》，《中国图书商报》2004 年 6 月 25 日。

5. 黄伟林：《广西文坛：被遮蔽的多元文学生态》，《羊城晚报》2004 年 12 月 15 日。

6. 陈思和：《我不想做一个什么都去批评的人》，《长江商报》2014 年 11 月 28 日。

7. 杨克：《那一年，我们走向花山》，《左江日报》2016 年 4 月 2 日。

8. 凡一平：《正视自己生活的土地以及我的写作立场》，《中国艺术报》2018 年 3 月 5 日。

9. 朱山坡：《在南方写作》，《文艺报》2018 年 6 月 29 日。

10. 曾攀：《边地书写及其异质性——当代广西乡土叙事探微》，《文艺报》2020 年 11 月 4 日。

（四）基础文献

1. 银平：《岁末》，《金城》1983 年第 4 期。

2. 廖润柏：《妈妈和她的衣袖》，《青春》1984 年第 9 期。

3. 廖润柏：《八月，干渴的荒野》，《民族文学》1987 年第 7 期。

4. 田代琳：《醉山》，《中国西部文学》1987 年第 8 期。

5. 廖润柏：《山村》，《民族文学》1987 年第 10 期。

6. 林白：《去年冬季在街上》，《钟山》1988 年第 1 期。

7. 廖润柏：《血崖》，《广西文学》1988 年第 7 期。

8. 林白：《黑裙》，《上海文学》1988 年第 12 期。

9. 凡一平：《女人·男人》，《民族文学》1989 年第 1 期。

10. 林白：《裸窗》，《作家》1989 年第 9 期。

11. 林白：《同心爱者不能分手》，《上海文学》1989 年第 10 期。

12. 廖润柏：《血谷》，《飞天》1989 年第 12 期。

13. 廖润柏：《面条》，《三月三》1990 年第 3 期。

14. 凡一平：《圩日》，《三月三》1990 年第 3 期。

15. 林白：《子弹穿过苹果》，《钟山》1990 年第 4 期。

16. 林白：《我要你为人所知》，《雨花》1990 年第 5 期。

17. 鬼子：《古弄》，《收获》1990 年第 6 期。

18. 凡一平：《妇道》，《现代作家》1990 年第 9 期。

19. 田代琳：《断崖》，《漓江》1991 年春季号。

20. 林白：《亚热带公园》，《收获》1991 年第 2 期。

21. 田代琳：《秋天的瓦钵》，《三月三》1991 年第 3 期。

22. 林白：《晚安，舅舅》，《钟山》1991 年第 5 期。

23. 鬼子：《家癌》，《收获》1991 年第 5 期。

24. 林白：《日午》，《上海文学》1991 年第 6 期。

25. 林白：《船外》，《作家》1991 年第 11 期。

26. 林白：《英雄》，《青年文学》1991 年第 12 期。

27. 鬼子：《有那么一个黄昏》，《作家》1991 年第 12 期。

28. 鬼子：《家墓》，《漓江》1991 年冬季号。

29. 林舟：《在两极之间奔跑——东西访谈录》，《江南》1992 年第 2 期。

30. 田代琳：《祖先》，《作家》1992 年第 2 期。

31. 林白：《玫瑰过道》，《漓江》1992 年第 3 期。

32. 东西：《幻想村庄》，《花城》1992 年第 3 期。

33. 林白：《随风闪烁》，《收获》1992 年第 4 期。

34. 凡一平：《蛇事》，《作品》1992 年第 6 期。

35. 田代琳：《地喘气》，《民族文学》1992 年第 7 期。

36. 广西壮族自治区地方志编纂委员会编：《广西通志·民俗志》，南宁：广西人民出版社，1992 年版。

37. 东西：《天灯》，《延河》1992 年第 9 期。

38. 林白：《安魂沙街》，《北京文学》1992 年第 10 期。

39. 东西：《从此地到彼地》，《广西文学》1992 年第 11 期。

40. 凡一平：《浑身是戏》，《三月三》1993 年第 2 期。

41. 凡一平：《认识庞西》，《三月三》1993 年第 2 期。

42. 东西：《迈出时间的门槛》，《花城》1993 年第 3 期。

43. 林白：《瓶中之水》，《钟山》1993 年第 4 期。

44. 李冯：《另一种声音》，《北京文学》1993 年第 8 期。

45. 李冯：《自找麻烦》，《作品》1993 年第 9 期。

46. 北流县志编纂委员会编：《北流县志》，南宁：广西人民出版社,1993 年版。

47. 林白：《一个人的战争》，《花城》1994 年第 2 期。

48. 鬼子：《杀人犯木头》，《三月三》1994 年第 4 期。

49. 林白：《青苔与火车的叙事》，《作家》1994 年第 4 期。

50. 李冯：《我作为英雄武松的生活片断》，《花城》1994 年第 5 期。

51. 东西：《商品》，《作家》1994 年第 5 期。

52. 李冯：《招魂术》，《收获》1994 年第 6 期。

53. 天峨县志编纂委员会编：《天峨县志》，南宁：广西人民出版社，1994 年版。

54. 林白：《深水岁月的追忆》，《作品》1994 年第 10 期。

55. 东西：《白荷战事》，《三月三》1994 年第 12 期。

56. 鬼子：《叙述传说》，《大家》1995 年第 1 期。

57. 鬼子：《带锁的夕阳》，《三月三》1995 年第 3 期。

58. 李冯：《过江》，《大家》1995 年第 3 期。

59. 鬼子：《男人鲁风》，《广西文学》1996 年第 1 期。

60. 李冯：《复制的旅行》，《广西文学》1996 年第 1 期。

61. 东西：《没有语言的生活》，《收获》1996 年第 1 期。

62. 李冯：《针对性》，《广西文学》1996 年第 1 期。

63. 李冯：《中国故事》，《山花》1996 年第 4 期。

64. 李冯：《十六世纪的卖油郎》，《人民文学》1996 年第 5 期。

65. 鬼子：《农村弟弟》，《钟山》1996 年第 6 期。

66. 李冯：《墙》，《长江文艺》1996 年第 12 期。

67. 李冯：《关于小说的断想》，《南方文坛》1997 年第 3 期。

68. 林白：《说吧，房间》，《花城》1997 年第 3 期。

69. 东西：《上帝发笑——关于创作的偏见》，《小说家》1997 年第 4 期。

70. 鬼子：《被雨淋湿的河》，《人民文学》1997 年第 5 期。

71. 鬼子：《学生作文》，《作家》1997 年第 9 期。

72. 鬼子：《为何走开》，《山花》1998 年第 1 期。

73. 凡一平：《寿星》，《青年文学》1998 年第 2 期。

74. 李冯：《回故乡之路》，《青年文学》1998 年第 2 期。

75. 南帆选编：《夜晚的语言》，北京：社会科学文献出版社，1998 年版。

76. 张钧：《迷失中的追寻——李冯访谈录》，《花城》1998 年第 3 期。

77. 鬼子：《罪犯》，《小说家》1998 年第 5 期。

78. 东西：《肚子的记忆》，《人民文学》1999 年第 9 期。

79. 北流市土地管理局：《北流市土地志》，南宁：广西人民出版社，1999 年版。

80. 张生：《与李冯对话：这种选择意味着什么？》，《作家》2000 年第 1 期。

81. 鬼子：《关于 98、99 年的几个小说》，《南方文坛》2000 年第 2 期。

82. 林白：《内心的故乡》，《天涯》2002 年第 2 期。

83. 小凤：《第 22 条军规 洛丽塔 / 猎鹿人 / 辛德勒的名单——李冯访谈录》，《当代小说》2002 年第 3 期。

84. 鬼子：《艰难的行走》，北京：昆仑出版社，2002 年版。

85. 凡一平：《我作为广西作家的幸运》，《广西文学》2003 年第 2 期。

86. 凡一平：《怀孕》，《花城》2003 年第 4 期。

87. 潘琦：《潘琦文集》，北京：中国大百科全书出版社，2003 年版。

88. 姜广平：《叙述阳光下的苦难——与鬼子对话》，《莽原》2004 年第 5 期。

89. 凡一平：《顺口溜》，上海：上海译文出版社，2005 年版。

90. 东西：《走出南方》，《文史春秋》2005 年第 7 期。

91. 胡群彗、鬼子：《鬼子访谈》，《小说评论》2006 年第 3 期。

92. 蒋晔：《李冯：有尊严地实现理想》，《中国青年》2006 年第 22 期。

93. 东西、姜广平：《东西：小说的可能与小说的边界》，《西湖》2007 年第 1 期。

94. 东西：《伊拉克的炮弹》，《青年文学》2007 年第 1 期。

95. 徐霞客：《徐霞客游记》，朱惠荣整理，北京：中华书局，2009 年版。

96. 银建军、钟纪新主编：《文字深处的图腾——走进仫佬族作家》，南宁：广西人民出版社，2009 年版。

97. 林白：《北流三篇》，《作家》2014 年第 10 期。

98. 凡一平:《沉香山》,《民族文学》2015 年第 1 期。

99. 凡一平:《有谁不是"套中人"》,《广西文学》2015 年第 10 期。

100. 东西:《先锋小说的变异》,《文艺争鸣》2015 年第 12 期。

101. 李敬泽、阎晶明等:《"广西后三剑客":田耳、朱山坡、光盘作品研讨会纪要》,《南方文坛》2016 年第 1 期。

102. 东西:《叙述的走神》,上海:上海文艺出版社,2016 年版。

103. 凡一平:《天等山》,《小说月报》2016 年第 8 期。

104. 东西:《虚构的故乡（外一篇）》,《长江文艺》2016 年第 10 期。

105. 东西:《梦启》,《小说界》2017 年第 2 期。

附 录

"文学桂军"小说创作年表
（本书所用史料和创作年表皆为初刊本）

凡一平小说创作年表

1983 年

银平:《岁末》,《金城》1983 年第 4 期。

1985 年

银平:《县长和他的猫》,《广西日报》1985 年 9 月 22 日。

1988 年

银平:《官场沉浮录》,《青春》1988 年第 4 期。

1989 年

凡一平:《女人·男人》,《民族文学》1989 年第 1 期。

凡一平:《美人窝》,《广西文学》1989 年第 4 期。

1990 年

凡一平:《通俗歌手》,《广州文艺》1990 年第 2 期。

凡一平:《合唱团》,《广西文学》1990 年第 6 期。

凡一平:《妇道》,《现代作家》1990 年第 9 期。

凡一平:《圩日》,《三月三》1990 年第 3 期。

凡一平:《金属》,《小说家》1990 年第 6 期。

1992 年

凡一平：《蛇事》，《作品》1992 年第 6 期。

1993 年

凡一平：《浑身是戏》，《三月三》1993 年第 2 期。

凡一平：《认识庞西》，《三月三》1993 年第 2 期。

凡一平：《枪杀·刀杀》，《青年文学》1993 年第 4 期。

凡一平：《舞会》，《南方文学》1993 年第 1 期。

凡一平：《随风咏叹》，《当代》1993 年第 3 期。

1994 年

凡一平：《通宵达旦》，《山花》1994 年第 10 期。

凡一平：《秋阳和投降是有条件的》，《三月三》1994 年第 4 期。

1995 年

凡一平：《男人聪明 女人漂亮》，《上海文学》1995 年第 2 期。

凡一平：《告诉我一条回家的路》，《广州文艺》1995 年第 4 期。

凡一平：《一个警察的冬天》，《漓江》1995 年第 4 期。

凡一平：《情怀飘舞》，《广西文学》1995 年第 6 期。

凡一平：《天灾人祸》，《春风》1995 年第 11 期。

凡一平：《活着的是天才 死去的也是天才》，《作品》1995 年第 12 期。

1996 年

凡一平：《禁欲》，《广西文学》1996 年第 1 期。

凡一平：《一千零一夜》，《山花》1996 年第 8 期。

凡一平：《回忆过去的生活》，《广西文学》1996 年第 3 期。

1998 年

凡一平：《寿星》，《青年文学》1998 年第 2 期。

凡一平：《卧底》，《清明》1998 年第 2 期。

凡一平：《与播音员张梅上井冈山》，《山花》1998 年第 11 期。

1999 年

凡一平：《真实的谎言》，《作家》1999 年第 2 期。

凡一平:《保镖沉落》,《广西文学》1999 年第 3 期。

凡一平:《马本山寻枪记》,《十月》1999 年第 4 期。

凡一平:《县长逸事》,《青年文学》1999 年第 10 期。

2001 年

凡一平:《理发师》,《青年文学》2001 年 11 期。

2003 年

凡一平、章明:《爱情海》,《红豆》2003 年第 3 期。

凡一平:《怀孕》,《花城》2003 年第 4 期。

凡一平:《烟头》,《作家》2003 年第 6 期。

凡一平:《投降》,《青年文学》2003 年第 8 期。

凡一平:《同名俱乐部》,《红岩》2003 年第 5 期。

2005 年

凡一平:《博士彰文联的道德情操》,《小说月报·原创版》2005 年第 2 期。

2008 年

凡一平:《扑克》,《花城》2008 年第 1 期。

凡一平:《十七岁高中生彭阳的血》,《江南》2008 年第 4 期。

凡一平:《一九九八年夏》,《江南》2008 年第 4 期。

2010 年

凡一平:《幸运的酒徒》,《广西文学》2010 年第 1 期。

2011 年

凡一平:《韦五宽的警察梦》,《作家》2011 年第 7 期。

2013 年

凡一平:《上岭村的谋杀》,《作家》2013 年第 3 期。

2014 年

凡一平:《非常审问》,《小说月报·原创版》2014 年第 8 期。

2015 年

凡一平:《姐姐快跑》,《广西文学》2015 年第 10 期。

凡一平：《沉香山》，《民族文学》2015 年第 1 期。

2016 年

凡一平：《天等山》，《小说月报·原创版》2016 年第 8 期。

2017 年

凡一平：《上岭村丙申年记》，《长江文艺》2017 年第 9 期。

2018 年

凡一平：《上岭村丁酉年记》，《花城》2018 年第 1 期。

2019 年

凡一平：《我们的师傅》，《十月》2019 年第 4 期。

凡一平：《上岭阉牛》，《小说月报·原创版》2019 年第 6 期。

凡一平：《生命中遇见的人都不是平白无故出现的》，《北京文学（中篇小说月报）》2019 年第 8 期。

2020 年

凡一平：《赏金》，《作家》2020 年第 1 期。

凡一平：《韦旗的敬老院》，《民族文学》2020 年第 1 期。

凡一平：《两个世纪的牌友》，《芙蓉》2020 年第 1 期。

凡一平：《北上》，《民族文学》2020 年第 5 期。

凡一平：《唐云梦的救赎》，《花城》2020 年第 5 期。

凡一平：《探寻时光和名家的魅力》，《小说月报·原创版》2020 年第 6 期。

2021 年

凡一平：《裁决》，《人民文学》2021 年第 1 期。

凡一平：《金牙》，《收获》2021 年第 1 期。

凡一平：《督战》，《山花》2021 年第 1 期。

凡一平：《阉活》，《天涯》2021 年第 1 期。

凡一平：《四季书》，《作家》2021 年第 2 期。

凡一平：《公粮》，《中国作家》2021 年第 3 期。

凡一平：《算数》，《青年作家》2021 年第 5 期。

凡一平：《花钱》，《长江文艺》2021 年第 8 期。

2022 年

凡一平:《上岭产婆》,《中国作家》2022 年第 1 期。

凡一平:《上岭恋人》,《人民文学》2022 年第 1 期。

凡一平:《上岭说客》,《山花》2022 年第 1 期。

凡一平:《桑塔纳》,《江南》2022 年第 2 期。

凡一平:《上岭侦探》,《清明》2022 年第 2 期。

凡一平:《当兵》,《湘江文艺》2022 年第 2 期。

凡一平:《黑鳝》,《湘江文艺》2022 年第 2 期。

凡一平:《上岭裁缝》,《民族文学》2022 年第 6 期。

林白小说创作年表

1983 年

林白薇:《土平房里的人们》,《广西文学》1983 年第 9 期。

1985 年

林白薇:《船与歌》,《青年作家》1985 年第 5 期。

1986 年

林白薇:《从河边到岸上》,《人民文学》1986 年第 5 期。

林白薇:《红绿蓝三重奏》,《广州文艺》1986 年第 5 期。

林白薇:《大楼里的红蜻蜓》,《青年作家》1986 年第 10 期。

1987 年

林白薇:《流入那河》,《广西文学》1987 年第 2 期。

林白:《左边是墙,右边是墙》,《上海文学》1987 年第 10 期。

林白:《房间里的两个人》,《上海文学》1987 年第 10 期。

1988 年

林白:《去年冬季在街上》,《钟山》1988 年第 1 期。

林白:《四月》,《人民文学》1988 年第 7 期。

林白:《我之所以自己做饭》,《作家》1988 年第 11 期。

林白:《发大水的前一天》,《作家》1988 年第 11 期。

林白:《黑裙》,《上海文学》1988 年第 12 期。

林白:《枇杷落下地》,《青年文学》1988 年第 12 期。

1989 年

林白:《上升到灵》,《广西作家》1989 年第 5、6 期合刊。

林白:《裸窗》,《作家》1989 年第 9 期。

林白:《静静倾听》,《广西文学》1989 年第 9 期。

林白:《同心爱者不能分手》,《上海文学》1989 年第 10 期。

1990 年

林白:《大声哭泣》,《收获》1990 年第 1 期。

林白:《水中央》,《青年文学》1990 年第 6 期。

林白:《我要你为人所知》,《雨花》1990 年第 5 期。

林白:《子弹穿过苹果》,《钟山》1990 年第 4 期。

1991 年

林白:《日午》,《上海文学》1991 年第 6 期。

林白:《英雄》,《青年文学》1991 年第 12 期。

林白:《亚热带公园》,《收获》1991 年第 2 期。

林白:《晚安，舅舅》,《钟山》1991 年第 5 期。

林白:《船外》,《作家》1991 年第 11 期。

1992 年

林白:《随风闪烁》,《收获》1992 年第 4 期。

林白:《玫瑰过道》,《漓江》1992 年秋季号。

林白:《往事隐现》,《钟山》1992 年第 6 期。

林白:《安魂沙街》,《北京文学》1992 年第 10 期。

林白:《一路红绸》,《中国作家》1992 年第 2 期。

林白:《沙街的花与影》,《作家》1992 年第 11 期。

1993 年

林白:《回廊之椅》,《钟山》1993 年第 4 期。

林白：《瓶中之水》,《钟山》1993 年第 4 期。

林白：《飘散》,《花城》1993 年第 5 期。

1994 年

林白：《一个人的战争》,《花城》1994 年第 2 期。

林白：《青苔与火车的叙事》,《作家》1994 年第 4 期。

林白：《长久以来记忆中的一个人》,《作家》1994 年第 4 期。

林白：《深水岁月的追忆》,《作品》1994 年第 10 期。

林白：《墙上的眼睛》,《青年文学》1994 年第 11 期。

林白：《枝繁叶茂的女人》,《青年文学》1994 年第 11 期。

1995 年

林白：《猫的激情时代》,《江南》1995 年第 1 期。

林白：《致命的飞翔》,《花城》1995 年第 1 期。

林白：《守望空心岁月》,《花城》1995 年第 4 期。

林白：《似曾相识的爱情》,《上海文学》1995 年第 12 期。

1997 年

林白：《说吧，房间》,《花城》1997 年第 3 期。

林白：《火光穿过白马镇》,《天涯》1997 年第 4 期。

1998 年

林白：《枪，或以梦为马》,《作家》1998 年第 4 期。

1999 年

林白：《米缸》,《花城》1999 年第 3 期。

林白：《菠萝地》,《山花》1999 年第 5 期。

2000 年

林白：《玻璃虫》,《大家》2000 年第 1 期。

2001 年

林白：《枕黄记》,《花城》2001 年第 2 期。

2002 年

林白:《二皮杀猪》,《人民文学》2002 年第 4 期。

林白:《春天，妖精》,《作家》2002 年第 10 期。

林白:《明亮的土铳》,《上海文学》2002 年第 11 期。

2003 年

林白:《木珍闲聊录》,《天涯》2003 年第 1 期。

林白:《万物花开》,《花城》2003 年第 1 期。

2004 年

林白:《狐狸十三段》,《人民文学》2004 年第 3 期。

林白:《去往银角》,《上海文学》2004 年第 6 期。

林白:《红艳见闻录》,《上海文学》2004 年第 6 期。

林白:《妇女闲聊录》,《十月》2004 年寒露卷。

2007 年

林白:《致一九七五》,《西部·华语文学》2007 年第 10 期。

2010 年

林白:《长江为何如此远》,《收获》2010 年第 2 期。

2012 年

林白:《北往（上）》,《十月》2012 年第 5 期。

林白:《北往（下）》,《十月》2012 年第 6 期。

2013 年

林白:《某年的枪声》,《作家》2013 年第 2 期。

林白:《上升的道路》,《花城》2013 年第 2 期。

2015 年

林白:《汉阳的蝴蝶》,《上海文学》2015 年第 2 期。

林白:《西北偏北之二三》,《收获》2015 年第 4 期。

2021 年

林白:《北流》,《十月》2021 年第 3 期。

林白:《〈北流〉(续)》,《十月》2021 年第 4 期。

林白:《别册:织字——北流语和普通话缠绕而成的文本》,《作家》2021 年第
8 期。

鬼子小说创作年表

1984 年
廖润柏:《妈妈和她的衣袖》,《青春》1984 年第 9 期。

1987 年
廖润柏:《八月,干渴的荒野》,《民族文学》1987 年第 7 期。

廖润柏:《山村》,《民族文学》1987 年第 10 期。

1988 年
廖润柏:《血崖》,《广西文学》1988 年第 7 期。

1989 年
廖润柏:《血谷》,《飞天》1989 年第 12 期。

1990 年
廖润柏:《面条》,《三月三》1990 年第 3 期。

鬼子:《古岽》,《收获》1990 年第 6 期。

1991 年
鬼子:《家癌》,《收获》1991 年第 5 期。

鬼子:《家墓》,《漓江》1991 年冬季号。

鬼子:《有那么一个黄昏》,《作家》1991 年第 12 期。

1994 年
鬼子:《杀人犯木头》,《三月三》1994 年第 4 期。

1995 年
鬼子:《叙述传说》,《大家》1995 年第 1 期。

鬼子:《带锁的夕阳》,《三月三》1995 年第 3 期。

1996 年

鬼子:《男人鲁风》,《广西文学》1996 年第 1 期。

鬼子:《走进意外》,《花城》1996 年第 3 期。

鬼子:《谁开的门》,《作家》1996 年第 5 期。

鬼子:《农村弟弟》,《钟山》1996 年第 6 期。

鬼子:《谋杀》,《山花》1996 年第 12 期。

1997 年

鬼子:《苏通之死》,《收获》1997 年第 2 期。

鬼子:《被雨淋湿的河》,《人民文学》1997 年第 5 期。

鬼子:《梦里梦外》,《小说家》1997 年第 6 期。

鬼子:《学生作文》,《作家》1997 年第 9 期。

1998 年

鬼子:《遭遇深夜》,《漓江》1998 年第 1 期。

鬼子:《替死者回忆》,《作家》1998 年第 1 期。

鬼子:《为何走开》,《山花》1998 年第 1 期。

鬼子:《你猜她说了什么》,《青年文学》1998 年第 2 期。

鬼子:《罪犯》,《小说家》1998 年第 5 期。

1999 年

鬼子:《伤心的黑羊》,《作家》1999 年第 2 期。

鬼子:《上午打瞌睡的女孩》,《人民文学》1999 年第 6 期。

2002 年

鬼子:《瓦城上空的麦田》,《人民文学》2002 年第 10 期。

2003 年

鬼子:《〈猴子继续捞月亮〉的审稿意见》,《红豆》2003 年第 3 期。

2004 年

鬼子:《卖女孩的小火柴》,《莽原》2004 年第 5 期。

鬼子:《大年夜》,《人民文学》2004 年第 9 期。

2005 年

鬼子：《疯女孩》，《作家》2005 年第 4 期。

鬼子：《贫民张大嘴的性生活》，《小说月报·原创版》2005 年第 5 期。

鬼子：《爱情细节》，《小说月报·原创版》2005 年第 5 期。

2007 年

鬼子：《狼》，《作家》2007 年第 1 期。

鬼子：《一根水做的绳子》，《小说月报·原创版》2007 年第 2 期。

2015 年

鬼子：《两个戴墨镜的男人》，《广西文学》2015 年第 3 期。

东西小说创作年表

1986 年

田代琳：《龙滩的孩子们》，《广西文学》1986 年第 8 期。

1987 年

田代琳：《孤头山》，《西藏文学》1987 年第 5 期。

田代琳：《醉山》，《中国西部文学》1987 年第 8 期。

1988 年

田代琳：《断奶》，《广西文学》1988 年第 7 期。

1991 年

田代琳：《断崖》，《漓江》1991 年春季号。

田代琳：《秋天的瓦钵》，《三月三》1991 年第 3 期。

田代琳：《稀客》，《中国西部文学》1991 年第 4 期。

田代琳：《回家》，《广西文学》1991 年第 7 期。

1992 年

田代琳：《祖先》，《作家》1992 年第 2 期。

田代琳：《地喘气》，《民族文学》1992 年第 7 期。

东西：《幻想村庄》，《花城》1992 年第 3 期。

东西:《相貌》,《收获》1992 年第 4 期。

东西:《事故之后的故事》,《三月三》1992 年第 5 期。

东西:《天灯》,《延河》1992 年第 9 期。

东西:《魔》,《漓江》1992 年秋季号。

1993 年

东西:《迈出时间的门槛》,《花城》1993 年第 3 期。

东西:《口哨远去》,《青年文学》1993 年第 9 期。

东西:《故事的花朵与果实》,《作家》1993 年第 12 期。

1994 年

东西:《草绳皮带的倒影》,《三月三》1994 年第 4 期。

东西:《经过》,《大家》1994 年第 4 期。

东西:《商品》,《作家》1994 年第 5 期。

东西:《飘飞如烟》,《作家》1994 年第 5 期。

东西:《原始坑洞》,《花城》1994 年第 5 期。

东西:《城外》,《作品》1994 年第 7 期。

东西:《大路朝天》,《人民文学》1994 年第 11 期。

东西:《白荷战事》,《三月三》1994 年第 12 期。

1995 年

东西:《荒芜》,《作品》1995 年第 1 期。

东西:《跟踪高动》,《山花》1995 年第 3 期。

东西:《抒情时代》,《作家》1995 年第 4 期。

东西:《雨天的粮食》,《作家》1995 年第 4 期。

东西:《溺》,《人民文学》1995 年第 4 期。

东西:《美丽的窒息》,《花城》1995 年第 5 期。

1996 年

东西:《没有语言的生活》,《收获》1996 年第 1 期。

东西:《等雨降落》,《广西文学》1996 年第 1 期。

东西:《我们的感情》,《作品》1996 年第 1 期。

东西:《一个不劳动的下午》,《大家》1996 年第 3 期。

东西:《我们的父亲》,《作家》1996 年第 5 期。

东西:《离开》,《山花》1996 年第 5 期。

东西:《慢慢成长》,《人民文学》1996 年第 7 期。

1997 年

东西:《生活》,《小说家》1997 年第 4 期。

东西:《美丽金边的衣裳》,《江南》1997 年第 1 期。

东西:《原名〈勾引〉》,《时代文学》1997 年第 1 期。

东西:《姐的一九七七》,《时代文学》1997 年第 5 期。

东西:《耳光响亮》,《花城》1997 年第 6期。

东西:《反义词大楼》,《山花》1997 年第 9 期。

1998 年

东西:《目光愈拉愈长》,《人民文学》1998 年第 1 期。

东西:《戏看》,《作家》1998 年第 1 期。

东西:《好像要出事了》,《青年文学》1998 年第 1 期。

东西:《痛苦比赛》,《小说家》1998 年第 3 期。

东西:《关于钞票的几种用法》,《花城》1998 年第 5 期。

东西:《闪过》,《山花》1998 年第 6 期。

1999 年

东西:《把嘴角挂在耳边》,《作家》1999 年第 2 期。

东西:《我和我的机器》,《江南》1999 年第 2 期。

东西:《过了今年再说》,《收获》1999 年第 6 期。

东西:《肚子的记忆》,《人民文学》1999 年第 9 期。

2000 年

东西:《我们正在变成好人》,《天津文学》2000 年第 1期。

东西:《送我到仇人的身边》,《作家》2000 年第 3 期。

东西:《不要问我》,《收获》2000 年第 5 期。

2001 年

东西:《我为什么没有小蜜》,《山花》2001 年第 2 期。

2002 年

东西：《猜到尽头》，《收获》2002 年第 3 期。

2003 年

东西：《秘密地带》，《大家》2003 年第 1 期。

2004 年

东西：《你不知道她有多美》，《作家》2004 年第 2 期。

2005 年

东西：《后悔录》，《收获》2005 年第 3 期。

东西：《保佑》，《红岩》2005 年第 3 期。

2007 年

东西：《伊拉克的炮弹》，《青年文学》2007 年第 1 期。

2011 年

东西：《双份老赵》，《作家》2011 年第 1 期。

东西：《救命》，《人民文学》2011 年第 2 期。

2013 年：

东西：《请勿谈论庄天海》，《收获》2013 年第 1 期。

东西：《蹲下时看到了什么》，《花城》2013 年第 2 期。

2015 年：

东西：《篡改的命》，《花城》2015 年第 4 期。

2016 年：

东西：《私了》，《作家》2016 年第 2 期。

2021 年：

东西：《回响》，《人民文学》2021 年第 3 期。

李冯小说创作年表

1993 年

李冯：《另一种声音》，《北京文学》1993 年第 8 期。

李冯：《自找麻烦》，《作品》1993 年第 9 期。

1994 年

李冯：《多米诺女孩》，《花城》1994 年第 5 期。

李冯：《阿光坐在沙发上》，《花城》1994 年第 5 期。

李冯：《我作为英雄武松的生活片段》，《花城》1994 年第 5 期。

李冯：《招魂术》，《收获》1994 年第 6 期。

1995 年

李冯：《庐隐之死》，《收获》1995 年第 1 期。

李冯：《在海边》，《江南》1995 年第 1 期。

李冯：《过江》，《大家》1995 年第 3 期。

李冯：《我的朋友曾见》，《人民文学》1995 年第 11 期。

李冯：《感冒》，《人民文学》1995 年第 11 期。

李冯：《倒霉蛋马海皮及其他》，《山花》1995 年第 12 期。

1996 年

李冯：《复制的旅行》，《广西文学》1996 年第 1 期。

李冯：《辛秀秀》，《江南》1996 年第 1 期。

李冯：《地铁》，《作家》1996 年第 2 期。

李冯：《探望》，《作家》1996 年第 2 期。

李冯：《中国故事》，《山花》1996 年第 4 期。

李冯：《孔子》，《花城》1996 年第 4 期。

李冯：《十六世纪的卖油郎》，《人民文学》1996 年第 5 期。

李冯：《最后的爱》，《人民文学》1996 年第 5 期。

李冯：《王朗和苏小眉》，《收获》1996 年第 5 期。

李冯：《墙》，《长江文艺》1996 年第 12 期。

1997 年

李冯:《牛郎》,《山花》1997 年第 1 期。

李冯:《纪念》,《大家》1997 年第 2 期。

李冯:《蝴蝶》,《山花》1997 年第 3 期。

李冯:《温吉儿》,《江南》1997 年第 3 期。

李冯:《拉萨》,《作家》1997 年第 3 期。

李冯:《唐朝》,《钟山》1997 年第 2 期。

李冯:《天堂里的车票（外一篇）》,《北京文学·精彩阅读》1997 年第 7 期。

李冯:《碎爸爸》,《人民文学》1997 年第 11 期。

李冯:《俎》,《山花》1997 年第 11 期。

1998 年

李冯:《祝》,《作家》1998 年第 1 期。

李冯:《七五年》,《小说家》1998 年第 1 期。

李冯:《回故乡之路》,《青年文学》1998 年第 2 期。

李冯:《如愿以偿（第三章）》,《人民文学》1998 年第 3 期。

李冯:《审判》,《山花》1998 年第 2 期。

李冯:《辛未庄》,《花城》1998 年第 3 期。

李冯:《采访》,《作家》1998 年第 6 期。

李冯:《二十万》,《山花》1998 年第 10 期。

1999 年

李冯:《一周半》,《山花》1999 年第 1 期。

李冯:《在天上》,《作家》1999 年第 2 期。

李冯:《七短章》,《作家》1999 年第 4 期。

李冯:《今夜无人入睡》,《青年文学》1999 年第 3 期。

2000 年

李冯:《十二月六日听音乐会》,《当代》2000 年第 3 期。

李冯:《圣徒传》,《青年文学》2000 年第 10 期。

李冯:《再见，阿枣》,《人民文学》2000 年第 11 期。

2001 年

李冯:《查理苏之谋杀案》,《作家》2001 年第 1 期。

2002 年

李冯:《信使》,《收获》2002 年第 6 期。

2003 年

李冯:《一千万和青岛海滨（外两篇）》,《山花》2003 年第 1 期。

2004 年

李冯:《有什么不对头》,《作家》2004 年第 3 期。

李冯:《卡通情色故事集》,《芙蓉》2004 年第 6 期。

2005 年

李冯:《卡门》,《收获》2005 年第 6 期。

李冯:《上帝之蝇》,《山花》2005 年第 11 期。

2006 年

李冯:《车厢峡》,《收获》2006 年第 4 期。

李冯:《新世界》,《青年文学》2006 年第 17 期。

2009 年

李冯:《立体派》,《山花》2009 年第 3 期。

2019 年

李冯:《莱佛士亚花》,《青年作家》2019 年第 12 期。

光盘小说创作年表

1991 年

文博:《灵魂安慰者》,《广西文学》1991 年第 1 期。

1993

文博:《乡下的月亮》,《广西文学》1993 年第 7 期。

1995 年

文博:《云上永远是阳光》,《广西文学》1995 年第 2 期。

1997 年

文博:《年会》,《广西文学》1997 年第 1 期。

1998 年

文博:《隔层玻璃》,《广西文学》1998 年第 2 期。

文博:《哦,阳光》,《广西文学》1998 年第 4 期。

文博:《搞好关系》,《广西文学》1998 年第 9 期。

2002 年

光盘:《谁在走廊》,《花城》2002 年第 5 期。

光盘:《对一个死者的审判》,《作品》2002 年第 9 期。

2003 年

光盘:《对牛说话》,《广西文学》2003 年第 2 期。

光盘:《我是凶手》,《花城》2003 年第 6 期。

光盘:《美容》,《广西文学》2003 年第 12 期。

2004 年

光盘:《把他送回家》,《上海文学》2004 年第 6 期。

光盘:《雨杀芭蕉》,《红豆》2004 年第 10 期。

光盘:《坏人一直不举手》,《广西文学》2004 年第 12 期。

2006 年

光盘:《穿过半月谷》,《上海文学》2006 年第 10 期。

2007 年

光盘:《一张十年前的约会条》,《都市小说》2007 年第 1 期。

光盘:《我要消灭她》,《红豆》2007 年第 9 期。

光盘:《灵魂漂》,《钟山》2007 年第 6 期。

光盘:《野人劫》,《山花》2007 年第 10 期。

光盘:《妻子说》,《作家》2007 年第 11 期。

2008 年

光盘:《干枯的河》,《南方文学》2008 年第 5 期。

2009 年

光盘:《枪响了》,《江南》2009 年第 2 期。

光盘:《错乱》,《上海文学》2009 年第 2 期。

光盘:《柔软的刀子》,《花城》2009 年第 6 期。

光盘:《桂林不浪漫的故事》,《广西文学》2009 年第 7 期。

光盘:《婚外》,《山花》2009 年第 8 期。

光盘:《第十八棵桂花树》,《青年文学》2009 年第 18 期。

2010 年

光盘:《麻袋，麻袋》,《青年文学》2010 年第 6 期。

光盘:《通知书》,《山花》2010 年第 10 期。

光盘:《洞的消失》,《上海文学》2010 年第 11 期。

光盘:《长寿之城》,《广西文学》2010 年第 12 期。

2011 年

光盘:《地陷》,《山花》2011 年第 6 期。

光盘:《挖宝》,《上海文学》2011 年第 8 期。

2012 年

光盘:《慧深还俗》,《广西文学》2012 年第 1 期。

光盘:《"眼底影像还原仪"之研究》,《作家》2012 年第 3 期。

光盘:《达达失踪》,《上海文学》2012 年第 4 期。

光盘:《野菊花》,《长城》2012 年第 4 期。

光盘:《老地方》,《山花》2012 年第 5 期。

光盘:《保卫狼》,《飞天》2012 年第 17 期。

光盘:《百卉谷》,《山花》2012 年第 18 期。

2013 年

光盘:《信号》,《钟山》2013 年第 1 期。

光盘:《渐行渐远的阳光》,《民族文学》2013 年第 2 期。

光盘:《楼上的》,《广西文学》2013 年第 6 期。

光盘:《去会会稻香》,《广西文学》2013 年第 6 期。

光盘:《意外婚礼》,《广西文学》2013 年第 6 期。

光盘:《001 号工地》,《南方文学》2013 年 9-10 期合刊。

光盘:《走完所有的入口》,《山花》2013 年第 10 期。

光盘:《赔偿金》,《民族文学》2013 年第 11 期。

光盘:《让我靠近》,《飞天》2013 年第 12 期。

2014 年

光盘:《他的名字叫白》,《花城》2014 年第 1 期。

光盘:《碧玉龙凤手镯》,《广西文学》2014 年第 3 期。

光盘:《我们的寄娘》,《广西文学》2014 年第 3 期。

光盘:《晨钟暮鼓》,《长城》2014 年第 4 期。

光盘:《见过夏柏吗？》,《山花》2014 年第 5 期。

光盘:《桃花岛那一夜》,《上海文学》2014 年第 5 期。

光盘:《我爱美金》,《福建文学》2014 年第 5 期。

光盘:《酒悲喜》,《民族文学》2014 年第 10 期。

光盘:《空房子》,《作家》2014 年第 11 期。

2015 年

光盘:《坦桑石》,《十月》2015 年第 1 期。

光盘:《跳盘王》,《民族文学》2015 年第 1 期。

光盘:《必须掉头》,《长江文艺》2015 年第 3 期。

光盘:《破桃花》,《小说界》2015 年第 3 期。

光盘:《墨镜》,《清明》2015 年第 5 期。

光盘:《我的"再生人"太太》,《广西文学》2015 年第 5 期。

光盘:《老虎凶猛》,《芙蓉》2015 年第 5 期。

光盘:《葬身无地》,《南方文学》2015 年第 5 期。

光盘:《别家婚礼》,《红豆》2015 年第 5 期。

光盘:《蜜蜂飞舞》,《红豆》2015 年第 5 期。

光盘:《明天有好戏》,《飞天》2015 年第 12 期。

光盘:《表哥要见郑西宁》,《山花》2015 年第 20 期。

2016 年

光盘:《迈阿密有贼》,《上海文学》2016 年第 3 期。

光盘:《霍那拉中蛊了》,《长城》2016 年第 4 期。

光盘:《烈女雕像》,《滇池》2016 年第 5 期。

光盘:《引梦》,《钟山》2016 年第 5 期。

光盘:《照片》,《十月》2016 年第 5 期。

光盘:《去吧，罗西》,《花城》2016 年第 6 期。

光盘:《看不见的城市》,《青年文学》2016 年第 6 期。

光盘:《榻榻米下的秘密》,《广州文艺》2016 年第 7 期。

光盘:《子弹飞哪儿去了》,《长江文艺》2016 年第 7 期。

光盘:《归途》,《福建文学》2016 年第 8 期。

光盘:《看不见的城市》,《广西文学》2016 年第 8 期。

光盘:《地道》,《民族文学》2016 年第 11 期。

光盘:《阿里快开枪》,《啄木鸟》2016 年第 11 期。

2017 年

光盘:《大雁楼》,《红岩》2017 年第 1 期。

光盘:《渔王》,《小说月报（原创版）》2017 年第 2 期。

光盘:《稻田》,《解放军文艺》2017 年第 2 期。

光盘:《黄金屋》,《清明》2017 年第 3 期。

光盘:《抓捕路霸江自善》,《当代》2017 年第 4 期。

光盘:《神鼻》,《福建文学》2017 年第 4 期。

光盘:《钟开始敲响》,《文学港》2017 年第 6 期。

光盘:《重返梅山》,《民族文学》2017 年第 8 期。

光盘:《第九座山》,《山花》2017 年第 9 期。

光盘:《放过》,《朔方》2017 年第 9 期。

光盘:《金色蘑菇》,《广西文学》2017 年第 11 期。

光盘:《空鸟笼》,《啄木鸟》2017 年第 12 期。

2018 年

光盘:《秘密计划》,《青年作家》2018 年第 1 期。

光盘:《血丝玉镯》,《作品》2018 年第 1 期。

光盘:《神鼻》,《红岩》2018 年第 1 期。

光盘:《对视》,《芙蓉》2018 年第 2 期。

光盘:《梦见河》,《长城》2018 年第 3 期。

光盘:《高倍望远镜》,《滇池》2018 年第 3 期。

光盘:《陌生来电》,《滇池》2018 年第 3 期。

光盘:《地下》,《滇池》2018 年第 3 期。

光盘:《假发》,《清明》2018 年第 5 期。

光盘:《毛谷令我悚然》,《安徽文学》2018 年第 6 期。

光盘:《易居》,《广州文艺》2018 年第 8 期。

光盘:《AI 同学》,《草原》2018 年第 9 期。

光盘:《等待》,《民族文学》2018 年第 10 期。

光盘:《米珠山》,《广西文学》2018 年第 12 期。

2019 年

光盘:《半夜枪声》,《红豆》2019 年第 2 期。

光盘:《刺杀板爷》,《花城》2019 年第 2 期。

光盘:《老鹰》,《朔方》2019 年第 2 期。

光盘:《求见父亲》,《上海文学》2019 年第 2 期。

光盘:《失散》,《民族文学》2019 年第 7 期。

2020 年

光盘:《紫灵芝》,《大家》2020 年第 3 期。

盘文波:《万水千山》,《小说月报·原创版》2020 年第 11 期。

盘文波:《老房门前的号码》,《红豆》2020 年第 10–11 期。

盘文波:《一种构想》,《广西文学》2020 年第 12 期。

2021 年

盘文波:《周家失火》,《安徽文学》2021 年第 1 期。

盘文波:《逃逸》,《朔方》2021 年第 1 期。

盘文波：《你放手我就放手》，《长城》2021 年第 1 期。

盘文波：《合约》，《红豆》2021 年第 1 期。

盘文波：《红军旗》，《广西文学》2021 年第 7 期。

光盘：《堂下有鱼》，《作品》2021 年第 11 期。

盘文波：《灵魂鸟》，《青年文学》2021 年第 11 期。

2022 年

光盘：《斗鸟判案》，《红岩》2022 年第 1 期。

光盘：《鸟投塘》，《夜郎文学》2022 年第 2 期。

光盘：《青龙潭》，《湘江文艺》2022 年第 3 期。

光盘：《走吧，别再回来》，《四川文学》2022 年第 4 期。

李约热小说创作年表

1995 年

吴小刚：《希界》，《三月三》1995 年第 3 期。

吴小刚：《城市的 B 面》，《河池日报》1997 年 6 月 26 日。

1996 年

吴小刚：《狼狈眼》，《三月三》1996 年第 2 期。

1997 年

吴小刚：《朋友曲音》，《三月三》1997 年第 5 期。

1999 年

吴小刚：《仙人指路》，《广西文学》1999 年第 1 期。

吴小刚：《私奔演习》，《三峡文学》1999 年第 5 期。

2003 年

李约热：《永顺牌拖拉机》，《广西文学》2003 年第 8 期。

李约热：《这个夜晚野兽出没》，《红豆》2003 年第 11 期。

2004 年

李约热：《戈达尔活在我们中间》，《广西文学》2004 年第 1 期。

李约热:《李壮回家》,《上海文学》2004 年第 6 期。

李约热:《水晶项链》,《广西文学》2004 年第 9 期。

2005 年

李约热:《涂满油漆的村庄》,《作家》2005 年第 5 期。

2006 年

李约热:《巡逻记》,《广西文学》2006 年第 5、6 期合刊。

李约热:《青牛》,《上海文学》2006 年第 8 期。

2008 年

李约热:《一团金子》,《作家》2008 年第 2 期。

李约热:《火里的影子》,《中国作家》2008 第 4 期。

李约热:《殴》,《山花》2008 第 7 期。

2010 年

李约热:《问魂·马斤的故事》,《花城》2010 年第 3 期。

李约热:《午后苍凉》,《作家杂志》2010 年第 5 期。

李约热:《郑记刻碑》,《民族文学》2010 年第 11 期。

2011 年

李约热:《墓道被灯光照亮》,《民族文学》2011 年第 12 期。

2012 年

李约热:《欺男》,《作家》2012 年第 6 期。

2013 年

李约热:《二婚》,《小说界》2013 年第 6 期。

2014 年

李约热:《美人风暴:给我亲爱的朋友》,《作家》2014 年第 1 期。

2015 年

李约热:《你要长寿,你要还钱》,《民族文学》2015 年第 1 期。

李约热:《情种阿廖沙》,《小说界》2015 年第 3 期。

李约热:《一团乱麻》,《南方文学》2015 年第 3 期。

2016 年

李约热:《幸运的武松》,《青年文学》2016 年第 1 期。

李约热:《人间消息》,《时代文学》2016 年第 3 期。

李约热:《鬼龄老人邱一声》,《作家》2016 年第 3 期。

2017 年

李约热:《侬城逸事》,《作家》2017 年第 10 期。

2018 年

李约热:《南山寺香客》,《青年作家》2018 年第 1 期。

2019 年

李约热:《村庄、绍永和我》,《雨花》2019 年第 3 期。

李约热:《捉奸:一团乱麻》,《中华传奇》2019 年第 1 期。

李约热:《三个人的童话》,《南方文学》2019 年第 3 期。

2020 年

李约热:《喜悦》,《人民文学》2020 年第 10 期。

2021 年

李约热:《八度屯》,《江南》2021 年第 1 期。

李约热:《家事》,《花城》2021 年第 2 期。

李约热:《景端》,《长城》2021 年第 6 期。

李约热:《捕蜂人小记》,《民族文学》2021 年第 8 期。

2022 年

李约热:《绝美之城》,《青年文学》2022 年第 5 期。

黄咏梅小说创作年表

2002 年

每每:《路过春天》,《花城》2002 年第 3 期。

2003 年

黄咏梅:《将爱传出去》,《作品与争鸣》2003 年第 2 期。

黄咏梅:《骑楼》,《收获》2003 年第 4 期。

黄咏梅:《多宝路的风》,《天涯》2003 年第 6 期。

黄咏梅:《对折》,《红豆》2003 年第 4 期。

黄咏梅:《非典型爱情》,《作品》2003 年第 8 期。

2004 年

黄咏梅:《一本正经》,《钟山》增刊 2004 年 A 卷。

黄咏梅:《勾肩搭背》,《人民文学》2004 年第 6 期。

黄咏梅:《填字游戏》,《花城》2004 年第 6 期。

2005 年

黄咏梅:《负一层》,《钟山》2005 年第 4 期。

黄咏梅:《关键词》,《文学界》2005 年第 10 期。

2006 年

黄咏梅:《天是空的》,《大家》2006 年第 1 期。

黄咏梅:《单双》,《钟山》2006 年第 1 期。

黄咏梅:《哼哼唧唧》,《中国作家》2006 年第 6 期。

黄咏梅:《把梦想喂肥》,《青年文学》2006 年第 9 期。

2007 年

黄咏梅:《暖死亡》,《十月》2007 年第 4 期。

黄咏梅:《开发区》,《花城》2007 年第 5 期。

黄咏梅:《隐身登录》,《钟山》2007 年第 6 期。

2008 年

黄咏梅:《粉丝》,《人民文学》2008 年第 6 期。

黄咏梅:《契爷》,《钟山》2008 年第 4 期。

黄咏梅:《文艺女青年杨念真》,《上海文学》2008 年第 8 期。

2009 年

黄咏梅:《白月光》,《作品》2009 年第 1 期。

黄咏梅:《档案》,《人民文学》2009 年第 6 期。

黄咏梅:《鲍鱼师傅》,《山花》2009 年第 11 期。

黄咏梅:《快乐网上的王老虎》,《中国作家》2009 年第 10 期。

2010 年

黄咏梅:《瓜子》,《钟山》2010 年第 4 期。

黄咏梅:《三皮》,《广州文艺》2010 年第 11 期。

2011 年

黄咏梅:《少爷威威》,《花城》2011 年第 1 期。

黄咏梅:《旧账》,《作品》2011 年第 5 期。

黄咏梅:《金石》,《人民文学》2011 年第 12 期。

2012 年

黄咏梅:《何似在人间》,《芒种》2012 年第 1 期。

黄咏梅:《表弟》,《山花》2012 年第 11 期。

2013 年

黄咏梅:《达人》,《人民文学》2013 年第 4 期。

黄咏梅:《蜻蜓点水》,《作家》2013 年第 7 期。

黄咏梅:《小姨》,《十月》2013 年第 6 期。

黄咏梅:《八段锦》,《长城》2013 年第 6 期。

2014 年

黄咏梅:《父亲的后视镜》,《钟山》2014 年第 1 期。

黄咏梅:《走甜》,《江南》2014 年第 3 期。

2015 年

黄咏梅:《证据》,《回族文学》2015 年第 1 期。

黄咏梅:《草暖》,《青年文学》2015 年第 4 期。

黄咏梅:《病鱼》,《人民文学》2015 年 12 期。

2016 年

黄咏梅:《献给克里斯蒂的一支歌》,《北京文学·精彩阅读》2016 年第 1 期。

黄咏梅:《翻墙》,《作家》2016 年第 1 期。

黄咏梅:《带你飞》,《广西文学》2016 第 8 期。

2018 年

黄咏梅:《给猫留门》,《中国作家》2018 年第 7 期。

黄咏梅:《小姐妹》,《人民文学》2018 年第 10 期。

2020 年

黄咏梅:《跑风》,《钟山》2020 年第 3 期。

2021 年

黄咏梅:《蓝牙》,《钟山》2021 年第 4 期。

朱山坡小说创作年表

2005 年

朱山坡:《我的叔叔于力》,《花城》2005 年第 6 期。

朱山坡:《两个棺材匠》,《花城》2005 年第 6 期。

朱山坡:《多年前的一起谋杀》,《作品》2005 年第 9 期。

2006 年

朱山坡:《山东马》,《青年文学》2006 年第 2 期。

朱山坡:《米河水面挂灯笼》,《小说界》2006 年第 2 期。

朱山坡:《空中的眼睛》,《山花》2006 年第 3 期。

朱山坡:《大喊一声》,《钟山》2006 年第 3 期。

朱山坡:《感谢何其大》,《江南》2006 年第 3 期。

朱山坡:《中国银行》,《广西文学》2006 年第 5、6 期合刊。

朱山坡:《让他把话说完》,《中国校园文学》2006 年第 6 期。

朱山坡:《观凤》,《现代小说》2006 年芒种卷。

2007 年

朱山坡:《跟范宏大告别》,《天涯》2007 年第 3 期。

朱山坡:《中国银行》,《江南》2007 年第 4 期。

朱山坡:《高速公路上的父亲》,《创作》2007 年第 6 期。

朱山坡:《美差》,《作品》2007 年第 8 期。

朱山坡:《响水底》,《中国作家》2007 年第 10 期。

2008 年

朱山坡:《论语班》,《青春》2008 年第 3 期。

朱山坡:《躺在表妹身边的男人》,《北京文学·精彩阅读》2008 年第 3 期。

朱山坡:《丢失国旗的孩子》,《大家》2008 年第 4 期。

朱山坡:《单筒望远镜》,《大家》2008 年第 4 期。

朱山坡:《陪夜的女人》,《天涯》2008 年第 5 期。

朱山坡:《黑帮少年》,《芳草》2008 年第 6 期。

2009 年

朱山坡:《鸟失踪》,《天涯》2009 年第 3 期。

朱山坡:《喂饱两匹马》,《小说界》2009 年第 5 期。

朱山坡:《送口棺材到上津》,《江南》2009 年第 6 期。

朱山坡:《小五的车站》,《上海文学》2009 年第 10 期。

朱山坡:《公道》,《山花》2009 年第 11 期。

2010 年

朱山坡:《败坏母亲声誉的人》,《钟山》2010 年第 1 期。

朱山坡:《导演》,《作品》2011 年第 1 期。

朱山坡:《天堂散》,《作品》2011 年第 1 期。

朱山坡:《最细微的声音是呼救》,《文学界》2010 年第 6 期。

朱山坡:《我在南京没有朋友》,《作品》2010 年第 6 期。

朱山坡:《把世界分成两半（外一篇）》,《红豆》2010 年第 9 期。

朱山坡:《逃亡路上的坏天气》,《上海文学》2010 年第 10 期。

2011 年

朱山坡:《我的精神，病了》,《江南》2011 年第 2 期。

朱山坡:《你为什么害怕乳房》,《天涯》2011 年第 3 期。

朱山坡:《狐狸藏在花丛间》,《红岩》2011 年第 3 期。

朱山坡:《投诚》,《文学界》2011 年第 5 期。

朱山坡:《论人类不平等的起源》,《小说月报·原创版》2011 年第 6 期。

朱山坡:《回头客》,《上海文学》2011 年第 7 期。

2012 年

朱山坡:《灵魂课》,《收获》2012 年第 1 期。

朱山坡:《骑手的最后一战》,《作家》2012 年第 2 期。

朱山坡:《驴打滚》,《江南》2012 年第 4 期。

朱山坡:《爸爸,我们去哪里？》,《上海文学》2012 年第 5 期。

2013 年

朱山坡:《送我去樟树镇》,《雪莲》2013 年第 4 期。

朱山坡:《懦夫传》,《小说月报·原创版》2013 年第 8 期。

朱山坡:《惊叫》,《文学港》2013 年第 12 期。

2014 年

朱山坡:《天色已晚》,《朔方》2014 年第 2 期。

朱山坡:《暴雨聚至》,《朔方》2014 年第 2 期。

朱山坡:《霹雳雷》,《作家》2014 年第 2 期。

朱山坡:《王孝廉的第六种死法》,《山花》2014 年第 6 期。

朱山坡:《乡村琵琶师》,《山花》2014 年第 9 期。

2015 年

朱山坡:《等待一个将死的人》,《广西文学》2015 年第 2 期。

朱山坡:《信徒》,《广西文学》2015 年第 2 期。

朱山坡:《一个冒雪锯木的早晨》,《上海文学》2015 年第 2 期。

朱山坡:《推销员》,《雨花》2015 年第 3 期。

朱山坡:《旅途》,《小说界》2015 年第 3 期。

朱山坡:《春江花月夜》,《文学港》2015 年第 7 期。

2016 年

朱山坡:《一夜长谈》,《山花》2017 年第 3 期。

朱山坡:《革命者》,《芙蓉》2016 年第 5 期。

2017 年

朱山坡:《牛骨汤》,《长江文艺》2017 年第 3 期。

朱山坡:《蜂鸟前传》,《天涯》2017 年第 5 期。

朱山坡:《口罩》,《作家》2017 年第 9 期。

朱山坡:《箱子锁得很严实》,《作品》2017 年第 10 期。

2018 年

朱山坡:《科技进步能解决一切问题》,《大理文化》2018 年第 1 期。

朱山坡:《一夜长谈》,《大理文化》2018 年第 1 期。

朱山坡:《越南人阮囊羞》,《大家》2018 年第 3 期。

朱山坡:《1985 年的莎士比亚》,《大家》2018 年第 3 期。

朱山坡:《全世界都给我闭嘴》,《天涯》2018 年第 5 期。

朱山坡:《站住，麻风病先生》,《天涯》2018 年第 5 期。

朱山坡:《骑风火轮的跑片员》,《天涯》2018 年第 5 期。

朱山坡:《演员》,《天涯》2018 年第 5 期。

朱山坡:《深山来客》,《芙蓉》2018 年第 5 期。

朱山坡:《春归松山湖》,《芙蓉》2018 年第 5 期。

朱山坡:《凤凰》,《花城》2018 年第 6 期。

朱山坡:《下流美工》,《广西文学》2018 年第 6 期。

朱山坡:《一只凤尾螺》,《江南》2018 年第 6 期。

朱山坡:《英雄事迹报告会·电影院史略》,《青年作家》2018 年第 10 期。

朱山坡:《绿珠》,《红豆》2018 年第 10—11 期。

朱山坡:《胖子，去吧，把美国吃穷》,《山花》2018 年第 11 期。

2019 年

朱山坡:《先前的诺言》,《红豆》2019 年第 1 期。

朱山坡:《苟滑脱逃》,《青年文学》2019 年第 1 期。

朱山坡:《在电影院睡觉的人》,《人民文学》2019 年第 5 期。

朱山坡:《带母亲穿过暴风雨》,《大家》2019 年第 2 期。

朱山坡:《大产房》,《作家》2019 年第 2 期。

朱山坡:《暴风雨》,《红豆》2019 年第 6 期。

2020 年

朱山坡:《野猫不可能彻夜喊叫》,《广西文学》2020 年第 12 期。

2021 年

朱山坡：《一张过于宽大的床》，《钟山》2021 年第 2 期。

朱山坡：《萨赫勒荒原》，《人民文学》2021 年第 3 期。

朱山坡：《永别了，玛尼娜》，《长城》2021 年第 3 期。

朱山坡：《夜泳失踪者》，《天涯》2021 年第 3 期。

朱山坡：《索马里骆驼》，《长江文艺》2021 年第 10 期。

2022 年

朱山坡：《呦呦鹿鸣》，《湘江文艺》2022 年第 1 期。

朱山坡：《闪电击中自由女神》，《钟山》2022 年第 1 期。

陶丽群小说创作年表

2006 年

陶丽群：《一个夜晚》，《广西文学》2006 年第 10 期。

2007 年

陶丽群：《回家的路亮堂堂》，《广西文学》2007 年第 2 期。

陶丽群：《上邪》，《广西文学》2007 年第 11 期。

陶丽群：《世事皆因缘》，《广西文学》2007 年第 11 期。

2008 年

陶丽群：《醉月亮》，《广西文学》2008 年第 5 期。

2009 年

陶丽群：《工地上的狮子舞》，《红豆》2009 年第 2 期。

陶丽群：《忧伤的小松树》，《北京文学·精彩阅读》2010 年第 3 期。

陶丽群：《流浪精灵》，《麒麟》2009 年第 5 期。

陶丽群：《墓地里的黄昏》，《广西文学》2009 年第 7 期。

陶丽群：《斑马线上的天使》，《广西文学》2009 年第 7 期。

陶丽群：《起舞的蝴蝶》，《民族文学》2009 年第 9 期。

2010 年

陶丽群：《童话世界》,《民族文学》2010 年第 2 期。

陶丽群：《寻找土地》,《广西文学》2010 年第 2 期。

陶丽群：《流浪精灵》,《广西文学》2010 年第 2 期。

陶丽群：《行走在城市里的鱼》,《边疆文学》2010 年第 4 期。

陶丽群：《忧郁的孩子》,《广西文学》2010 年第 7 期。

陶丽群：《恍惚之间》,《民族文学》2010 年第 10 期。

2011 年

陶丽群：《漫山遍野的秋天》,《民族文学》2011 年第 3 期。

陶丽群：《冬日暖阳》,《广西文学》2011 年第 10 期。

2012 年

陶丽群：《一塘香荷》,《民族文学》2012 年第 3 期。

2013 年

陶丽群：《逆行时光》,《广西文学》2013 年第 1 期。

陶丽群：《第四个春天》,《边疆文学》2013 年第 3 期。

陶丽群：《风的方向》,《民族文学》2013 年第 4 期。

2014 年

陶丽群：《病人》,《民族文学》2014 年第 5 期。

陶丽群：《灿》,《黄河》2014 年第 6 期。

2015 年

陶丽群：《母亲的岛》,《野草》2015 年第 1 期。

陶丽群：《柳姨的孤独》,《民族文学》2015 年第 1 期。

陶丽群：《夜行人咖啡馆》,《广西文学》2015 年第 3 期。

陶丽群：《苏珊女士的初恋》,《广西文学》2015 年第 3 期。

陶丽群：《走影》,《广西文学》2015 年第 3 期。

陶丽群：《忠告》,《红豆》2015 年第 10 期。

陶丽群：《寻暖》,《青年文学》2015 年第 12 期。

陶丽群：《隐痛围成的孤岛》,《青年文学》2015 年第 12 期。

2016 年

陶丽群:《在路上》,《黄河文学》2016 年第 1 期。

陶丽群:《七月,骄阳似火》,《野草》2016 年第 3 期。

陶丽群:《礼物》,《清明》2016 年第 6 期。

陶丽群:《当归夫人》,《红豆》2016 年第 7 期。

陶丽群:《水果早餐》,《山花》2016 年第 7 期。

陶丽群:《毕斯先生的怜爱》,《广西文学》2016 年第 10 期。

陶丽群:《莫西娜的生日》,《广西文学》2016 年第 10 期。

陶丽群:《清韵的蜜》,《民族文学》2016 年第 11 期。

2017 年

陶丽群:《母亲的岛》,《麒麟》2017 年第 2 期。

陶丽群:《杜普特的悲伤》,《芙蓉》2017 年第 3 期。

陶丽群:《美好的事情》,《野草》2017 年第 3 期。

陶丽群:《冬至之鹅》,《人民文学》2017 年第 5 期。

陶丽群:《暗疾》,《星火》2017 年第 5 期。

陶丽群:《莫纳镇的老马和张美人》,《安徽文学》2017 年第 10 期。

陶丽群:《打开一扇窗子》,《民族文学》2017 年第 12 期。

2018 年

陶丽群:《少年追风》,《黄河文学》2018 年第 1 期。

陶丽群:《玻璃眼》,《解放军文艺》2018 年第 1 期。

陶丽群:《夫妇》,《长江文艺》2018 年第 3 期。

陶丽群:《白》,《青年文学》2018 年第 7 期。

陶丽群:《血脉亲情到底有多靠谱》,《北京文学(中篇小说月报)》2018 年第 8 期。

2019 年

陶丽群:《爱与哀愁》,《北京文学(中篇小说月报)》2019 年第 2 期。

陶丽群:《卢梅森的旅程》,《北京文学(中篇小说月报)》2019 年第 2 期。

陶丽群:《被热情毁掉的人》,《芙蓉》2019 年第 2 期。

陶丽群:《宽恕》,《飞天》2019 年第 6 期。

陶丽群：《正午》，《长江文艺》2019 年第 12 期。

2020 年

陶丽群：《七月之光》，《民族文学》2020 年第 3 期。

陶丽群：《我们的爱》，《青年文学》2020 年第 3 期。

陶丽群：《入伏》，《清明》2020 年第 4 期。

陶丽群：《唯有爱》，《北京文学（中篇小说月报）》2020 年第 4 期。

2022 年

陶丽群：《净脸》，《芙蓉》2022 年第 1 期。

陶丽群：《有人深夜放烟花》，《青年文学》2022 年第 2 期。

陶丽群：《周年忌日》，《十月》2022 年第 2 期。

陶丽群：《平安房》，《雨花》2022 年第 6 期。

后 记

以十位作家为考察对象，搜集、历时性细读其所有文字的初刊本，探讨他们在各历史时期文学行为的共同性与差异性，以及相关的学术问题。这是一部地域文学研究专著，涉及的学术问题十分繁复，它承载了我的学术理想，我想它能在学术史上有些许意义。

"文学桂军"的文学印象与若干问题，在此，我想做一些补述。

一、"文学桂军"的文学印象

20世纪80年代以来，"文学桂军"可谓是筚路蓝缕，从岌岌无名，到逐渐崭露头角，再到以蓬勃之势崛起于中国文坛，现其文学实绩已超过很多其他省份的文学军团。它在西南边陲偏于一隅，却能展现出旺盛的生命力，这定然使我为之欣喜。不过，在"文学桂军"由边陲地带向中原腹地艰难跋涉的路途中，难免会引发许多问题，这自然是我们学者不得不面对并探索的客观实在。从根本上说，这些问题与处于边缘状态的地域有着"先天性"的密切关联，所以我常常对"文学桂军"抱同理心之理解，而不是以局外人的身份和姿态对其吹毛求疵、评头论足。故亟需强调的是，"批评"是学术研究领域的专业术语，乃是中性词，意在学理性地讨论研究对象的相关学术问题，旨归于促发"文学桂军"今后更以蔚然之势屹立于中国文坛。

我想讲讲自己对于"文学桂军"的文学印象。

林白本质上是一位诗人，尤擅于抒发情绪，不太擅于叙事，其早期作品充满了诗意。照传统的观念来说，叙事才是小说的要义，但传统不是一成不变的规矩，终归是要被突破的。林白作为中国文坛的著名作家之一，其作品独特的艺术风格、艺术韵味值得我们珍视。纵观林白文学生命的历史长河，我个人以为，她艺术价值最高的作品是两部中篇小说《回廊之椅》《瓶中之水》，它们任阴郁忧伤的情绪浅浅的自然流淌，无拘无束，浑然天成。它们是林白倚靠激进的女性主义成名前的"散文诗"，是"个体之人"的生命的独奏，还没有受到喝惯洋墨水的操持着西方文艺理论的评论界过多的干涉和浸染。

东西凭借中篇小说《没有语言的生活》获得第一届鲁迅文学奖，这是20世纪90年代广西文坛的盛事。我们可想而知他在中篇小说方面的艺术造诣，其实他的长篇小说、短篇小说也都可圈可点，如《耳光响亮》《后悔录》《商品》。我与东西素未谋面，仅仅从媒体上看到过他，举手投足之间都流露着若有所思的神情，心思缜密、长于谋略的作家应是尤擅于构思长篇小说的。难能可贵的是，自20世纪80年代以来，东西始终笔耕不辍，持续为中国当代文学史贡献出经典的先锋文学作品。东西极具独特性的"参与"，给中国当代先锋文学增添了许多亮色，他在中国当代文学史上也理应被书写。

我向来自觉得冷静，不爱被故事裹挟着而受情绪的羁绊，故常常留意作家编故事的本事，鬼子的小说却总能出乎意料地打动我，尤其是中短篇小说。鬼子总是浅浅地谈，娓娓道来，叙述着人世间的苦难和温情。一切令人眼花缭乱的花里胡哨的叙事技巧在鬼子返璞归真的叙述中近乎暗淡无光，当然这不等于说鬼子不强调叙事技巧，而是已将技巧融于不动声色之中。典雅的外表，内在的蕴含，使鬼子小说在中国文坛熠熠生辉。

凡一平、光盘、李冯、李约热的小说也都有其独特的个性。凡一平和光盘的小说具有很好的可读性，情节设计颇为精彩，近年来又有意识地融合了极具魅力的广西地域文化书写，通俗性和严肃性相得益彰。李冯自20世纪90年代以来始终执着于小说的形式实验，同时十分注重深刻的世界观的传达，其执着和勇气都值得珍视。李约热的小说融合了自己对于现实生活的亲身体验，无论是早年的北京经历，还是返回广西后的生活经历，抑或是近年来的下乡扶贫经历。李约热的小说没有丝毫的做作，能深入到人性的细部，剖析人性的隐秘之处，同时不乏人性的温情。长篇小说《欺男》将宏大的历史融入底层小人物的生活里，我们可以真切地感受得到历史的细部、生命的坚忍以及人性的复杂。我以为，《欺男》是一部很不错的作品。

黄咏梅和陶丽群都是21世纪初登入文坛，她们是创作上的"〇〇后"。黄咏梅自幼便受到父亲的影响，在文学上可以说是少年得志，其笔下的文学世界有着文艺女青年的灵动气息。"家学"和自身的文艺个性使黄咏梅的小说极具艺术性。她无意于宏大的历史天空，而钟情于在真真切切的俗世里找寻生命的情致。陶丽群的文学世界有着浓郁的广西地域性格，亚热带地区的壮族文化总能在不经意之间呈现出来。这种地域文化书写为陶丽群的小说增添了文化价值。

朱山坡也是 21 世纪初登入文坛，同为创作上的"〇〇后"。朱山坡早年写诗，后转入小说创作，其小说的语言精致、有诗性，他曾在创作谈中也强调过自己对于语言苛刻的要求。朱山坡的长篇小说不俗，不过其中短篇小说更高一筹，我认为《我的叔叔于力》《两个棺材匠》《陪夜的女人》《牛骨汤》《灵魂课》都是中国当代文坛不可多得的经典之作。《陪夜的女人》还曾获得第一届郁达夫小说奖。此外，朱山坡的《蛋镇电影院》是一部璀璨的主题短篇小说集，在文坛引起了很大的反响。这些小说没有观念先行、观点先行或理念先行之下的故事编写、拼凑，而是自然而然地向我们展现出故事本身。细读文本之后，我往往颇多感慨，似乎有倾诉不完的感觉，却又不知说什么好，不知从何说起。经典小说就是这样，其意义非单一化，而是复杂多面的，它们究竟想表达什么呢？意义的开放性使其极具艺术性和思想性。中短篇小说似乎更能体现出作家的创作水平，短篇幅却容纳无限的意义十分不易。我们有理由说，朱山坡的中短篇小说在中国当代小说史上别具风格，朱山坡是中国当代小说史上的经典作家。

二、"文学桂军"的若干问题

关于"文学桂军"存在的一些基本问题，我在本专著正文里大多已谈过，在此，我想强调几个细节：

（一）"广西三剑客""广西后三剑客"等作家群概念无任何学理性。"广西三剑客""广西后三剑客"的命名过程，意在"推广"的包装性质，以及学理性的欠缺，在本书中都已有详论，不再赘言。

可能受到"广西三剑客"的"成功"模式的启发，广西文坛还有"桂西北作家群""天门关作家群""相思湖作家群""北部湾作家群""左、右江作家群"，甚至还提出过"文学桂军'四君子'"，众多的概念令人目不暇接。我们从以上命名中可以体会到广西作家欲求崛起的强烈意愿，但不得不指出的是，这些纷纷扰扰的提法难免表现出广西文坛寻求崛起的意愿过于急切，而急切容易导致学理性层面的草率、淡漠。

（二）作家愈来愈追求影视改编，损害了小说作为文学的独特的艺术性和审美性。以往作家在面对小说和影视改编之间关系的问题时，多自认为二者相辅相成，影视改编可以丰富小说的表现。这或许只是作家本人冠冕堂皇之言，一种搪塞而已。就近些年我对广西文坛的观察，很多作家似乎就是冲着影视改编而写小说的，迫切地编造影视所需要的故事。小说在影视改编欲望的挤压之下，变得像没有水分的泥土，充斥着干巴巴的语言、情节、思想。小说与影视改编之间的关系究竟如何，作家究竟该如何调和二者，这是十分困难的问题。当然，无论问题怎样尖锐，作家往往都能自圆其说。

（三）田耳的创作谈《别把"先锋"当成遮羞布》对广西作家乃至中国当代作家都有着警示意义，所以我对于当下被作家自我标榜的先锋小说的批评，并不仅仅是针对广西文坛的。"荒诞"在历史上的确一度成为先锋小说的品格，于是当下出现了荒诞的一幕：为了成为始终走在中国文坛最前列的先锋小说家，众多作家在创作中不假思索地跟风，近乎人人要"荒诞"。"先锋"是随着时代而变化发展的，先锋作家不能抱残守缺。更为荒诞的是，由于没能把握好尺度，"荒诞"偶有蜕变为"扯淡"。若故事不讲正常的逻辑、常识，就用"荒诞"为自己辩解，正如田耳所言："仿佛先锋已经是一块遮羞布，一旦宣称自己先锋就意味着我可以随地大小便"。即使是真正的先锋小说的荒诞叙事，可你的"荒诞"与别人的"荒诞"有何不同呢？大路货是不能成为先锋的。说到底，当代先锋小说很大程度上取法于域外，模仿得好还罢了，模仿得不好就更像"假洋鬼子"，不伦不类。当然，总体上来讲，广西作家的先锋小说还是非常值得肯定和称赞的。

（四）据我的观察，近年来广西文坛上掀起了一股"新南方写作"风，理论界也在主动地阐释和推广"新南方写作"。部分作家也在有意识地向"新南方写作"靠拢，积极地聚集在这面旗帜之下。作为一种理论上的权宜之计，用"新南方写作"来阐释某些作家的文学性格，未尝不可。但我想强调的是，"新南方写作"概念仍然是模糊的，甚至其学理性还值得进一步斟酌、考究。历史上还有过"岭南文学""南方意识""南方写作"等说法，甚至有的学者同时混用"南方写作"和"新南方写作"。那么我们不禁要追问，"新南方写作"与它们之间究竟构成怎样的关系？不得不指出的是，有些理论概念的提出稍显草率，甚至意气味重，疏于学理性。我认为，作家和学者们不能急于抢占山头竖起理论概念的大旗、招牌以自我标榜或追风赶浪，当下文坛和学术界尤擅长此道。自然，理论或现象的兴起是一个渐进的过程，还需要"新南方写作"的提出者们去进一步探索。

（五）广西文学批评的罅隙。如果熟悉"振兴广西文艺大讨论"的史料，不难发现 20 世纪 80 年代广西学者们对于广西批评界不无激进的批评。具有反讽意味的是，将其时的批评放置于当下来看，仍然有一定的现实意义。我想补充的是，本地学者对于本地作家的意义发掘和推广，尚可以理解，但需要注意一个前提，即尽量避免地方保护的思想。如果因过于顾及人情而疏于学理性，这对于文学界和学术界都不啻一种"捧杀"。众所周知的是，人情式评论在当下几乎在所难免，而且范围远不止于某一个地域，我只想强调，稀疏的严肃的批评更应被理解和接纳。不能将严肃的批评简单地理解为一种伤害，其实真正的伤害是被无视、漠视，甚至是被认为不值得批评。不过，令人庆幸的是，近年来青年批评家曾攀活跃于中国学术界，其学术批评极为严肃，学术视野较为广阔，学术抱负已渐呈蔚然之势。曾攀对于广西文学有着极深的研究，且"不虚美不隐恶"，这对于广西文坛和学术界来说都是一种非常重要的创获。此外，必须承认的是，张燕玲在主持名刊《南方文坛》时对"文学桂军"的传播和作品批评也多有建树。如今，很多早已成名的作家都曾得到过她的扶持和培养，作家的成名往往与刊物和编辑是分不开的，这也是今后学者在研究广西文学时定然要面对的事实。

实际上，最值得关注的是，20 世纪 90 年代"文学桂军"的"逃离广西"的激进的文学行为。转折时代的文学思潮往往是激进的观念占上风，并容易构成文学主潮，其背后的原因不外乎"沉疴下猛药"。但多年以后回头看，猛药的副作用当然还是得承受的。

感谢李丹梦老师的关心和支持！李丹梦老师长期从事地域文学研究，主要是"文学豫军"批评。她的研究对我的地域文学批评有所启发。

感谢陈思和、傅光明先生为本书作序，感谢张福贵、李怡、刘大先先生为本书做推荐语！

陈思和先生曾在本书的写作过程中给予建议，尤其"我建议你把广西作家作为一个整体把握""搞理论研究要切忌简单化，要学会辩证地讨论各种元素的关系。"极具启发性。令我钦佩的是，对于本书的直言不讳，陈思和先生都极为宽容。感谢陈思和先生！

温州大学人文学院孙良好院长是地域文学研究、中国现当代文学批评领域的名家，为人宽厚，有师者风范，向来注重培养后辈学者，对本专著的出版一直以来多有鼓励和支持，特向孙良好院长深表谢意！

感谢母亲王礼平、父亲肖昌宝以及女友一直以来的鼎力相助和关怀！我做文学批评可以说是与生俱来的，这与我性格相关，而我的性格跟我母亲几近相同，母亲对我要求极为严苛。本书出版时，正值与女友相处十年整，一晃十年，愿她永远像孩子般清闲自在！

肖庆国

2021 年 9 月